눈물로 쓴 교실편지

두 번째 이야기

눈물로 쓴 교실편지 두 번째 이야기

발행일   2017년 12월 6일

지은이   김 춘 현
펴낸이   손 형 국
펴낸곳   (주)북랩
편집인   선일영   편집   이종무, 권혁신, 오경진, 최예은, 오세은
디자인   이현수, 김민하, 한수희, 김윤주   제작   박기성, 황동현, 구성우
마케팅   김회란, 박진관, 김한결
출판등록   2004. 12. 1(제2012-000051호.)
주소   서울시 금천구 가산디지털 1로 168, 우림라이온스밸리 B동 B113, 114호
홈페이지   www.book.co.kr
전화번호   (02)2026-5777   팩스   (02)2026-5747

ISBN   979-11-5987-885-5 03810 (종이책)   979-11-5987-886-2 05810 (전자책)

이 도서의 국립중앙도서관 출판예정도서목록(CIP)은 서지정보유통지원시스템 홈페이지(http://seoji.nl.go.
kr)와 국가자료공동목록시스템(http://www.nl.go.kr/kolisnet)에서 이용하실 수 있습니다.
(CIP제어번호 : CIP2017031539)

눈물로 쓴 교실편지
두 번째 이야기

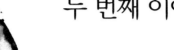

김춘현 에세이

고난의 절벽에서 한줄기 희망을 버리지 않았던
보통 사람들의 가슴 시린 이야기

북랩 book Lab

아이들에게 꿈과 희망을 줄 수 있다면
행복한 사람입니다

2017년은 대내외적 불안 속에서도 새로운 대통령의 선출로 새로운 희망과 기대를 갖고 힘차게 자신의 삶을 살고 있습니다. 현직에 있는 교사로서 저는 대학 입시를 위해 오늘도 걱정과 고민 속에 하루하루를 힘겹게 지내고 있는 아이들에게 그저 현재에 지치지 않고 자신을 강하게 믿으며 자신이 갖고 있는 꿈과 미래를 펼쳐나가기를 소원하며 그들의 기를 살려주기 위해 최선을 다하고 있습니다. 아직도 이 땅의 많은 사람들은 현재의 삶이 불행하며, 노력해도 결코 나아질 것이 없음에도, 그래도 내일에 대한 먼지 같은 삶의 지푸라기라도 잡는 심정으로 남을 돌아볼 겨를도 없이 오직 자신 앞에 놓여진 절망적인 하루만을 한탄하며 눈물 속에 살아가고 있음을 잘 알고 있습니다. 그러나 나는 알고 있습니다. 가난하고 절망적인 그들의 삶은 부자들의 여유로운 삶보다 강인하며 가치있는 삶이라고 확신하고 있습니다. 결코 있어서는 안 되는 불행한 일들이 그들에게만 닥치며 일어설 수 있는 용기마저 빼앗기는 상황에서도 그들은 소중한 생명을 부여 안은 채 자신보다 가족, 자신보다 자식을 위해 잘

해 주지 못한 마음의 죄책감에 시달리면서도 그들만큼은 자신보다 나은 삶을 기대하며 오늘도 최선을 다하고 있음을 나는 잘 알고 있습니다. 배우지 못하고 가지지 못해 사회로부터 소외당한 많은 사람들이 이 땅에서 타인과 더불어 즐겁고 행복한 삶을 살 수 있기를 희망합니다.

오늘도 아이들은 알 수 없는 미래를 위해 사투를 벌이고 있습니다. 공부를 해야 하는 이유도 모른 채 그저 떠밀리듯 남들보다 뒤지지 않기 위해 정말 피나는 노력들을 하고 살아가고 있습니다. 그들에게 웃음은 이미 먼 나라의 이야기처럼 들립니다. 하루하루가 고통이며 인내의 연속인 그들에게서 사는 재미는 찾아보기 어렵습니다. 단지 그들의 하소연을 들어주는 일 이외에는 아무것도 할 수 없음에 또 한 번 절망하고 맙니다. 칭찬보다는 나무람을 몇 배 많이 하고 있는 자신을 발견할 때마다 교사로서 아니 한 인간으로서 그들에게 죄스러워 얼굴을 들 수 없습니다. 그런데도 그들은 배움에 목말라하며 모자라도 한참 모자란 이 교사를 나무라지도 않으며 힘을 내며 따르고 있습니다. 그들에게서 오히려 무한한 사랑을 받고만 있습니다. 자신들 앞가림도 바쁜 녀석들이 더 줄 것이 없나 끝없이 고민만 합니다. 받기만 하는 이 미천한 교사는 그 고마움도 모른 채 아이들의 미래보다 자신의 삶을 더 챙기며 오늘만을 이야기하는 사람으로 전락하고 말았습니다.

아이들이 노년의 교사인 나를 그래도 좋아해 줄 수 있는지 오늘도 걱정이 태산입니다. 그러나 저는 아직도 평범한 교사임이 자랑스럽고 또한 욕심내지 않고 아이들과 같이 지내는 것만으로도 행복하니 이 세상 부러울 것이 없다고 감히 항변해봅니다. 아이들이 좋아할 수 있도록 더 노력할 것입니다. 이미 식어버린 사랑도 되살려 온전히 아이들에게 줄 수 있도록 죽도록 노력할 것입니다. 벌써 시작종을 울리는 소리가 가까이에서 들려옵니다. 흩어진 옷깃을 다시 한 번 여미며 나는 힘차게 앞으로 앞으로 나아갑니다. 아이들의 웃음 소리를 들으러 아이들에게는 정말 보잘것없는 이 노년의 교사는 힘차게 앞으로 앞으로 나아갑니다.

2017. 11.

차례

아직도 아이들을 가르치고 있고,
아직도 아이들을 사랑할 수 있는 마음이 남아 있어
너무 좋은 밝은 햇살 가득한 교정에서…

김명원 선생님을
추억하며

눈물이 나는 이유는 선생님께서 아직 살아계심에 감사하기 때문입니다. 그래도 지금 뜨거운 기쁨의 눈물이 끊임없이 흘러내리는 것은 내 가슴에 앞으로 남아있는 날들에 대한 새로운 희망과 꿈을 꿀 수 있도록 가르침을 주셨던 선생님을 이제라도 뵈올 수 있다는 벅찬 희망이 생겼기 때문입니다. 그 어렵고 힘든 나날의 연속이었던 학창 시절에 한 줄기 빛이 되었고 그로 인해 미래를 꿈꿀 수 있었던 기억이 아직도 생생합니다. 마치 1969년 공주 중동초등학교 4학년 1반의 담임 선생님께서 아직도 정정하게 우리를 이끌고 계심이 느껴지는 듯합니다.

난생처음이자 마지막이었던 학급 급식 부장의 직함을 했던 것도 바로 그때였음을 아직도 나는 생생하게 기억합니다. 항상 배고픔에 울어야 했던 시절 학교에서 제공되는 옥수수 식빵을 나누어주면서 느꼈던 자랑스러움이 아직도 메아리처럼 내 마음을 강하게 내려치고 갑니다. 남는 것이 생기면 몰래 챙겨두었다가 좋아하는 누군가에게 쥐어주었던 적이 많았다는 것을 이제야 고백합니다. 그럼에도 나는 늘 혼자였고 친구들에게 쉽게 다가가지 못한 채 늘 외로움의 숲에 갇혀 살았습니다. 그때 담임선생님께서 저의 무척이나 소극적이었던 행동을 바로 잡아 주셨습니다.

아아! 그랬습니다. 그저 부끄러워 숨기 바쁘고 누구에게나 다정하게 말 한마디 붙이지 못하던 나 자신에 대해 자신감을 잃어가던 그때 선생님이 페스탈로치가 되어 나를 누구보다 강하게 이끌어 주셨습니다. 배움이 그토록 절박하지 않던 그 시절, 하루하루 먹는 것이 걱정되던 그때에 선생님의 한 마디 한 마디는 내 마음을 일깨우고 분발시켜 거친 세상에 맞서는, 작지만 누구보다 강한 신념을 갖게 하였습니다.

언젠가 학급 읽기 대회에서 당당히 1등을 한 후 어머니께 단숨에 달려가 자랑했던 순간들이 생생히 살아나 나의 어깨를 으쓱이게 합니다. 차례대로 주어진 부분을 읽는 것으로 판정을 내리셨는데 내 차례가 가까이 다가올수록 내 얼굴은 창백하게 일그러져갔습니다. 두려웠던 것입니다. 어서 이 순간이 빨리 지나갔으면 하는 마음뿐이었습니다. 마침내 내 차례가 되었고, 나는 일어서서 주어진 부분을 읽어 나갔습니다. 정말 그때 나는 아무것도 생각나지 않았습니다. 단지 내 앞에는 까만 글씨만이 보일 뿐이었습니다. 숨도 쉬지 않고 읽어내려간 기억밖에 없었습니다. 내 생전 그렇게 떨렸던 적은 없었던 것 같습니다.

뜻밖에도 결과는 춘현이의 승리였습니다. 대단한 승리였습니다. 아니 대견한 승리였습니다. 그렇습니다. 마침내 그는 해낸 것입니다.

그때의 감격이 아직도 나를 우쭐하게 하며 그토록 나 자신이 자랑스러웠던 적도 없었던 것 같습니다. 잘난 척한다고 나를 싫어해도 할 수 없습니다. 우리 반 친구들이 진심으로 이해해 줄 것이라 믿기 때문입니다.

그러나 무엇보다 우리를 설레게 하고 그토록 잠 못이루게 하였던 순간은 다른 곳에 있었습니다. 다름 아닌 선생님께서 아름다운 목소리로 알라딘의 이야기를 읽어주시는 시간이었습니다. 학교에 읽을 책도 많지 않았던 시절, 엄청난 양의 이야기를 친절하게 설명해주시며 그 끝없는 탐험과 신비의 세계로 우리를 빠져들게 만들었습니다. 그곳에는 마법이 있었고 모험이 있었으며, 진정한 용기와 바르게 살아가는 것이 얼마나 소중한 것인지 알게 해주는 이야기가 있었습니다. 선과 악이 어떻게 다른지 그렇게 생생하게 알게 된 것은 난생처음이었습니다. 선생님께서는 우리들에게 선생님의 다정한 목소리로 직접 이야기를 들려주셨는데 그 목소리는 천사의 목소리였습니다. 우리들의 불안한 두근거림을 단번에 기쁨과 행복의 포근함으로 바꾸어주기에 충분하고도 남았습니다.

책이라면 만화책밖에 몰랐던 내게 그건 하나의 큰 충격이었고 또한 알 수 없는 미래에 대해 고민하던 내게 큰 기쁨이기도 하였습니다. 꿈같은 아름다운 시절의 서막이 시작된 것입니다. 수업 시간에 선생님의 아름다운 용안을 뚫어지게 바라보며 그토록 집중했던 건 아마 그때가 처음이자 마지막일 것입니다.

그 당시 선생님은 하늘 같은 나의 우상이었습니다. 말씀 한 마디 한 마디가 나의 살이 되고 피가 되었습니다. 모든 것을 기억하고 따라할 정도로 미치도록 닮고 싶었습니다. 선생님의 알라딘의 이야기가 궁금하여 자다가도 꿈에서 나올 정도였습니다. 심지어 학교가 가고 싶어 안달이 날 정도였으니 선생님을 만나고픈 그때의 가슴 떨림이 지금도 내게 총알처럼 다가오는 것 같습니다.

선생님의 이야기는 곧 나의 꿈이 되었고 상상의 나래를 마음껏 펼칠 수 있는 시간이 되었습니다. 그곳에는 희망이 있었고, 미래에 대한 강한 기대가 있었습니다. 인생을 통하여 책을 그리 많이 읽지 않은 부끄러움 속에서도 내가 읽었던 어느 책보다도 감동으로 다가왔던 건 바로 선생님의 살아있는 알라딘의 이야기였습니다.

선생님의 그 목소리를 다시 들을 수만 있다면 얼마나 좋을까요. 그리될 수 있다면 나는 언제라도 다시 선생님의 제자로 거듭날 수 있을텐데…

세월이 지난 지금도 내 가슴 속에 살아있는 건 이 세상 누구보다 아름다운 모습으로 우리가 꿈꾸던 세상을 책을 통해 알게 해준 일입니다.

그때 그 모습 그대로 계심에 나는 다시금 감사의 말씀을 올립니다.

인생의 지침을 아낌없이 나누어주셨던 담임 선생님을 뵈올 수 있다는 사실에 나는 다시 한 번 크게 힘을 내봅니다.

생각해보면 모든 것이 부족하고 모든 것이 힘들고 어렵던 그 시절 나는 한 치 앞도 알 수 없는 현재에 실망하였고, 닥쳐올 미래에 대해 절망하던 눈물뿐인 시절을 살고 있었습니다. 먹을 것이 없어 몹시 배고프던 때에 공주 시장을 배회하며 혹시 얻어먹을 것이 없나 서성대던 그때의 기억이 아프게 떠오릅니다.

친구들과 어울려 밤새 놀다가 똥통에 빠져 여러 날 고생했던 기억들이 떠오릅니다. 가장 친한 친구 종석이와 싸우다가 크게 후회한 일들이 떠오릅니다. 쐐기에 쏘이는 바람에 팔뚝이 하늘만큼 부풀어 올랐던 일들도 떠오릅니다. 먼 길을 걸어 학교 산에 올라가 송충이를 담아냈던 섬뜩한 일들도 떠오릅니다. 60명이 넘는 아이들과 함께 공부하며 생활하던 그 뜨거웠던 여름과 살을 에는 듯한 겨울을 지내던 나를 기억합니다.

같은 반이었던 우리 반 아이들은 나를 기억이나 하고 있을까요. 작고 까맣던, 붙임성도 없이 혼자만의 생활을 즐기던 나를 기억이나 하고 있을까요. 자신밖에 모른 채 천방지축이었던 그런 나를 기억이나 하고 있을까요. 같은 동네 살던 종석이, 혜한이, 재원이, 만수, 기실이를 내 살아생전 만나게 될 그 날은 오게 될까요. 사소한 문제로 크게 다투었던 조각 미남(彫刻 美男) 종석이에게 여태 사과도 하지 못했는데 종석이가 저의 사과를 받아 줄까요.

지금 50 후반의 나이를 넘기고 있는 즈음에 그들에게 더욱 미안해지는 건 아마도 그때 잘해주지 못한 나의 잘못이 너무 크기 때문인지도 모르겠습니다. 이제는 진심으로 웃으며 다가가 그들에게 용서를 빌고 싶은데 그럴 기회조차 없으니… 아!

많은 그 어렸을 적 추억들이 나의 기억들을 채우고 또 채웁니다. 이 모든 일들이 나의 영원한 스승님 김명원 선생님 때문임을 알고 나는 다시 감격에 몸서리치며 끝내 울음을 터뜨리고 맙니다. 그러나 이내 선생님의 잔잔한 미소가, 아름다운 모습이 나를 웃음 짓게 합니다. 돌이킬 수 없지만 기억으로나마 그때로 돌아가는 행복에 흠

뼉 젖어봅니다. 오늘을 사는 내게 여전히 가장 아름답고 감동적으로 떠오르는 건 우리에게 책을 읽어주며 우리의 꿈을 깨우고 미래를 힘차게 살라 하시던 바로 선생님의 모습입니다. 선생님! 보고 싶습니다!

그러나 그토록 고마운 선생님의 은혜조차 떠올리지 못한 채 하루를 쫓기듯 살아가는 이 불효 불충의 제자를 따뜻한 품으로 안아 주실지 모르겠습니다. 그럼에도 불구하고 저는 선생님의 영원한 제자로 살기를 희망합니다. 어려운 시절 저에게 힘이 되고 희망이 되셨던 선생님의 제자로 살기를 희망합니다.

선생님!

그 날까지 선생님 만수무강하시기를 소원합니다.

그 날까지 제자가 선생님을 곁에서 지키기를 소원합니다.

선생님! 선생님! 영원한 저의 담임 선생님! 고맙습니다! 감사합니다!

아직도 선생님의 위대한 가르침을 쫓고자 교사의 길을 걷고 있는 김춘현이라는 제자의 큰 절을 받아주시옵소서!

담임 선생님!

지금 나갈 수가
없구나

나는 잘난 것 하나 없는 못난 엄마입니다!

젊은 시절에도 뭇 남성의 눈길조차 받지 못해 외로움만 곱씹어야 했을 정도로 미모도 출중하지 않은 그저 나이만 많은 엄마입니다. 이런 말 하는 나 자신이 너무나 슬픈 것을 감출 수가 없습니다. 어렵게 낳은 아들에게 맛난 것도 제대로 먹여주지 못하는 참으로 죄 많은 엄마입니다. 가난한 집안 형편 때문에 대학 문턱조차 밟지 못했고, 뛰어난 기술조차 없어 임시직(臨時職)과 공사판, 재래시장을 전전하며 살아온 세월이 전부입니다. 가족에 대한 원망보다 세상에 대한 원망이 더 컸던, 그래서 이 세상 태어난 것을 저주하며 미래에 대한 희망 없이 그저 하루 살기에 빠듯한 삶이 전부입니다. 제대로 된 결혼식조차 올리지 못하고 젊은 날 한순간의 잘못된 사랑으로 태어난 한 아이만을 바라보며 사는 불쌍한 엄마입니다.

날 닮은 아들을 보는 것만으로도 감사해 그 모든 설움을 잊어가며 오직 우리 아들의 보이지 않는 그림자로 살았습니다. 남자로부터 버림받고 그 어린 핏덩이 아들과 함께 세상 가장 낮은 곳만을 전전하였습니다. 지낼 곳이 없어 추운 겨울날에도 역 주위 빈 공간을 찾았고 여름 거적으로 겨우 몸을 가리며 지낸 적도 여러 날입니다.

안 해본 것이 없습니다. 그래도 남에게 피해 주지 않고 온전히 나의 힘으로 버텼음이 유일한 자랑거리라면 자랑거리입니다. 기억하기는 죽어도 싫지만 심지어는 살아남기 위해 음식물 쓰레기통도 몰래 뒤져가며 버텼던 기억이 나를 죽을 만큼 괴롭게 합니다. 집안으로부터도 버림받아 아이를 맡길 곳이 없었던 나는 아이를 늘상 등에 들처업은 채로 살기 위해 몸부림쳤습니다.

그러나 나의 사랑하는 아들만큼은 남들만큼은 아니지만 맛난 것 먹이고 예쁜 옷 입히기 위해 노력했습니다. 먹지 않고 악착같이 돈을 모은 결과 월세이긴 하지만 작은 방을 하나 얻었습니다. 적은 돈을 모아 재래시장 한 켠에 작은 과일 가게도 열었습니다. 어쩌나 감사하던지 그 날 우리 모자는 서로 부둥켜안고 얼마나 울었는지 모릅니다. 우리 아들은 "엄마, 엄마!" 하며 울기만 하더군요. 그때 생각만 하면 또다시 주책없이 눈물이 흐릅니다. 집도 비록 내 집은 아니지만, 우리 아이가 행복하게 지낼 수 있도록 최대한 예쁘게 꾸몄습니다. 우리 집을 살펴보러 오는 사람에게 자신 있게 보여줄 수 있는 정말 아늑한 곳입니다. 나는 지금까지 우리 아이가 기죽지 않고 살게 하기 위해 노력했으며, 이 세상에서 가장 멋진 아이로 자라 나보다 행복한 삶을 살기를 바라며 뒷바라지에 소홀함이 없었습니다. 나 자신은 아무리 몸이 나빠도 절대 굶어 죽지는 않을 것이라는 말도 안되는 생각을 하며, 아픈 내색하지 않고 오직 아들 생각을 하며 버텼습니다. 아들이 있는데 감히 아프다니… 아들에게 어떻게 걱정을 하게 합니까.

못난 어미가 힘겨운 삶을 결코 포기하지 않았던 것은 점점 커가는 아들 모습이 대견해서, 또 가끔은 툴툴대도 나를 어머니로 생각하며 빈말이지만 나와 같이 살겠다고 하는 눈물나게 고마운 말 때문이기도 했습니다.

정말 눈물나게 고마워서… 울지 않아야 하는데….

그저 한 번 웃어주는 것만으로도 아니 신경질 내는 것조차 사랑스러워 보이니 이런 아들 바보가 없다고 생각합니다. 매일 자식 바라보며 자식 커가는 것을 보는 기쁨이 내가 지금껏 세상에 태어난 후 비로소 처음으로 느껴보는 행복입니다. 어렸을 적 부모로부터 매일 들었던 나가서 돈 벌어오라는 잔소리도 지금은 없고, 잠시 사귀었던 남자의 폭력과 위협이 없는 지금이 얼마나 행복한지 모릅니다.

타인으로 인한 어떤 걱정도 없는 나에게 조금 어려운 것이 있다면 어렵게 시장에 자리 잡은 과일 가게 장사가 잘 안 되는 것입니다. 경제 불황인 탓도 있지만, 옛날보다 재래시장을 찾아주는 손님이 없으니 더 걱정입니다. 하루하루 과일을 팔며 생활비를 보태는 일이 어렵습니다. 하루 3만 원 벌기도 어려운 현실입니다. 그래도 하루 벌이가 없었던 시절에 비하면 호강하는 것임을 알기에 또 아무것도 가진 것 없어도 누구보다 귀한 보물인 자식이 있기에 누구보다 든든합니다. 어제는 사랑하는 아들이 가지고 싶어 하는 운동화를 사주지 못한 것이 못내 마음이 아팠습니다. 운동화 값이 참으로 비싸더군요. 10만 원은 훌쩍 넘어갑니다. 우리 집 사정을 잘 알기에 아들은 뭐 사달라는 이야기를 잘 하지 않는 착한 아들인데 얼마나 갖고 싶었으면 그런 말을 했을까 생각하니 마음이 아파옵니다. 아침에 그 냥 보낸 것이 자꾸 눈에 밟힙니다. 기죽어 있을 아들 생각에 길가에 있는 의자에 앉아 한참을 울다가 불현듯 항상 치마 안쪽 비밀 주머 니에 넣고 힘이 들 때마다 꺼내보곤 하던 통장이 생각납니다. 실은 제가 몸이 조금 안 좋아 모아두었던 돈입니다. 병원에서는 당장이라 도 수술하라고 하지만 돈이 있어야 말이지요. 그래도 혹시나 해서 아주 적은 돈이지만 달마다 적금을 모아 놓았는데 실망하고 있는 아들을 위해 과감히 찾기로 하였습니다. 어디 사람이 쉽게 죽기나 할까요!

　죽어도 아들에게는 비밀로 하기로 하고 모처럼 은행에 다녀왔습 니다.

　즐거운 마음에 눈물 한 방울도 흘리지 않았습니다. 하나도 아쉽 지 않았습니다. 아들이 가지고 싶다던 운동화를 사고 멋진 옷 한 벌 도 샀습니다. 내가 덜 먹고 열심히 다시 벌면 되니까…. 또 아들을 위해 하는 일인데 신께서 이 모든 것을 잘 보살펴주실 것이라 생각 했습니다. 제발 아들이 좋아해 준다면 나는 더 소원이 없습니다. 얼 마 남지 않으면 만기가 다 되어 이자까지 제대로 받을 수 있는 것을 알면서도 아들을 위해 미리 조금의 돈을 찾기로 하였습니다. 나머지 돈은 다시 저금하면 되는 것이고, 적금이야 다시 시작하면 되는 것 이지요. 내 몸이 더 나빠지지 않도록 노력할 일만 남았습니다. 아들 이 좋아할 모습에 절로 웃음이 나오고 도저히 가만 있을 수가 없어 서 일찍 가게 문을 닫고 지하철에 몸을 실었습니다.

　그동안의 고생이 주마등처럼 떠오르며 눈물이 났지만 기뻐할 아들을 생각하며 얼른 눈물을 훔쳐냈습니다. 오늘은 왜 자꾸 그동안 아들에게 잘못한 일만 떠오르는지 모르겠습니다. 아들에게 마음의 문자를 보내봅니다. 절대 모르겠지만, 하늘에서 마음을 읽고 아들에게 알려주실 것을 믿고 말해봅니다.

아들아! 정말 미안해!

모든 것이 내 잘못이야!

아빠와 헤어진 것도 무조건 내 잘못이야!

미래에 대한 대책 없이 네가 생기고 나서 책임지겠다는 말도 없이 우리를 버린 아빠를 그래도 잡았어야 했는데 정말 미안해.

술만 먹으면 나를 폭행해도 너를 위해 참았어야 했는데 나만 아프면 그만인데 그런 내 모습 보이기 싫어 헤어지는 길을 택했어!

내가 아무리 열심히 일하고 벌어도 그 돈은 우리가 살아가기에는 턱없이 부족해 자꾸 너를 위축되게 만들었었지.

다 못난 엄마 만난 탓이야! 정말 미안해!

자꾸 아프다고 해서 정말 미안해!

내 몸 관리도 못하고 걱정하게 해서!

오늘도 나는 사랑스러운 내 아들을 생각해!

미치도록 사랑스러운 내 아들!

너만 생각하면 그동안의 불행의 순간들은 어느덧 잊혀지고 내 생애 가장 짧은 순간이긴 하지만 행복한 순간들만 떠올라.

최악의 상황도 네가 있어 강하게 견뎌낼 수 있었다고 생각해.

어떻게 나에게는 인생의 순간들이 불행의 연속일까.

한 번이라도 웃을 수 있다는 것은 나에게는 사치였지.

그러나 나는 너를 바라보며 찾은 사치 같은 웃음을 영원히 간직하기로 했다.

　나는 네가 잘 되기만 바랄 뿐 너에게 어떤 것도 원하지 않는다.

　찾지 않아도 그 뿐 내가 너에게 한 잘못이 너무 크기 때문에 너를 추호도 원망하지 않는단다.

　이런 내 마음 알아달라고 하지 않을게.

　언젠가 네가 스스로 일어서 잘되는 순간 단지 나는 너의 주위에서 맴도는 존재가 되어 바람처럼 사라져도 더 아무런 미련을 갖지 않을 거라 확신해!

　괜한 눈물이 또 앞을 가린다.

　다시는 울지 않을게.

　아들! 나는 네가 있는 것만으로도 어제와 다름없이 오늘도 힘을 내고 있어!

　든든한 내 아들에게 가는 순간이 이렇게도 가슴 떨리고 벅차오르는 것은 내 마음이 약해서일까요? 자꾸만 흐르는 눈물을 감출 수가 없습니다. 그래도 이 기쁜 소식을 아들에게 알려주어야겠습니다. 나이 먹은 엄마가 궁상떠는 것은 아닌지 모르겠습니다. 그래도 오늘은 보내고 싶은 생각이 간절한 이유를 모르겠습니다.

아들! 정말 미안했어!

엄마 오늘 돈 많이 벌었어! 사람들이 맛있다면서 얼마나 많이 사주던지 이렇게 쉽게 돈 벌 수 있는 날도 오는구나!

누구나 쉽게 사 줄 수 있는 운동화인데….

한걸음에 달려가 가장 큰 매장에 가서 네가 이전에 사달라고 졸랐던 운동화로 잘 골랐다.

역시 값 나가는게 좋긴 좋더구나. 옷도 샀어! 아들! 엄마 대단하지!

아들! 앞으로 기죽지 마. 자주는 아니지만 네가 원하는 것 더 사주도록 할게…. 그동안 돈 없다고 한 것 정말 미안했어. 다시는….

옛날 같으면 버스를 타면 1시간 거리인데 지금은 지하철이 생겨서 20분이면 갑니다. 교통비도 적은 돈이 아니지만 그래도 지름길이니 이것만으로도 나는 행복합니다. 휴대폰 바탕화면에 아들 사진을 큼지막하게 올려놓았습니다. 몇 번이고 휴대폰을 꺼내봅니다. 오늘따라 왜 이렇게 아들이 보고 싶은지 모르겠습니다. 눈물은 왜 그렇게 자꾸 나는지 옆 사람이 볼까 두려워 손으로 몰래 눈물을 훔치고 맙니다. 나이 먹으니 눈물샘이 폭발하나 봅니다. 이제 세 정거장만 가면 집에 다다를 수 있습니다.

피곤한 지 자꾸 눈이 감깁니다. 깜빡 잠이 들었나 봅니다.

그런데 갑자기 커다란 소리가 들려옵니다.

불이 났나 봅니다. 아! 갑자기 불이 나며 온 천지가 까만 암흑입니다.

비명이 난무하며 뜨거운 불길이 나를 덮쳐옵니다. 황급히 자리를 피하려 하지만 사람들이 나를 짓누르고 있어 나갈 수가 없습니다.

아! 아들을 만나야 하는데…. 이러면 안 되는데…. 질식할 것 같습니다.

아! 아들에게 운동화와 멋진 옷을 선물해야 하는데….

내 한 몸 부서져도 좋은데 제발 살아나가 아들을 만나야 하는데….

아! 안 됩니다! 한 치 앞도 나갈 수가 없습니다.

온몸이 점점 뜨거워집니다. 아! 아들아!

갑자기 휴대폰이 생각났습니다. 한 치 앞도 안보이고 아수라장이지만 저장된 아들 번호를 눌러 통화를 시도했습니다. 아! 받지를 않습니다.

오늘은 학교를 쉬는 날이지만 아들이 혹시 짜증낼까 봐 얼른 전화기를 닫습니다. 그러나 순간 지금하지 않으면 안 될 것 같은 불안한 생각이 자꾸 듭니다.

다시 통화를 시도합니다.

다시 받지를 않습니다.

아! 어찌해야 하나!

순간 문자라도 남겨야겠다는 생각을 합니다.

반드시 살아나갈 거라 확신하지만, 혹시 모르는 일이니까 서툴지만 온 정신을 집중하여 문자를 보내봅니다.

> 아들! 내가 산 멋있는 운동화를 신기고 싶었는데 그럴 수 없을 것 같아! 아니야! 나갈 수 있을 거야! 꼭 나갈게!

아! 누군가 나를 밀어냅니다.

나는 다시 아들에게 문자를 보냅니다.

> 🗨️ 아들! 지금은 나갈 수 없을 것 같아.
> 내가 나가면 맛있는 것 사 줄게. 조금만 기다려!
> 그런데 지금 나갈 수가 없구나….

아무것도 보이지 않는 칠흑 같은 어둠이 나를 둘러싸고 사람들의 비명과 뜨거운 불길이 나의 온몸을 덮쳐버립니다.

아! 살아나갈 수만 있다면 아들에게 더 잘해줄 수 있는데….

아니 반드시 살아 아들이 행복한 모습을 보고 싶은데….

안 될 것 같습니다.

아! 갑자기 어린 아들이 보입니다. 어린 아들이 갑자기 내 품에 안기며 모처럼 웃습니다.

행복합니다. 아!

어렸을 적 아들이 웃으며 내 품에 안길 때가 이 세상 다 가진 듯 행복했는데 이제 다시는 그러지 못할 것 같아서 자꾸 눈물이….

울면 안 되는데! 여기서 살 길을 찾아야 하는데!

죽을 때까지 아들 곁에서 아들 잘되는 것을 보고 죽어야 할 텐데….

아 그러나 내가 갈 곳은 이게 차라리 꿈이었으면….

잠깐 자고 아무 일 없었던 것처럼 다시 일어설 수 있으면 얼마나 좋을까요.

아! 아들아! 아들아! 아들아!

오늘 아침 성을 내며 나온 아들은 어쩐지 어머니가 보고 싶습니다.

어머니로부터 전화가 온 것 같은데 괜히 심통이 나서 받지도 않았습니다.

저만 바라보고 온 세월이 얼만데…

눈물이 마를 날이 없으셨던 어머니이신데….

괜히 심통 내고 나온 것이 죄송했지만 돈 있는 아이들과 비교되는 자신이 한없이 싫었습니다. 내가 열심히 하는 공부조차 과연 나의 미래를 보장해줄 거라는 확신조차 서지 않았습니다. 어제는 괴로움에 집에 가지 않고 밤늦도록 거리를 방황하였습니다. 그리고 아침에 어머니께 해서는 안 되는 막말까지 하고 말았습니다. 오늘따라 어머니 모습이 자꾸 떠오르는 이유를 알 수 없었습니다. 집에 가기 위해 버스 정류장에 서 있는데 지하철에서 큰불이 나서 많은 사람들이 죽었다는 소식이 전해졌습니다.

남의 일이거니 했는데 바로 내가 살고 있는 대구 지하철에서 큰불이 났다는 사실을 알았습니다. 순간 어머니께서 자주 이용하시는 지하철이 떠오르며 설마 하는 불길한 예감에 사로잡혔습니다. 휴대폰을 얼른 켜보았습니다. 어머니로부터 전화 두 통이 와 있었고, 문자 3통이 와 있었습니다. 문자 3통의 내용을 보고는 순간 나는 모든 것이 정지되고 암흑이 찾아왔음을 알게 되었습니다. 나는 차마 볼 수 없었습니다. 미리 보면 나쁜 일이 일어날 것이라는 막연한 공포가 나를 짓눌렀습니다. 이건 꿈이라고 생각하며 불길한 생각에 안절

27

부절 했습니다. 가까운 거리 가게에 있는 TV 화면에 사망자 명단이 나오고 있었습니다. 나는 설마 하며 전화를 걸었습니다. 아! 신호는 가지만 받지를 않습니다. 바쁜 일로 받지 않는 것이라 확신하며, 다시 걸어보았습니다.

뚜! 뚜! 뚜! 신호만 갈 뿐 받지 않았습니다.

앗! 순간 TV 화면에 어디서 낯익은 이름이 보입니다.

어머니와 같은 이름이 막 지나간 것 같습니다. 설마 그럴 리가 있습니까! 아무래도 확인을 해봐야 할 것 같습니다. 시장 아는 아주머니께 전화를 드려보았습니다. 하시는 말씀이 오늘 은행 들렀다고 일찍 간다고 했다는 것입니다. 몸도 아픈 사람이 일찍 가는 것은 처음 보았다고 하시면서 말입니다. 나는 안절부절 걱정하며 택시를 잡아 탔습니다. 사고가 난 대구 지하철역으로 가보았습니다. 사람들의 울부짖음이 이어지고 있었으며 아직도 연기가 새어 나오고 있는 지하철 역사에는 접근 금지라는 팻말과 함께 경찰들의 통제가 이루어지고 있었습니다.

순간 어머니의 아직 읽지 못한 문자가 생각났습니다. 설마 하며 내용을 열어보았습니다. 전화 2통도 연이어 계속 왔었다는 것을 알 수 있었습니다. 문자를 황급히 열어보고는 나는 그만 하늘이 무너지는 소리를 들었습니다. 급하게 보낸 문자임을 한눈에 알 수 있었습니다.

💬 아들! 정말 미안했어!

엄마 오늘 돈 많이 벌었어! 사람들이 맛있다면서 얼마나 많이 사주던지 이렇게 쉽게 돈 벌 수 있는 날도 오는구나!

누구나 쉽게 사 줄 수 있는 운동화인데….

한걸음에 달려가 가장 큰 매장에 가서 네가 이전에 사달라고 졸랐던 운동화로 잘 골랐다.

역시 값 나가는 게 좋긴 좋더구나. 옷도 샀어! 아들! 엄마 대단하지!

아들! 앞으로 기죽지 마. 자주는 아니지만 네가 원하는 것 더 사주도록 할게…. 그동안 돈 없다고 한 것 정말 미안했어. 다시는….

💬 아들! 내가 산 멋있는 운동화를 신기고 싶었는데 그럴 수 없을 것 같아! 아니야! 나갈 수 있을 거야! 꼭 나갈게!

💬 아들! 지금은 나갈 수 없을 것 같아.

내가 나가면 맛있는 것 사 줄게. 조금만 기다려!

그런데 지금 나갈 수가 없구나….

아악! 이럴 수가 없습니다. 뜨거운 불길 속에서도 그렇게 나를 찾았는데 전화도 받지 않고 문자도 보지 않았으니 얼마나 절망하셨을지 상상이 가지 않았습니다. 마지막 목소리라도 들었어야 했는데 이 불효막심한 놈은 받지도 않았습니다.

아! 어머니! 나를 죽여주세요!

오직 나를 위해 희생만을 하셨던 어머니 제발 나를 지옥으로 내쳐주세요! 아! 어머니의 모습을 아니 어머니의 목소리라도 들을 수 있다면 얼마나 좋을까요!

이제는 모든 것이 끝나버렸습니다.

나의 인생은 어머니의 죽음으로 아무것도 아닌 것이 되어 버렸습니다.

이제 나는 어디로 가야 하나요!

어머니! 어머니를 따라가고 싶어요! 어머니!

모든 것이 끝나고 사고 처리가 되고 난 후 접근하지 말라는 경고를 무시한 채 나는 황급히 역으로 들어가 다 타버린 전철 안을 미친 듯이 뒤지며 다닙니다.

어느 하나 온전한 것이 없습니다.

이러다 어머니의 유품 하나도 건지지 못하는 것은 아닐까요?

미친 듯이 어머니를 찾아다녔습니다. 1시간이 지났을까요?

전철 후미진 곳에서 다 타버린 웅크린 시신이 보이고 그곳에서 타버린 새까만 운동화가 보입니다.

분명 어머니일 거라 확신하며 울부짖으며 다가갑니다.

아무것도 남아있지 않았지만, 그곳에는 아직도 어머니의 사랑의 온기가 남아있는 타버린 까만 운동화가 가지런히 놓여있었습니다.

나는 차마 만지지를 못하고 어머니의 시신 옆에서 목놓아 울기 시작했습니다.

어머니께서 얼마나 뜨거웠을지 감히 공포스럽게 생각하며, 지켜드리지 못한 못난 아들은 송구함에 오래도록 그곳을 떠나지를 못했습니다.

지금 나는 어머니의 영전 앞에 머물러 있습니다.

어렵게 찾은 어머니의 모습은 나를 향해 웃고 있습니다.

젊을 때 그대로의 고운 모습을 그대로 간직하고 있습니다.

누구보다 아름다웠던 어머니 모습은 그때 전화 받지 못한 아들을 꾸짖으며 아직도 나를 향해 웃고 있습니다. 저 세상에서나 만날 수 있을지 모르겠습니다. 아직 어떻게 살아갈지 확신할 수 없지만 악착같이 그리고 반듯하게 살아 어머니를 기쁘게 해드려야겠다는 결심을 하며 또다시 어머니 영전 앞에서 쓰러지고 맙니다!

어머니! 보고 싶어요! 어머니!

이제 제가 드리는 부귀영화 누리셔야죠!

어머니! 어떡합니까! 제발 이 아들을 용서하지 말아주세요!

어머니!

작은 세상을 구원한
짜장면 배달원 이야기

　당신은 이 세상을 구원한 진정한 영웅입니다. 당신의 직업은 짜장면 배달원입니다. 누군가에게는 아주 보잘것없고 작은 직업이었지만 당신에게는 당신이 살아갈 충분한 이유가 되었던 자랑스러운 직업입니다.

　아픈 순간에도 짜장면 배달을 놓지 않았으며, 자신은 굶어가면서도 자신을 기다리는 많은 기부자들을 생각하면서 더 줄 수 없는 것을 안타까워하였습니다. 당신의 방 한 칸은 한 사람이 겨우 누울 수 있는 공간임에도 당신은 불편해하지 않았으며, 한 끼 식사조차 제대로 하기 어려웠던 상황이었음에도 자신이 도와주는 누군가를 행복하게 할 수 있다는 생각에 누구보다 밝게 웃으며 하루를 시작했고, 자신의 일에 자부심을 가지며 최선을 다했습니다. 당신은 기부하는 삶을 온몸으로 실천하였던, 가난했지만 끝까지 당당하고 따뜻했던 작은 거인이었습니다.

　당신은 우리를 참으로 부끄럽게 하였습니다. 혼란한 세상에 한 줄기 빛이 되어 우리를 희망으로 이끌고, 가난한 삶을 살면서도 당신의 모든 것을 내어주는 기쁨을 실천함으로써 이 세상 살맛나게 만들어주셨던 당신의 존재를 이제는 볼 수 없습니다. 당신은 누구보다 오래 살아있어야 했습니다. 그래서 당신이 우리에게 준 모든 것을 다시 받는 행복을 누려야 했습니다. 죽음의 운명도 당신을 비켜가고 당신이 하고 싶은 대로 마음껏 이 세상 살도록 해야 했습니다.

숭고한 삶을 살고 있는 당신을 누가 감히 가져가 버린다는 것입니까.

슬프고 슬픕니다.

고아로 내버려진 채 누구 하나 돌봐줄 사람 없어 혼자의 힘으로 살길을 찾아야 했던 당신은 구걸, 양조장 허드렛일, 시장 지게꾼 등 어렵고 힘든 생활을 견뎌야 했습니다. 그렇게 힘든 생활은 당신을 잘못된 길로 이끌어 소년원이나 교도소에 들어가는 아찔한 순간도 있었음을 다 알고 있습니다.

그러나 당신은 어느 날엔가 달라져 있었습니다. 자신이 번 돈 거의 전부를 어려운 사람들에게 기부하면서부터 당신의 삶은 정말 달라졌습니다. 하루하루가 기쁨이었고 당신의 후원을 기다리는 많은 사람들 생각에 하루하루가 기대에 부풀어 있었습니다. 언젠가 어린이 재단을 통해 도왔던 아이들이 당신에게 보냈던 고마움의 편지를 평생 자랑스럽게 간직하며 당신의 새로운 삶은 시작되었습니다.

"후원자 아저씨! 정말 감사합니다. 너무나 어려운 생활에 생을 포기할까 생각까지 했었는데 천사 같은 아저씨가 도와주셔서 이제 할머니와 함께 행복한 미래를 생각하게 되었습니다. 열심히 살겠습니다. 저를 살려주셔서 고맙습니다."

"고맙습니다. 돈이 없어 사는 일이 너무 어려웠는데. 보내준 후원금으로 쌀도 사고 연탄도 샀습니다. 정말 감사합니다. 누구신지는 모르지만 이제는 얼마 남지 않은 살 날을 따뜻하게 날 것 같습니다. 제가 열심히 배웠습니다. 한글을 배우고 난 지 처음으로 당신에게 편지를 보냅니다."

편지를 받고 얼마나 가슴 벅차던지 읽고 또 읽으며 기쁨의 눈물을 쏟아내었습니다. 가끔은 세상 탓하며, 자신의 직업에 대해 천대받고 있는 사실에 분개하고, 당신이 어렵게 살 수밖에 없는 처지를 비관할 때가 있었는데 정신이 번쩍 들었습니다. 끝없이 자신을 반성하면서 사회를 위해 가치 있는 일을 하게 된 자신이 얼마나 자랑스러운지 편지를 받은 그날 밤 얼마나 기쁨의 눈물을 흘렸던지 한숨도 자지 못했습니다.

이 세상 살면서 너무나 기분 좋은 설렘과 열심히 일을 하여 더 많은 사람을 돕겠다는 마음의 다짐을 하였습니다. 그날 이후 당신의 나눔은 점점 속도를 내게 되었고, 자신이 꼭 써야 할 비용을 뺀 나머지 모두는 어김없이 형편이 어려운 이들에게 보내졌습니다. 무엇을 바라기보다 누군가를 위해 나눠줄 수 있다는 자신이 너무 자랑스러웠습니다. 아침에 일찍 눈을 뜨는 순간부터 그의 얼굴에서 웃음이 떠나지 않았고, 이웃에게도 기쁨을 주는 열심히 삶을 살아나가는 아저씨로 우뚝 섰습니다.

당신의 존재는 온 동네를 칭찬하게 하고 서로를 배려하게 하였습니다.

당신이 자신의 그 어렵던 순간들이 떠올라서였을 것입니다. 아니다시는 이 땅에 당신 같은 아이들이 생기지 않기를 바랐기 때문일 것입니다.

　남을 도와주는 거룩한 일을 시작하면서 당신에게서는 희망의 빛이 생기고 온 누리를 비추어 주었습니다. 당신의 잘못된 모든 것을 버리고 남을 도울 수 있다는 그 사실 하나만으로도 행복하였던 죽음의 순간까지 천사였던 당신이었습니다. 당신보다 몇 배 가진 우리보다 더 가진 것이 많았다는 것을 이제야 우리는 깨닫습니다. 짜장면을 배달하면서도 뭐가 그리 즐거운지 항상 웃음을 잃지 않았던 당신이 너무 그립습니다. 당신이 이루려했던 꿈을 우리가 대신하겠습니다.

　당신은 가난을 넘어 다 주고도 더 주려 했던 내가 도저히 따라갈 수 없는 사람입니다. 한 달 70만 원의 벌이에도, 창문조차 없는 1.5평짜리 쪽방촌에 살면서도 자신이 살아있음에 감사하며 자신이 누군가를 도울 수 있다는 사실에 감사하며 자신보다 살기 어려운 아이들을 위해 자신이 더욱 살아가야 할 이유가 있음을 알고 그렇게 행복해했습니다. 하루하루가 즐거움이었고 천사 같은 미소가 당신을 감싸고 있었습니다.

　당신이 있어 우리는 든든했고 당신의 작은 기적이 세상을 바꿀 수 있음을 믿었습니다. 그런 당신이었는데….

　아! 당신을 잃게 된 다시는 볼 수 없게 된 그 날의 순간을 믿고 싶지 않습니다.

　당신의 환한 미소를 아니 당신의 다 주고도 행복해했던 웃음을 더 이상 볼 수 없음에 나는 통곡합니다. 당신의 죽음을 되돌릴 수만 있다면 좋으련만 그럴 수 없음에 안타까움만 더하고 맙니다. 후원을 시작하며 한 푼이라도 더 도와주기 위해 피우던 담배도 끊고 술도 모두 끊었던 당신입니다.

언젠가 당신이 "내가 도와줄 수 있는 사람이 있다는 사실이 너무 행복합니다. 눈만 감으면 그들의 웃는 모습이 떠올라요. 얼마나 힘이 나는지 몰라요."라고 했던 말이 아직도 생생합니다. 이웃에게도 환한 웃음 선사하며 가난하지만 아이들을 도울 수 있어 행복한 마음으로 큰 부자처럼 살아오신 당신입니다.

자신을 제대로 살게 해 준 것은 자신이 후원하였던 아이들 덕분이라며 힘든 하루도 거뜬히 견뎌내던 당신이었는데 이제 당신은 없습니다. 잘못된 마음을 가진 채 영원히 아집에 빠져 고치려는 어떠한 노력을 하지 않은 사람들보다, 아니 이기적인 속내를 드러내며 조금이라도 손해 보지 않으려 애쓰는 우리보다 모든 것을 다 내주고도 오히려 행복해했던 하늘만큼 거대한 당신은 거룩한 존재였습니다. 슬프고 험한 세상에서도 당신은 우리의 큰 희망이었고 우리의 크나큰 구원이었는데 이제 당신은 이 땅에 없습니다.

죽어서도 살아있는 이 땅의 어려운 이들 생각으로 눈물지을 당신이 이제는 없다는 것이 우리를 힘들게 합니다. 당신이 죽은 이후에도 거두어줄 사람이 없어 영원히 혼자였을 당신에게 그저 미안한 마음이 가득합니다. 교통사고로 인해 고통받는 순간에도 아무도 찾지 않는 병실에서 쓸쓸히 죽음을 맞이해야 했던 당신에게 그저 미안하다고 죄송하다는 말밖에 드릴 수 없습니다. 부디 저 세상에서라도 당신이 주신 것 모두 받아 당신만의 행복한 삶을 누리시기를 기도합니다. 당신을 잃은 슬픔을 나는 오늘 못내 애통해 하며 당신의 숭고한 죽음을 애도합니다. 혹 달려오실까 하며 당신 이름을 소리쳐 부릅니다. 교통사고로 쓰러져 의식이 없어져 가는 순간에도 이 땅의 어려운 이들을 진정으로 걱정하며 더 이상 도와주지 못함을 안타까워하던 모습을 잊을 수 없습니다. 오랫동안 후원자들에게 매달 보냈던 통장들이 혹시 상할까 봐 끝까지 부둥켜안으며, 마지막 운명을 달리한 당신을 나는 아직도 잊을 수가 없습니다.

우리 모두를 부끄럽게 하고 우리에게 많은 가르침을 준 당신을 나는 이대로 보낼 수가 없습니다.

이 땅의 성자(聖者)인
이 땅의 새로운 빛을 주신
거룩한 당신이여!
부디 영면하소서.
그리고 이 땅이 당신의 소원대로 나눔과 희생의 삶이 가득할 때까지 부디 지켜보아 주소서.
아름다운 그대여!
작은 세상을 구원하며 우리에게 남김없이 주고 간 숭고한 그대여!

# 어느 훈련병의
편지

내일이면 내가 근무할 부대로 배치되어 평소 경험하지 못했던 낯선 세계로의 새로운 도전을 시작하게 됩니다. 내가 얼마나 변했는지 이 자랑스러운 자식의 모습을 보여주었으면 좋으련만 그럴 수 없음에 가슴만 미어집니다.

어머니! 얼마 만에 불러보는 이름인지 모릅니다. 어머니라는 이름만으로도 나는 마음이 울컥하며 내 얼굴 위로 끝없는 눈물이 떨어집니다. 나는 어머니가 몹시도 그리울 때마다 군대 오는 날 어려운 살림에도 나에게 주었던 5만원의 용돈을 주머니에서 넣었다 빼며 어머니의 사랑을 온몸으로 느꼈습니다. 몇 번이고 훈련이 끝난 후 허기진 배를 채우려 할 때마다 어머니가 주신 돈을 쓰고 싶은 욕망이 간절하였으나 나는 그 돈을 차마 쓸 수가 없었습니다. 돈을 써버리는 순간 어머니의 사랑이 모두 없어져 갈지도 모른다는 두려움이 컸기 때문입니다. 어머니와 떨어진 단 하루 만에 어머니가 보고 싶어 나는 눈물을 흘렸습니다.

어머니와 떨어져 지낸 단지 몇 주간의 시간이었지만 나는 힘들 때마다 어머니의 모습을 떠올렸습니다. 아니 힘들 때마다 나는 나를 아직도 기다리고 계실, 오늘도 하나라도 더 팔기 위해 애쓰시는 어머니를 찾았습니다.

나는 훈련소에서 훈련을 받는 내내 생각하기에 따라 주어진 시간이 얼마나 소중한 것이며, 훈련하는 1분이 그렇게 길게 느껴지는 건 세상에 태어나 처음이었습니다. 훈련은 생각보다 힘들었고, 의지로도 견디기 힘들 때도 많았습니다. 그럴 때마다 나를 위해 웃고 계신 어머니를 생각하며 유난히 체력이 달리는 나를 채찍질하며 누구에게도 약한 모습 보이지 않으며 한 번도 낙오하지 않고 훈련을 견딜 수 있었습니다. 나는 지금까지 살아오면서 어머니의 자식으로서 어머니의 고마움과 희생에 대해 한 번도 생각하지 않았습니다.

다만 언제나 같은 옷차림에 세월의 풍파에 얼굴 깊은 주름과 아름답게 가꾸어야 할 손에 난 상처투성이의 거친 손이 부끄러워 감히 내 어머니라고 말하지도 못하는 불효를 범하고 말았습니다. 집안 화재로 인해 생겨난 심한 흉터의 얼굴임에도 나를 보려 애쓰셨던 그 모습을 나는 영원히 잊지 못할 것입니다.

오직 나를 위해 희생을 감내하고 계신 어머니의 마음을 헤아리지도 못한 채 나는 잘살지 못하는 현실이 불만이었고, 아버지 없이 오랜 세월 살아오신 어머니의 행상 모습이 부끄러워 어머니가 계신 시장에도 한번 발을 들이지 않았습니다. 언젠가 아이들과 함께 시장을 거닐다 마주친 어머니를 아이들 볼까 두려워 다른 쪽으로 돌아갔던 일은 아마도 어머니를 가슴 아프게 하였을 것입니다. 어머니께서 얼마나 가슴 아파하셨을지 생각하며 이 불효 자식은 또 울고 맙니다. 죽음으로도 갚지 못할 가슴 아픈 기억을 다시는 드리지 않겠다고 다짐하고 또 다짐합니다.

내가 처음 훈련소에 들어오던 날 어머니가 펑펑 우시던 모습을 잊지 못합니다. 아니 내가 죽을 때까지 잊지 않을 것입니다. 오로지 나 하나 만을 보고, 또한 나를 의지하며 평생을 살아오신 어머니께서 나를 떠나보내고 흘리셨을 눈물을 생각하면 나는 또다시 가슴이 저며옵니다. 나는 그때 알았습니다. 어머니가 내게 어떤 존재였는지 그제서야 나는 깨닫고 지금 흐느낍니다.

나는 남북 분단의 상황이 슬프기도 했지만 현실을 있는 그대로 받아들이며, 나라의 부름에 흔쾌히 따랐습니다. 남들도 다 가서 마치고 돌아오는 것이니 나도 잘 할 수 있으리라는 막연한 생각만 한 것도 있었음을 지금에야 고백합니다. 훈련소 생활은 그야말로 인내와 끈기, 그리고 나를 시험하는 새로운 낯선 세계였습니다. 내일을 생각할 여유도 없이 오직 앞만 보고 훈련에 훈련을 거듭하였습니다.

유난히 까다로운 입맛 탓에 자주 어머니께 짜증을 부렸던 나는 어떤 모래알 같은 음식이라도 가장 맛있게 먹을 수 있으며, 단지 먹을 수 있어 모든 것이 고마운 지극히 정상적인 사람으로 변해갔습니다. 나는 훈련을 하면서 나를 돌아보게 되었고, 내가 배워야 할 인생을 알게 되었습니다.

세상은 혼자 사는 것이 아니라 남과 더불어 살아가는 것이 값진 일임도 알게 되었습니다. 내가 인간적으로, 아니 인격적으로 배워야 할 동료들 천지였습니다. 나는 한 없이 부족한 존재였고, 인생에 있어 아직도 그들에게 한참 뒤처져 있는 한없이 이기적이었던 불쌍한 중생에 불과하였습니다. 고된 훈련 중에도 남의 배낭을 자발적으로 짊어지며, 마지막 종착지까지 이끌어주며 가는 동료들을 보며 그들의 남을 위한 배려의 마음이 그렇게 훌륭하게 보일 수 없었습니다.

혼자만의 세계가 제일이라 여겼던 내게 훈련소 생활은 더 큰 세계를 보는 계기가 되었습니다. 본인도 힘들지만 자기보다 더 힘들어하는 동료가 있어 챙기는 것을 오히려 더 당연시하는 인품으로 내가 따라갈 수 없는 그들과 함께 하며 나는 사랑을 배우고 희생을 배웠습니다. 고된 군사 훈련도 나보다 나은 그들을 보며 이겨나갈 수 있었습니다. 그들은 나의 스승이자 인생의 나침반이었습니다.

나는 지금에야 어머니께 큰절을 올립니다. 이제서야 철이 들어 새로운 남자로 거듭난 자랑스러운 아들로 어머니께 큰 절을 올립니다. 나는 전보다 강해졌습니다. 생각도 의젓해졌습니다. 보여드릴 수만 있다면 좋겠는데…. 지금 그러지를 못해 안타까울 뿐입니다. 나는 또한 깨달았습니다. 미래는 현재에 강한 자만의 것이라는 확신을 갖게 되었습니다.

현재를 열심히 살고 강하게 헤쳐나가지 못한다면 미래가 없음을 나는 잘 알게 되었습니다. 또한, 어머니가 없으면 나는 아무것도 아님을 알게 되었습니다. 또한, 어머니가 있어 나는 지금 너무 행복하다는 것을 알게 되었습니다. 어머니의 사랑이 얼마나 크고 깊었는지 이제 새삼 알게 된 아들이 진정 부끄러워 어머니께 큰 절을 올립니다.

어머니! 부디 건강하소서! 자랑스런 아들이 군복무 무사히 마치고 사회로 복귀하는 날까지 건강하시기를 소원합니다. 나는 지금 어머니가 다시 너무나 보고 싶습니다. 가난해서 한없이 미안하시다는 말씀, 이제는 하지 마세요. 한 번도 가난하다고 생각해본 적도 없고 어머니를 원망한 적도 없습니다.

지금도 안고 있는 크나큰 화상의 아픔을 평생 두고 치료해 드릴게요. 어머니 곁에 늘 있으며 효도하는 아들로 남겠습니다. 할 수만 있다면 꿈속에서라도 한걸음에 달려가 그동안 마음 아프게만 해드렸던 어머니를 웃게 해드리고 싶습니다. 어서 군 복무가 끝나면 그토록 꿈에 그리며 사랑했던 어머니를 안아 놓아드리지 않겠습니다. 지금 어머니께 한없이 부끄럽기만 했던 아들이 달려갑니다.

아! 나를 아직도 기다려 주실지 모르겠습니다. 아직도 변함없는 사랑으로 이 못난 자식을 자랑스러워하실지 모르겠습니다. 어머니! 자식 소원이 하나 있습니다. 어머니보다 가슴이 더 넓은 이 건장한 아들이 잘 드시지 못해 깃털보다 더 가벼우실 어머니를 번쩍 들어 올려 하늘 높은 곳으로 올려드리고 싶습니다. 부디 다시 사람으로 거듭난 자식의 마지막 소원을 들어주시옵소서.

모든 기초 군사 훈련이 끝나고 이제 자대 배치만 남은 마지막 날 한 몸이 불편하신 초로의 어머님께서 면회를 오셨다는 이야기를 들었습니다. 해당 병사를 불러 물어보니 자대 배치를 받기 전에 훈련장 모습과 훈련받는 아들을 꼭 만나보셨으면 한다고 간곡하게 말씀하셔서 오신 것이라 했습니다. 부대 자체 면회실이 있으니 그곳으로 모시라고 말했습니다.

어머님 만난다는 생각 때문인지 병사의 눈에서 눈물이 그렁그렁합니다. 누구보다 열심히 하였던 병사이고 항상 웃음을 잃지 않던 병사라 부대에 배치받고 나서도 훌륭히 자기 역할을 다해낼 것이라고 믿는 병사였습니다. 가끔 저에게 어머님 사진을 보여주며, 고생만 하셨던 어머님을 위해서라도 무사히 군대 생활을 마치고 어머니 모시며 효도하겠다는 말을 듣고는 내 자신이 부끄러웠던 적이 있던 병사였습니다. 어머니를 뵐 생각에 벌써부터 눈가에 눈물이 맺혀있는 것을 보고는 등을 두드려주며 빨리 가서 뵈라고 말하였습니다.

해야 할 일을 마치고, 약간의 여유 시간이 났습니다. 갑자기 그 병사 생각이 났습니다. 혹시 어머님을 뵈면 인사라도 드릴까 생각하며 그곳으로 향했습니다. 정말 많은 부모님들이 아들 모습 보러 오셨습니다. 발 디딜 틈이 없을 정도로 사람들로 북적였습니다. 가까운 곳부터 찾아보았으나 보이지를 않습니다. 아! 저기 면회실 저 끝쪽 잘 보이지 않는 곳에서 우리 병사가 보입니다. 맞은 편에 어머님께서 앉아 계십니다. 웃음 꽃이 피었는지 웃음 소리가 여기까지 들립니다. 무엇이 그렇게도 즐거운지 궁금하기도 하고 모범 병사 어머님께서 어떤 분이신지 알고 싶기도 해서 그곳으로 이동하였습니다. 병사가 인사할 겨를도 없이 불쑥 들어선 나는 깜짝 놀라고 말았습니다.

아! 어머님의 얼굴이 흉하게 일그러져 있었습니다. 한 쪽 눈은 흉터가 내려 앉아 보이지 조차 않았습니다. 급히 자신의 얼굴을 감추시려 했지만 제가 그만 어머님의 얼굴을 보고 말았습니다. 미안한 마음에 나는 그곳을 빠져나오려 했습니다. 그 순간 "소대장님! 괜찮습니다. 저희 어머님이십니다. 다 이해하십니다."라고 말하며 앉기를 권합니다. 그 병사는 당황하는 기색 없이 어머님을 소개합니다. 그의 얼굴에서 어머님을 부끄럽다고 느끼는 기색은 전혀 없고 오히려 어머니께서 오셔서인지 너무나 행복한 얼굴을 하고 있었습니다.

"소대장님! 저희 어머님은 저 어렸을 적 집안 화재로 인해 화상을 입으셔서 얼굴 전체가 흉하게 일그러지셨습니다. 늦게 본 아들이 잘못 떨어뜨린 촛불이 방안에 번지는 바람에 저를 살리시고 얼굴 모두에 화상을 입으셨습니다. 평소에는 얼굴을 모두 가리고 다니시지만 저 만날 때만큼은 가린 것을 걷어내 저를 바라보시며 말씀하십니다. 집 안에서는 화상 입으신 어머님의 모습 그대로를 드러내며 아무런 걱정 없이 지내십니다. 저도 처음에는 집안에서도 어머님 얼굴을 가리고 다니시라고 잔소리하며 짜증냈던 것을 생각하면 어머님께서 얼마나 마음이 아프셨을까 하는 생각에 마음이 찢어지곤 합니다. 저는 아름다우셨던 얼굴을 또렷이 기억합니다. 지금의 모습에 대해 한 번도 부끄러워한 적이 없습니다. 소대장님!

그런데도 어머니께서는 사람이 아닌 사람으로 보는 사람들 때문에 상처를 많이 입으셨습니다."

"그래서 제가 더욱 열심히 일해서 어머니를 계속 보살펴드렸어야 했는데, 군대에 오는 상황이 생겨 저는 많이 혼란스럽습니다. 누가 어머니를 보살펴드릴까요?"

가난한 집안을 위해 열심히 돈을 벌어야 했던 상황에서 군대에 오게 되었다는 것과 몸이 아파서 돈 버는 일을 전혀 하지 못하시는 어머님을 남겨두고 올 수밖에 없었다며 울음을 삼키며 말을 잇지 못하는 병사의 말을 듣고 나는 가슴이 먹먹해올 수밖에 없었습니다. 어머님은 계속 미안하다며 눈물을 쏟아내십니다. 나는 그 자리에서 아무 말도 하지 못하고 멍하니 서있기만 하였습니다. 그들을 위해 아무것도 해 줄 수 없는 것이 안타까울 뿐이었습니다.

어머님께서 면회를 끝내고 돌아가시다 말고 갑자기 저를 부르십니다. 제 손에 만 원을 쥐어주시면서 맛있는 것 사 먹으라 하십니다. "맛있는 것 사오지 못해 미안합니다. 용서해 주세요."하고 말씀하십니다. 갑자기 고향에 계신 어머님이 생각나 마음이 울컥해집니다. 면회를 끝내고 얼굴을 모두 가리시고 떠나는 뒷모습이 그렇게 안타까울 수가 없습니다.

나는 병사에게 잠시 어머님과 같이 있으라는 말을 남기고 급히 정문 초소로 달려갑니다. 나는 급히 근무 서지 않는 병사들을 모아 놓고 이야기를 합니다. 나의 이야기에 눈물을 흘리는 병사들이 많습니다.

복장을 갖추게 하고 어머님 계신 곳으로 병사들을 인솔하여 갑니다. 병사들을 정렬시키고 병사들에게 "어머님께! 경례!" 명령을 내립니다.

그리고 자랑스러운 어머님께 박수를 보내드립니다. 얼굴을 가리시다 말고 갑자기 울음을 터뜨리십니다. 나는 어머님을 안아드리며 어머님께 조그만 봉투를 쥐어 드립니다.

"이건 우리 부대에서 가장 모범적인 병사를 보내주신 감사의 마음으로 부대에서 주시는 격려금입니다."

"훌륭한 아드님 보내주셔서 감사합니다!"

"우리 아들이 그렇게 훌륭한가요. 실은 오면서 우리 아들 잘못이

있으면 용서를 빌라고 왔는데 안심이 됩니다. 이렇게 고마울 데가
다 있나."

"높으신 분들이 보잘 것 없는 우리 아들에게 이렇게 마음으로 격
려해주시니 정말 감사합니다. 흉한 몰골인 보잘것없는 사람을 따뜻
하게 맞아주신 적이 처음이라서…"

갑자기 다시 울음을 터뜨리십니다.

옆에 있던 아들이 이미 드러난 어머니 얼굴에서 떨어지는 눈물을
닦아줍니다.

"엄마, 울지 마세요. 엄마가 우시니 나도 눈물이…"

병사의 얼굴에서는 뜨거운 눈물이 쏟아집니다.

소대장님의 이 세상 누구보다 따뜻한 마음을 압니다. 흉한 얼굴
로 사람들이 피하던 어머님께서 난생처음으로 따뜻한 사랑을 받아
웃으시는 모습을 영원히 잊지 않겠다고 맹세합니다. 그리고 다시는
또 한 번 어머님의 눈에서 눈물이 떨어지지 않게 모시겠다고 맹세하
며, 어머님을 강하게 끌어안습니다.

차가운 바다에서 보내온
마지막 눈물의 편지

　나는 지금 기울어져 가는 배 안에 있습니다. 모든 것이 혼란스럽지만 나는 침착해지려 애쓰고 있습니다. 어렸을 적부터 내 단짝인 혜영이가 어느 틈엔가 나에게 와 내 손을 꼭 잡으며 "우리 나갈 수 있겠지?" 하며 걱정 가득한 눈으로 나를 바라봅니다. 절망감이 밀려오며 갑자기 눈물이 쏟아집니다. 배 안에서 조금 전 방송된 것처럼 자기 자리를 지키고 있으면 곧 구조될 수 있을 것이라는 사실을 믿고 또 믿습니다.

　내가 가장 믿고 따르는 담임선생님께서 우리를 안심시키며 돌아가서 맛있는 짜장면 먹으러 가자고 하신 말씀이 생각나 두렵지만 참을 수 있다는 자신감이 생깁니다. 비록 오래 살지는 않았지만, 혜영이와는 어렸을 적부터 같은 동네에서 나고 자라 지금까지 한 번도 떨어지지 않고 같이 배움의 길을 가고 있습니다. 혜영이는 내가 어려울 때 힘이 되어 주었습니다. 숱한 고난과 역경도 같이 견뎠는데 이깟 어려움쯤 금방 이겨나갈 수 있다고 확신하며 방송을 듣고 또 듣습니다.

배가 빠르게 기울어져 가자 나의 손을 꼭 잡고 있던 혜영이가 무섭다며 울부짖습니다. 나는 혜영이의 손을 잡고 걱정하지 말라며 꼭 껴안아 줍니다. 죽을지도 모른다는 무서움에 터져 나오는 울음을 참을 수가 없습니다. 어머니가 걱정하실까봐 하지 않았던 휴대폰 문자를 급하게 보냅니다. 갑자기 두려운 생각이 들어서였습니다. 급히 휴대폰을 꺼내 몇 자 적어 보냅니다.

"엄마! 나야! 말썽 많은 딸! 사랑해! 한 번도 하지 않은 말을 이제 하게 되네. 좀 있으면 만날 텐데, 내가 괜히 감상에 빠져가지고…. 그래도 엄마! 내가 사랑하고 있는 거 알고 있지?"

걱정하실 것 같아 지금 상황의 말은 아낍니다. 배에 물이 들어오고 있습니다. 저 아래쪽 사람들의 아우성이 사라지고 정적이 흐르고 있는 것을 보고 순간 큰일이 났음을 직감합니다.

이곳은 위쪽인지 아직 물이 차지 않았습니다. 다시 휴대폰을 꺼내 급히 어머니께 문자를 보냅니다. 급격이 내 몸이 아래로 무너지며 하마터면 휴대폰을 놓칠 뻔 했습니다.

"엄마! 투정만 한 것 미안해. 집에 빨리 가고 싶은데…. 상황이 지금 안 좋네. 곧 좋아질 거라 확신해. 혹시 몰라 하는 말이니 엄마! 사랑해! 정말 사랑해! 내가 집 가면 못했던 효도 다할께. 좀 기다려… 금방…. 나…."

마지막 말도 하지 못한 채 급하게 전송해버린 순간 내 몸이 아래로 곤두박질 칩니다. 내 몸으로 물이 차올라 옵니다. 혜영이 몸이 다시 나에게로 오다 저쪽으로 사라집니다. 혜영이를 영원히 놓칠까 두려워 혜영이를 향해 힘껏 소리쳐 부릅니다.

"혜영아! 걱정하지 마. 우리 다 같이 살아나갈 수 있을거야. 혜영아!"

"혜영아! 아직 괜찮은 거지."

"아! 물이 들어와! 혜영아! 어디 갔니? 혜영아!"

기울어져 가는 상황 속에서 사람들의 다급한 외침이 온 배 안에 가득합니다. 급격하게 기우는 배 안에서 점점 사람들의 아우성 소리가 줄어들어가는 이유를 나는 아직 잘 알지 못합니다.

교사가 된 후 처음 발령받고 담임을 맡은 지 얼마 되지 않았습니다.

오늘은 수학여행을 마치고 집으로 돌아가는 마지막 날인데 지금의 상황이 무섭기만 합니다. 갑자기 평생 나만을 바라보며 어렵게 살아오신 어머님의 모습이 떠올라 왈칵 울음을 쏟아냅니다.

한 번도 흘리지 않았던 눈물인데 오늘 왜 이렇게 눈물이 쏟아지는지 나는 알 수가 없습니다. 갑자기 전화를 하고 싶으나 어머니께서는 듣지를 못하십니다. 문자도 보내드리면 좋으련만 시력도 좋지 않아 보지를 못하십니다.

아! 어머니! 어찌해야 하나요.

이제는 살아갈 수 있다는 희망도 사라지고 말았습니다. 계속 물은 들어오고 있습니다. 어머니 평생의 소원이던 교사 시험에 합격하던 날 한걸음에 달려가 어머니와 얼마나 울었던지. 어려운 집안 형편 때문에 아무것도 해 준 것 없는데 이렇게 네가 자랑스러울 수 없다며…:

그동안 정말 미안했다고, 그것도 모자라 이제는 아프기까지 하다며 그날따라 왜 그렇게 우시는지….

어머니께서 잘못하신 일이 아닌데 자꾸 미안하다 하십니다. 나는 어머니께 "나는 지금까지 한 번도 엄마 원망한 적 없어요. 오직 내가 열심히 해서 우리 집안을 살리고 고생만 하시다 병까지 얻으신 어머니를 호강시켜드리겠다는 생각만 했어요. 이제 시작이라고 생각해요. 엄마, 걱정하지 마요. 이제 나만 믿어요. 엄마, 그만 울어요. 나도 울음이 나잖아!" 어머니와 가까우신 동네 분들과 같이 조촐한 잔치를 벌였습니다.

그 날 나는 생전 처음으로 어머니께서 환하게 웃는 모습을 보았습니다. 그렇게 큰 소리로 자신 있게 말씀하시던 것도 처음이었습니다. 동네 분들이 모두 돌아간 후 어머니께서는 나에게 정말 고맙다며 이제는 여한이 없다며 나의 손을 잡고는 펑펑 우셨습니다. 그날 밤 나는 이미 돌아가신 아버지와 이야기하며 밤새 흐느끼시는 어머님의 눈물 소리를 들었습니다.

"이제 울지 마셔요! 어머니! 다시 눈물이 나요! 엄마!"

그때가 바로 얼마 전인데 까마득한 옛날처럼 느껴집니다.

내가 죽으면 홀로 계신 어머님은 누가…. 그런 일은 상상하기도 싫습니다. 나는 지금까지 강하게 살아왔듯 오늘 이 상황도 거뜬히 헤쳐나갈 것입니다. 나 때문에 눈물을 많이 흘리셨던 홀로 계신 어머니를 생각하면 다시 눈물이 나지만 나는 어떡하든 살아나가야 합니다. 아직도 기울어져 가는 배 안에서 무서움에 떨고 있는 아이들이 갑자기 생각나 우리 반 아이들을 찾아다닙니다. 나를 보자 반가움에 눈물이 그렁그렁합니다. 입고 있던 구명조끼도 우리 반 아이에게 넘겨주며 불안과 공포에 떨고 있는 아이들의 방을 어렵게 잡아 나가며 아이들을 다독입니다. 옮기는 걸음조차 쉽지 않습니다.

아! 저쪽 아래에서 사람들의 비명이 들립니다. 환청이기를 제발 사실이 아니기를 기도하며 나는 눈을 감습니다. 갑자기 불길한 예감이 나를 휘감으나 내가 할 수 있는 아무것도 없음에 나는 그대로 절망합니다.

나는 살고 싶습니다. 홀로 남아 계신 어머니를 위해서라도 내가 강하게 살아남아야 합니다.

어머님께 전화라도 해야 하는데, 잘 알아듣지 못해 전화하기를 포기합니다. 어머님께 휴대폰으로 문자라도 넣어드려야 하는데 어머님은 휴대폰 보실 줄을 잘 모르십니다. 내가 지금 기울어져가는 배 안에 놓여있다는 사실과 살아나갈 가능성이 점점 없어져 가는 상황을 이야기한다면 얼마나 어머님께서 걱정하시겠습니까. 내가 문자를 보내면 너무나 놀라실까 두려워 애써 문자 보내기를 포기합니다. 갑자기 걱정하실 어머니를 생각하니 눈물이 앞을 가립니다.

어머니! 내게 힘을 주소서. 어머니! 어머니!

배 안에서의 생활도 벌써 5년이 다 되어 갑니다.

집안 형편이 너무 어려워 대학 가기를 포기하고 이 일을 한 지도 꽤 오랜 세월이 흘렀습니다. 아버지는 돌아가시고 지금 어머니께서는 병이 깊어 중환자실에 누워 계십니다. 내가 처음 대학을 포기하고 배를 탄다고 했을 때 어찌나 우시던지 지금도 그때만 생각하면 눈물이 터져 나옵니다.

내가 문병 갈 때마다 정말 미안하다며 "병원비 마련하느라 고생이 많구나. 빨리 죽어야 하는데 아직도 살아있구나! 미안해!" 라는 말로 저를 마음 아프게 합니다. 어제는 문병을 마치고 중환자실을 나온 후 다른 때와 다르게 오래 중환자실을 서성였습니다. 어머님이 나를 보셨는지 손짓하며 어서 가라고 성화입니다. 그날따라 눈물을 평소와 다르게 쏟아내던 어머님의 모습이 아직도 눈에 선합니다. 그날 더 있었어야 했는데 그러지 못한 것이 너무나 마음이 아픕니다.

"어머님! 보고 싶습니다. 어머님! 한 번도 안아드리지 못했는데 이제는 제가 많이 안아드리겠다는 약속을 드립니다. 어머님!"

지금 배가 급속도록 빠르게 기울고 있습니다. 이런 일은 처음입니다.

나는 불안함을 직감하고 매점 안에 비치되어 있는 구명조끼를 얼른 착용합니다. 아! 저기 구명조끼도 없이 울고 있는 학생을 발견합니다.

유난히 인사성이 좋아 매점에 자주 놀러 오던 학생입니다. 무서움에 떨며 갈 곳 몰라 헤매고 있습니다. 순간 이후가 걱정이 되었지만 나는 얼른 구명조끼를 벗어 학생에게 주며 어서 위로 올라가라고 소리칩니다. 험난한 파도 속에 항해하는 상황에서 숱한 어려움이 있었다는 것을 나는 알고 있기에 이 상황도 금방 잘 해결될 것이라고 확신하였습니다. 그러나 자꾸 급격히 기울어져 갑니다. 갑자기 중환자실에서 아직도 내가 오기를 기다리시는 어머님이 생각나 눈물이 울컥 쏟아집니다. 아! 내가 나가지 못한다면 어머니는 누가 돌봐드린

단 말입니까. 아직 동생들은 어린데… 우리를 돌봐줄 친척 누구하나 없는데… 내가 살아야 어머님이 살고, 동생들도 사는데… 아! 반드시 살아나가야 합니다.

내가 죽는 일, 그런 일은 절대 없을 것입니다. 금방 살아나갈 수 있는데 마음 약한 말에 공연히 내게 화가 납니다. 나는 아직도 살아 있으며, 곧 정상 회복될 것을 아직도 믿고 있습니다. 지금 나는 우리 배가 원래 항해하던 모습으로 돌아갈 것을 확신하며 지금 이 곳을 지키고 있습니다.

아! 어서 이곳을 나가야 하는데… 이미 사방은 들어오는 물로 나아갈 수가 없습니다. 너무나 무서워요. 아! 어머니! 이제 어머니 계신 곳을 갈 수 없어요. 어머니! 이 세상 먼저 가는 딸 아이를 부디 용서하셔요.

갑자기 배가 솟구치며 급격히 기울기 시작합니다. 갑판에 나와 있던 나는 난간을 붙잡으며 겨우 버텨냅니다. 사람들이 배에서 떨어져 나가고 배 안으로 물이 빠르게 차오릅니다. 가라앉고 있다는 것을 직감했지만, 아직 시간이 있다는 것을 확인하고는 내가 할 수 있는 일을 찾습니다. 나는 수영을 잘하니 위급한 상황에서 빠져나갈 수 있다는 생각을 했습니다. 한 사람이라도 구해야겠다는 생각에 급하게 배 안으로 깊숙이 들어갑니다. 이미 배 안은 물로 가득 차 있고 사람들은 점점 힘을 잃고 물속으로 사라져 갑니다. 급히 물속으로 들어가 허우적거리고 있는 학생을 잡고 밖으로 급하게 밀어냅니다. 이제 숨 쉴 수 있는 공간이 얼마 없습니다. 다시 물속으로 들어가 또 한 명의 학생을 잡고 밖으로 다시 한 번 밀어냅니다.

아! 나오려 하나 이미 모든 곳이 물이 차 있습니다. 급하게 그곳을 빠져나오려 하나 나는 입구를 찾지 못한 채 숨을 쉴 수 없는 상황임을 알고는 그만 절망하고 맙니다. 아! 잘해주지 못한 아내에게 미안한 생각이 듭니다. 아이들의 모습이 떠오릅니다. 전화라도 할 걸 그랬습니다. 사랑한다는 말을 하지도 못하고 죽는다는 것이 이렇게 허무할 수가 없습니다. 급히 휴대폰을 꺼내려 하나 꺼내지 못하고 자꾸만 물속으로 가라앉는 자신을 바라봅니다.

"여보! 미안해! 그리고 죽도록 사랑해"를 되뇌이며 그는 의식을 잃어가고 맙니다. 다시 나가려 하나 입구도 이미 막혀 나가기를 포기하고 맙니다. "여보! 잘 해주지 못해 늘 미안했는데 미안해. 먼저 가서… 정말 미안해…."

의식이 희미해져 가는 가운데에서도 그는 입구가 열리도록 밀어내기를 계속했지만, 그는 자꾸 아래쪽으로 그만 가라앉고 맙니다. 그는 사람들을 살리고 자신은 죽는 길을 택하며 그의 아내와 아이들로부터 영원히 떠나고 맙니다.

여행을 떠나기 전 이 세상에서 가장 멋진 우리 아들 먹으라고 아침 일찍 일어나 따뜻한 밥을 하고 김밥을 준비했습니다.

어떻게 얻은 아들인데…하나밖에 없는 아들인데…어느 것 하나 소홀히 할 수 없습니다. 비록 집이 가난하지만 내 못 먹는 한이 있어도 우리 아들은 남들처럼 똑같이 해주고 싶었습니다. 정말 악착같이 돈을 모았습니다. 생각하기 싫지 않지만 어렵게 모은 돈을 보증을 잘못 서는 바람에 모두 잃고는 차라리 죽어버릴까도 생각했지만, 우리 아들이 생각나 새롭게 일어섰습니다. 어느 때보다 강한 사람으로 이제는 시장에서 가장 억척스럽게 돈 버는 사람으로 악명이 높습니다. 그런데 어느 날 몸이 몹시 좋지 않아 병원에 갔습니다. 당뇨가 심하다는 것과 운동 부족으로 관절이 매우 약하다는 것이었습니다. 지금 당장 수술까지 해야 한다는 것이었습니다. 나는 이제 병원에 가지를 않습니다. 내가 가면 당장 입원해 치료받으라고 할 것이 두려웠기 때문에 몸에 나쁜 음식 줄이고 시간이 날 때마다 시장 주위를 돌아보는 일로 대신하기로 했습니다. 잠시 좋아졌다가 지금은 상황이 더 악화되었습니다. 하도 아들이 성화하는 바람에 병원에 갔습니다. 더 나빠졌다는 것과 당장 수술을 해야 한다는 말이 뼈아프게 돌아왔습니다. 우리 아들에게 더 노력하겠다고 말하고 애써 병원 가기를 그만 두었습니다. 여행 가기 전날 나를 바라보며 "병원 가서 수술하세요. 걱정 마세요. 여행 갔다 온 후 어머니 저와 같이 병원 가요. 꼭 약속해요." 그러겠다고 이야기하였지만 어제보다 더 많이 아픕니다. 하도 몸이 아파 수술 날짜를 잡으려 했지만 돈이 많이 든다는 이야기를 듣고는 당분간 더 버텨보기로 하였습니다. 병원에서는 무리하면 큰일이 난다며 잠시 쉬라고 신신당부합니다. 그걸 왜 모르겠습니까. 지금까지 그래도 크게 몸져 눕지 않고 지금까지 왔습니다. 그래도 움직일 만하니 더욱 조심하면 될 일입니다. 그래도 내가 움직일 수 없을 정도가 되면 아들과 함께 병원가기로 마음먹습니다. 뜬금없지만 우리 아들이 어떤 아들인지 자랑 좀 하겠습니다. 시장에서 조그만 옷 가게를 내서 자리잡기까지 꽤 오랜 세월이 걸렸습니다. 옷 가게를 낸 지도 벌써 10년이 넘어갑니다. 우리 아들 어렸을 때부터 한 곳에 자리 잡아 지금까지 왔으니 이곳이 내 집이고 이곳이 내 삶의 터전입니다. 우리 아들이 시간 날 때마다 들러 나를 도와줍니다. 나를 부끄러워 하기는 커녕 오히려 자랑스러워합니다. 오게 하는 것도 미안한데 아들은 시간만 되면 공부가 끝나면 가게에 옵니다. 심지어 가게 조그만 공간에서 공부까지 합니다. 이 세상 어느 곳보다 공부가 잘된다며 나를 행복하게 합니다. 공부하는 그 모습이 세상 누구보다 멋진 미남의 모습입니다.

이런 우리 아들 만나는 여자는 이 세상 누구보다 행복할 것이라고 확신합니다. 그야말로 시장은 매일 매일이 전쟁입니다. 나는 누구보다 먼저 일어나 가게 문을 열고 손님 맞을 준비를 합니다. 예전보다 손님이 많이 줄었지만 그래도 단골손님들이 많은 편이라 먹고 살 수 있을 만큼은 됩니다. 우리 아들 공부 시키고 맛있는 것 사줄 수 있는 정도는 됩니다.

저축할 정도는 아니지만 우리 아들 기죽지 않을 정도여서 나는 정말 만족합니다. 고마운 마음에 조그만 마음의 선물을 꼭 하곤 합니다.

얼마나 고마운 분들인지 모릅니다. 나는 오늘도 드라마를 즐겨봅니다.

손님이 없을 때면 자그마한 TV를 보는 것이 유일한 즐거움입니다.

현실에서도 울 일이 많은 삶이지만 드라마 속에 감정 이입하며 매일 눈물을 글썽입니다. 아들이 그런 나를 보며 한마디 합니다.

"엄마! 드라마 보시며 웃으시는 모습이 가장 아름다워요. 이 세상 누구보다 아름다워요."

우리 아들의 이 말을 듣고 얼마나 울었던지 아들 앞에서 주름진 얼굴을 감추고 싶었는데 빈말이라도 나를 우쭐하게 합니다. 이런 아들입니다. 칭찬받아 마땅한 우리 아들입니다. 그런데 마음에 걸리는 일이 있습니다. 여행 가기 얼마 전 우리 아들이 많이 아프다 하여 병원에 가서 치료를 받았는데도 몸은 완쾌되지 않은 상태였습니다. 아들이 여행 가기 이틀 전 "너무 아파 이번 여행은 못 갈 것 같아!"라고 말을 하였습니다. 그 말을 들은 나는 "평생에 한 번뿐인 여행인데 꼭 가야지. 너무 공부하지 말고 푹 쉬어! 곧 나아질 거야"라고 말하며 더욱 간호에 열중하였습니다. 다행히 여행 가는 날은 몸이 많이 나은 것 같아 걱정하지 않을 정도가 되었습니다. 부끄러움이 많고 붙임성이 많지 않아 여행 가면 좋은 친구들 많이 사귀고 좋은 추억을 많이 만들어 달라는 간절한 바람이 있었기 때문에 여행 가기를 소원하였는지도 모르는 일입니다. 벌써 이 세상에서 가장 멋진 우리 아들이 오는 날이 되었습니다. 일찍 가게 문을 열었습니다. 오늘따라 손님들이 많이 와주셨습니다. 이렇게 고마울 데가 없습니다.

오후 손님들이 없는 시간을 이용하여 TV를 켰습니다. 그런데 화면에서 갑자기 속보 기사가 뜨며 배가 침몰하였다는 소식을 전합니다. 배 사고야 흔히 일어날 수 있는 일이니까 하며 다른 곳으로 채널을 돌렸습니다.

갑자기 우리 아이 다니는 학교 이름이 뜨면서 배에서 탈출하지 못한 명단 아니 사망자 명단을 봅니다. 설마 아니겠지 하는 순간 가장 친한 가게 친구 아주머니가 달려와 "아들 이름이 보이던데… 확인해봐요!" 하는 것입니다. 나는 화면 속의 사망자 명단을 확인하고 또 확인합니다.

아! 우리 아들과 똑같은 이름이 사망자 명단에서 보입니다.

나는 아니라고 단언합니다. "아니야, 동명이인(同名異人)일 거야. 학생이 얼마나 많은데… 우리 아들은 살아 있을 거야. 어떤 아들인데. 그곳에서 탈출하고도 남아. 정말 아닐 거야."

두려움에 아들에게 급히 전화를 해봅니다. 신호가 가지만 받지를 않습니다.

"지금 경황이 없어서 받지 못할 거야. 분명해. 분명 살아있어."

휴대폰을 보다 아들이 보낸 문자를 보게 됩니다. 불길한 마음에 보지 않으려 하나 빨리 확인합니다.

"엄마, 지금 배에서 무슨 일이 일어났나 봐. 걱정했는데 선생님께서 안심하라고 하시며 자리를 지키라고 하시네… 걱정하지 마. 엄마!"

"엄마, 보내지 않으려 했는데. 지금 배가 너무 기울어서… 곧 구조될 거라는데… 저쪽 아래에서 자꾸 물이 차올라…. 걱정되는데 괜찮을거야. 집에서 봐."

"엄마, 상황이 안 좋아! 엄마, 어떡해. 지금 사방에서 물이 들어오고 있어. 살 수 있겠지. 엄마. 사랑해. 내가 엄마를 얼마나 사랑하는 거 알지. 꼭 살아나갈께… 엄마!"

그것이 마지막이었습니다. 나는 미친 듯이 아들 휴대폰 번호를 눌러가며 소리쳐 불러봅니다. 신호음만 들릴 뿐 아들은 받지 않습니다.

아! 우리 아들 살아있겠죠…아! 우리 아들 제발 살려주세요. 보낸 제가 죄인입니다. 몸이 아프다는 걸 억지로 보냈습니다. 내가 우리 아들을 사지(死地)로 보냈습니다. 이런 못난 어미가 어디에 있단 말입니까?

제발 사실이 아니길…. 제발 우리 아들 얼굴 한 번만이라도 보게 해주세요.

갑자기 주위가 캄캄해지며 그만 그 자리에서 쓰러지고 맙니다.

아들 만나러 가야 하나 가지 못하고 그 자리에 쓰러져 그만 혼절하고 맙니다.

지금 나는 바닷속 이곳저곳을 헤매고 있습니다.

모든 혼란이 끝나고 지금은 정적만 흐르는 배 안입니다.

나는 아직도 저 세상을 가지 못한 채 아직 배 안에 머물러 있습니다.

어디를 가고 싶으나. 갈 곳이 없습니다. 이곳이 어디란 말입니까.

아! 나의 친구가 보입니다. 하늘을 향해 초점 없는 시선으로 누워 있습니다. 영원까지 같이 가자 했는데 지금 나를 보지 못하고 다른 곳을 보고 있습니다. 친구만 보면 기쁨의 눈물이 났는데 지금은 흘릴 눈물조차 내게 없습니다.

아! 눈을 들어 주위를 살펴보다 죽은 듯 누워있는 사람들이 셀 수 없이 많음에 놀라며 그들을 깨우려 하나 어느 것 하나 움직일 수 없다는 사실을 확인하고는 그 자리에 주저 않고 맙니다.

갑자기 나를 아직도 기다리고 있을 어머니가 생각나 울컥 눈물이 쏟아지려 하나 눈물조차 강하게 흐르는 물에 흘러가 버리고 맙니다.

어머니를 만나러 가야 하나 언제까지나 그곳을 빠져나오지 못하고 영원히 한 치 앞도 보이지 않는 암흑 같은 그곳에 그만 갇히고 맙니다. 그는 지금 어느 곳도 갈 수 없는 딱한 처지가 되어 구천을 떠돌고 있습니다.

그 날의 가슴 아픈 일들은 아직도 우리의 마음속에서 지워지지 않고 있습니다. 지금도 그 날의 사고는 온 나라를 슬픔의 눈물로 채우고 모두를 분노하게 하였습니다. 아직도 그들이 있는 곳은 차가운 바닷속입니다.

그들 모두를 보듬어 드려야 하는데 그럴 수 없음에 나는 눈물만 쏟아냅니다. 아직도 그들의 아픔이 아니 그들의 눈물이 그대로 전해져옵니다. 그들은 단지 배 안에서 방송되는 내용만을 믿었습니다. 그리고 금방 자신들을 구해줄 사람들이 곧 올 것이라고 확신했습니다. 누구도 자신이 죽을 것이라는 사실도 모른 채 그들은 목숨을 잃고 말았습니다. 나는 그들이 그리될 수밖에 없었던 상황에 분노하며, 치밀어 오르는 화에 어찌할 바를 모릅니다. 누군가에게는 가장 소중했던 그들 모두가 이유도 모른 채 죽어갔으며, 사랑하는 사람에게 따뜻한 말 한마디 하지 못하고 이 세상에서 가장 차가운 바닷속으로 가라앉고 말았습니다. 그들을 살려내지 못한 책임이 내게 그대로 전해져 옵니다. 살기 위해 몸부림쳤을 그대들에게 저는 죄인입니다. 죽기 직전 극도의 공포 속을 경험했을 그대들에게 아무것도 하지 못한 저는 죄인입니다. 내가 그들을 살려낼 수 있다면 그들을 살리고 내가 죽는 길을 택하겠습니다.

아! 그들이 문득 보고 싶어집니다. 누구보다 환하게 웃는 모습으로 그들을 만나 안아드리고 싶습니다. 누구보다 힘들었을 그들을 만난다면 정말 미안했다고, 정말 아무것도 도움이 되지 못해 미안했다는 말을 전하고 싶습니다.

아! 그들은 지금 어디에 있을까요. 지금… 그들은… 차가운 바닷속에서… 그들은….

세상에서 가장 아름다운
이별 이야기

다시 온 사랑, 영원히 놓지 않으리

나 이제 영원히 돌아올 수 없는 곳으로 갑니다. 사랑하는 당신 곁을 이제 떠나가려 합니다. 이제 얼마 남지 않은 내 삶을 마감하며 당신에게 하고 싶었던 말을 이제야 전합니다. 먼저 가는 나를 용서해달라는 말보다 내 진정 사랑하는 당신이라는 사람 곁에서 내 생을 마감할 수 있다는 사실에 나는 기쁨의 눈물을 흘리며 이제 더이상 여한이 없다는 말을 해주고 싶습니다. 그래도 더 없이 행복한 건 아직도 당신이라는 사람을 곁에서 볼 수 있다는 사실입니다. 오랜 기간 당신과 함께할 수 있어 너무나 행복하고 고마웠다는 말을 이제야 하는 나를 용서해 주세요.

당신 정말 고마워요. 나를 당신의 아내로 인정해주고 나를 새 사람으로 거듭나게 해주고 세상을 바로 볼 수 있게 해주어서 그 고마움의 눈물이 흘러내립니다. 당신보다 하나 나을 것 없는 나를 그래도 진정으로 위해주고 진정으로 사랑해 준 당신에게 어느 하나 갚지 못한 채 나는 당신을 떠나갑니다. 당신의 사랑을 받기만 하고 갚지 못한 채 당신에게 이별의 아픔을 무책임하게 던져만 준 나를 영원히 용서하지 말아요.

내가 훌쩍 떠나가 버려도 제발 당신 울지 마세요. 나는 당신으로 인해 이제는 기쁘게 갈 수 있다고 말하고 싶어요. 당신은 이미 나를 위해 모든 것을 버렸다고 그래서 나를 위해 남편으로서 할 수 있는 모든 것을 다 했다고, 그래서 내가 당신의 전부였음을 온몸으로 느끼고 나는 정말 기쁘게 당신 곁을 떠나갈 수 있다고 말하고 싶어요.

당신을 만났던 처음을 나는 아직도 잊지 못해요.

나는 영원히 혼자 살려 했던 것 당신 기억할 거예요.

나는 당신의 나에 대한 관심을 일언지하에 거절했고, 다시는 남자와 사는 일은 없을 거라고 거칠게 당신에게 말하며 아픈 기억을 떨어내려 노력하고 노력했어요.

그때부터 이어진 당신의 나의 마음을 얻어내려는 집요함에 나는 결국 넘어가고 말았지만… 하지만 그때 당신을 만나지 못했으면 아마도 나는 과거에 짓눌려 미래의 희망도 갖지 못한 채 절망적인 삶을 살고 있었을 거라는 생각이 들어요. 당신 없는 삶은 생각만 해도 끔찍하고 상상하기도 싫어요. 지금 생각하면 나는 당시 당신과의 만남보다 처음의 결혼으로 입은 상처가 아직도 마음 깊숙이 자리 잡고 있는 상황에서 어쩔 수 없는 선택이었다고 당신이 믿어주었으면 해요.

당신은 또 다른 사랑의 선택을 하게 한 정말 나쁜 사람이지만 나를 좋아하고 사랑해줘서 너무 좋은 사람입니다. 아니 내가 너무 사랑하는 사람입니다. 당신이 내게 끊임없이 했던 말을 나는 죽어서도 잊지 않을 것입니다. 당신은 내게 항상 부족하다며 사소한 의견이라도 물어주며 결정해주었다는 것을….

당신은 내게 한 번도 함부로 하지 않았으며, 마음으로 사랑하고 존경해주었다는 것을….

비록 빈말인 줄 알지만 세상에서 내가 가장 사랑스럽고 아름답다고 해주었다는 것을….

나는 죽어서도 잊을 수 없을 거예요. 아니 무덤까지 가지고 갈 거예요.

그때까지 당신이 생각나는 기적이 일어난다면 난 언제까지나 당신 생각에 늘 미소 지으며 마음 편히 이승에서 지내고 있을 것이라고 즐거운 상상을 해요.

그러나 나는 당신이 생각하는 것처럼 좋은 사람도 아니며, 그렇게 사랑스러운 사람도 아니며, 또 그렇다고 당신보다 낫다는 말도 차마 하지 못한답니다. 그런데도 당신은 나를 그렇게나 대단하게 보아 주었습니다.

정말 고마운 사람…. 죽어서도 잊지 못할 사람…. 이 사람을 언제까지나 내 곁에 두고 보아야 할 텐데…. 그러지를 못해서…. 눈물만 납니다.

당신을 볼 때마다 너무 미안해 말도 꺼내보지 못한 말을 이제는 진심으로 당신을 향해 하고 싶어요. 당신은 내게 전혀 모자라지 않고요, 오히려 내게 너무 과분하고 넘치는 사람이었다고 말하고 싶습니다. 이전 남편과의 사이에서 낳은 아이들을 당신은 조건 없이 받아들였고, 피붙이 자식처럼 대해주셨어요. 아이들을 나무람보다 아이들을 위해 어떻게 사랑을 주어야 할지를 고민만 했지요.

이미 있는 아이들을 위해 아이 낳지 말자는 이야기를 할 때에 흘리던 내 눈물은 진정으로 당신이 나를 사랑하고 있음을 알게 된 의미였어요. 당신의 자식이 아니지만 나와 하나 됨으로 이미 당신의 자식으로 받아들였다는 사실에 나는 흐르는 눈물을 감출 수가 없었습니다. 아마 그때가 당신의 넓은 가슴에 안겨 하염없이 울었던 처음이자 마지막이었을 거예요.

당신 기억해 주기 바래요. 그때 흘린 눈물로 당신이 입고 있던 옷 모두를 적셨다는 것을 분명 기억해 주기 바래요. 당신이 믿어나 줄까 모르겠네요. 누구도 웃지 않을 이야기도 아무렇지 않게 하는 걸 보면 내가 당신으로 인해 얼마나 변했는지 나도 놀랄 때가 많아요. 나는 하루 하루가 즐거웠고 다음 날이 기다려졌어요. 나는 당신이 진정 나를 사랑하고 있음을 매일 매일 느낄 수 있었으며, 다시 얻은 이 사랑을 놓지 않으려 노력하고 또 노력했습니다. 어느새 나는 당신을 매일 기다리는 사람이 되었고, 한시도 당신 없으면 아무 일도 못 하는 가엾은 사람이 되고 말았습니다.

하루하루 사는 것이 내게는 치욕이었고, 내가 살아감이 그토록 실망스러웠던 과거를 당신은 거짓말처럼 잊게 하였습니다.

당신은 나를 지켜준다는 말은 하지 않았지만 이미 나를 언제나 지켜주고 있었다는 것을 지금에야 고백합니다. 당신은 나를 만난 것이 운명이라는 말은 하지 않았지만 이미 당신은 나의 운명임을 나는 새롭게 알게 되었습니다. 나를 보는 당신의 눈빛에서 나는 이미 당신의 뜨거운 사랑을 느끼고 있었다는 것을 당신은 이미 알고 있었나요. 내가 가슴 아파하며 안고 있는 어두운 과거까지 감싸 안으며 당신이라는 사랑의 울타리에서 나를 끝없이 지켜주었음을 나는 알고 있습니다. 정말 눈물나게 고마운 당신이었습니다. 당신은 당신 앞에 한없이 부족하고 보잘것없는 사람이었음에도 당신은 나를 채워주었고 다시 내 인생을 다시 살 수 있는 용기를 북돋아 주었습니다.

　나는 당신을 만나며 사람의 진심을 알게 되었고, 끝없이 사랑할 수 있음도 알게 되었습니다. 당신을 만난 이후 내 모든 것은 꽃이 되었고 희망이 되었습니다. 당신도 이미 나의 눈부시도록 빛나는 별이 되었고 반짝반짝 빛나는 나만의 은하수가 되어 갔습니다. 나는 행복함에 하루하루가 어떻게 가는지도 모르는 행복하고 눈물 많은 여자가 되어 갔습니다. 나를 잡아주는 당신의 따뜻한 손이 있어 나는 든든했으며, 나를 사랑스럽게 바라봐주는 당신의 눈이 있어 나는 아름다워질 수 있었습니다.

　당신 앞에서는 나는 어떤 일이든 할 수 있는 놀랍도록 강한 여자가 될 수 있었습니다. 말도 많아졌다는 것도 인정할게요. 이것이 당신에게 좋게 비추어졌는지 모르지만 내가 말이 많아졌다는 것은 당신을 만나고 난 후부터라는 것, 이것은 이전의 나를 생각하면 상상도 할 수 없었다는 것 그것만은 알아주기 바라요.

　그러나 나는 당신의 사랑에 너무 빠져있었나 봅니다.

　당신과 같이 있는 행복에 겨워 나 자신을 돌보는 일을 소홀히 하고 말았습니다. 미리 말했어야 했는데… 당신이 걱정 할까봐 혼자 해결하려 했던 내 잘못이 큽니다. 가끔이면 못 견디게 아파 힘들었는데… 나는 그것이 죽음으로 가는지도 모른 채 병원 갈 생각도 하지 않았습니다. 당신에게 짐이 될까봐 병원에도 가지 않은 채 그대로 여러 해를 지나쳤는데…. 청천벽력의 이야기가 나보다 당신을 가슴 아프게 했습니다.

살 날이 얼마 남지 않았다는 이야기에 당신은 의사 선생님을 붙들고 제발 살려달라 외쳤지요. 정말 미안했어요. 정말 잘못했어요. 그렇게까지 내가 나빠진 줄 몰랐어요. 이건 당신 잘못이 아니에요. 그러나 이미 엎질러진 물, 결코 되돌릴 수 없다는 것을 나는 잘 알아요. 여보!

당신은 견디기 어렵겠지만 나는 이미 받아들였어요. 여보!

아주 사소한 일이라도 당신에게 손을 벌리고 의지해야 했는데….

아! 그러지 못했다는 것을 지금에야 뼈 속 깊이 후회합니다.

당신의 사랑을 저버린 내가 정말 나쁜 여자예요.

이렇게 나쁜 짓을 하고도 당신 앞에 있다니 천벌을 맞을 일이라는 것을 잘 압니다. 당신을 만나지 말았어야 했는데….

누군가에게 절망을, 아니 슬픔을 다시는 주지 말았어야 했는데…. 이 욕심 많은 여자를 용서하지 말아요. 정말…. 또다시 찾아온 사랑을 놓치기 싫어 당신을 사랑한 나를 다시는 용서하지 말아요.

그런데 나는 한 시도 당신이라는 사람을 보지 않으면 단 한 순간도 살아갈 아무 이유도 없다는 것을 너무 잘 알고 있는데 나는 어쩌지요. 나는 당신의 용서를 구하기에는 이미 너무 늦었지만, 지금도 다시는 만나지 못할 당신 품이 그리워 오늘도 당신의 옷자락이라도 잡으려 이렇게 발버둥치고 있는 이 보잘것없는 인간을 어쩌지요. 이제는 당신을 놓을 수밖에 없으나 나는 당신 곁을 떠나고 싶지 않아요. 어서 나를 살려주세요. 여보!

사랑하는 당신이여!

이제는 나를 위해 울지 말고 당신과 남아 있는 우리 아이들을 위해 웃어 주세요. 그리만 해준다면 떠나는 내가 조금이나마 덜 미안할 것 같아서….

이제까지 울지 않으려 노력했는데…. 당신을 보니 또 눈물이 흐릅니다.

꿈에도 잊을 수 없는 당신 모습을 보니 또한 이렇게 눈물이 많이 흐릅니다. 나를 간호하다 지쳐 잠들어 있는 사랑하는 당신 모습을 마지막으로 한 번 더 봅니다. 당신만 보면 나는 그냥 행복한 웃음이 나요.

이렇게 당신 모습을 보고 있는데…. 아직도 당신만 보면 심장이 이렇게 뛰는데…. 아! 이렇게 마주 볼 수 있는 시간도 얼마 남지 않았음에 나는 마음이 찢어집니다. 이 모습 영원까지 가져갈 수 있으면 더 바랄 것이 없겠는데…. 당신과의 지난날은 기적 같은 동화였습니다.

잠자는 숲 속의 공주인 나를 왕자였던 당신이 나에게 입맞춤하며 나는 오랜 잠에서 깨어났고, 왕자의 여자가 되었던 동화 속 이야기의 주인공이었음을 나는 지금에야 깨달았습니다. 당신은 바로 동화 속의 왕자였음을 지금에야 알게 되었습니다.

나는 이제 내가 가장 당신에게 부끄러웠던 내 음식 이야기에 대해 말하려 합니다. 나는 사실 음식 만드는 것에 대해서는 정말 자신이 없었어요.

그래서 그전의 사람과 자주 다투었던 민감한 부분이라 차마 꺼내기 싫은 내 아킬레스건 같은 것이었습니다. 그런데 나를 변하게 해준 건 당신의 내 음식이 맛있다는 한마디였습니다. 당신은 내가 해준 음식이면 다 맛있다고 하며 나를 끝없이 격려해주었습니다. 이미 나는 알고 있었습니다. 당신이 나를 위해 거짓말을 하고 있는 것을 나는 이미 다 알고 있었습니다. 그런데 그것이 나를 변하게 할 줄이야 누구 꿈엔들 생각이나 했겠습니까. 당신의 거짓 칭찬이 나를 놀랍게 변하게 만들었습니다.

생전 처음 들어보는 칭찬 앞에 나는 달라질 준비가 이미 되어 있었다는 것을 당신은 모르실 거에요. 실은 그런 당신에게 너무 미안해 음식 잘하는 이웃 아주머니를 초빙해 강훈련(?)을 거듭한 끝에 나도 서서히 음식 만드는 재미에 빠지게 되었고, 이제는 당신이 정말 맛있어서 깨끗이 그릇을 비워내고 있다는 것도 알게 되었습니다. 당신을 만났을 때 내 음식 솜씨 형편없었다는 것 이미 알고 있잖아요.

그런데도 당신은 날로 좋아지고 있다며 한없이 미안해하는 나를 위해 마주 앉은 식탁 앞에서 맛있게 먹어주었습니다. 눈물겨운 당신의 노력에 나는 미안함보다 고마움이 앞섰고, 당신 칭찬을 듣기 위해 정성을 쏟고 또 쏟았습니다. 아주 조금씩 나아져 가는 나의 음식 솜씨는 나의 새로운 목표가 되었고 즐거운 긴장의 끈이 되었습니다.

언제나 함께 같이 마주 보며 식사했던 당신…. 나는 그 자체가 너무나 행복했습니다.

이전에는 같이 식사하는 것은 상상도 할 수 없었고, 늘상 핀잔이 끊이질 않았는데…. 늘 따로였는데.

당신과는 늘 식탁에서 함께 먹으며 함께 이야기를 나누었지요. 기쁨이 얼마나 대단했는지…. 당신은 모르실 거예요. 한없이 미안했지만 당신에게는 결코 부끄럽지 않았다면 당신 믿으시겠어요? 나는 당신으로 인해 더 이상의 아픈 과거는 없었고 당신과 우리 아이들을 위해 어떤 고생도 즐겁게 할 수 있다고 확신할 수 있었으며, 단지 앞으로 어떻게 살 것인지를 진정 고민하는 여자이자 당신의 아내로 변화되고 있었던 거예요.

나는 더 이상 기억하고 싶지 않은 과거에서 어느덧 빠져나와 누구로부터도 구속받지 않는 예전의 명랑한 삶으로 돌아와 있었고, 기꺼이 당신의 사랑을 얻기 위해 노력하는 사랑스러운 아내로 다가설 수 있었어요.

당신만 생각하면 너무 고맙고 행복해서…. 나는 당신과의 따뜻하고 행복했던 순간들만 기억합니다. 이제는 당신과 마주 앉아 식사도 하며, 커피도 마시면서 우리의 삶과 미래에 대해 이야기하던 꿈같은 시간들이 더 이상 다시는 오지 않을 것 같아 목이 메입니다. 언젠가 내가 많이 아파할 때 당신이 끓여주었던 미역국의 맛은 내 어렸을 적 먹었던 어머니의 그것보다 백배 천배 맛있었던 것도 기억이 나요. 어떤 남자가 여자를 위해 정성을 다해 음식을 해주겠어요. 나는 당신이 끓여주었던 미역국의 맛보다 당신이 나를 위해 보여준 지극한 정성과 사랑의 마음에 울컥 눈물이 쏟아졌습니다. 나는 이전과는 전혀 다른 세상에 이미 살고 있었던 것입니다. 나보다 어린 나이지만 당신은 나보다 어른이었고 당신 품 안에서 다시는 나오지 않으리라 다짐하고 또 다짐했습니다. 때로는 당신 자식이 아닌 내 아이들을 당신의 품으로 안아 아무 조건 없이 사랑을 나누어주는 모습에 나는 몇 번이고 감격하여 울음을 터뜨렸습니다.

떠올리고 싶지 않지만, 술만 먹으면 전혀 딴 사람이 되어 우리를 위협했던, 그래서 그로부터 내 자식들을 보호하려 치열한 싸움을 벌여야 했던 지난 날은 까마득히 잊고, 내 아이들에 쏟는 사랑을 내게도 주었으면 하고 바라는 샘이 덕지덕지 붙은 못난 당신의 사람이 되었습니다.

얼마 있지 않아 나는 당신을 떠나갑니다.

죽음이 죽기보다 싫지만, 이제는 받아들일 준비가 되었어요. 떠나기 전에 당신을 위해 당신이 멋져보였던 순간들을 이야기해주고 싶어요. 아마 그리 된다면 언제나 당신 곁에서 웃고 있는 내가 있을 것이라 생각하니 아픔이 진정이 되어요. 잊기 전에 어렵게 메모를 합니다. 아픈 내 몸이 기억도 가져가 버리나 봅니다. 누군가를 위해 편지를 쓰는 것이 아주 정말 오랜만의 일이지만 내가 죽더라도 내 마음이 담긴 내 글씨를 조금이라도 사랑하는 사람에게 남기고 싶은 마음 때문이기도 합니다.

당신은 승진할 때 나와 같이 가서 맞추었던 체크 무늬 양복을 입었을 때가 제일 잘 어울려요. 넥타이는 약간 은은한 블루 톤이 어울리는 것 같아요. 매일 아침 당신을 떠나보내며 내 가슴속에 멋있는 당신 모습이 심장 한 가운데 들어온 것이 아마 그때일 거예요. 내 손때가 묻은 찬장 속에 내 그동안 숨겨온 비장의 음식 비법들을 적어 놓은 수첩이 있을 거예요.

군대에서 취사병이었던 당신이니 아마 더 맛있는 음식으로 탄생시킬 것이라고 믿고 있어요. 당신이 나보다 음식 솜씨가 좋으니 내 반드시 당신 곁에 머물면서 맛보고 말 거예요. 컴퓨터 바탕화면에 당신이 좋아하는 음악과 내가 좋아하는 음악들을 따로 정리해놓았어요.

나보다 더 음악 듣기를 좋아하는 당신과 같이 눈을 감고 음악을 감상하던 꿈같은 순간이 다시 떠올라요. 울지 않으려 했는데…. 다시는 그럴 수 없다는 생각에…. 당신과의 사랑을…. 아니 당신과의 추억을 영원히 담고 싶은데…. 다시는 그럴 수 없다는 생각에….

또 다시 눈물이…. 나요.

여보! 나 떠나더라도 제발 울지 않았으면 해요. 나를 위해 울지 말고 당신과 남아 있는 아이들을 위해 웃어 주었으면 해요. 무엇보다 다행인 건 당신의 사랑을 받으며 자란 아이들이 이제는 장성하여 스스로 살아갈 수 있는 나이가 되었다는 거예요. 당신도 이제는 아이들로부터 자유로워졌으면 해요.

아! 이제는 당신 곁에 내가 있어야 하는데….

그럴 수가 없어서….

아! 이제는 온전히 당신 사랑을 받고 싶은데….

그럴 수도 없어서….

아! 그래도 나는 이제 웃으며 떠나갈 수 있어 너무 고마워요.

나를 그토록 사랑해준 당신, 그동안 너무 고마웠어요.

당신과의 추억 모두를 내 뼛속 깊이 간직한 채 나는 웃으며 떠나갑니다.

여보! 행복해야 해요.

나와 같이 있는 동안보다 나 없는 당신 삶이 더욱 기쁘고 즐거워야 해요.

나는 이렇게 떠나지만 늘 당신 곁에 머물러 있을 거라 생각해 주세요.

당신이 생각하는 대로 나는 그 자리에 어디든 있을 거예요.

내 곁에 잠들어 있는 당신….

이 밤이 지나면…. 아직도 당신 곁에 있을까요.

아직도 살아서…. 그렇게만 된다면 너무 좋을 텐데….

그리 된다면 당신을 생각하는 이 밤이 빨리 가도 아쉬워하지 않을 텐데….

사랑해요! 죽을 때까지! 아니 살아있는 순간까지 영원히 사랑해요.

다시 사랑할 수 있게 해주어서….

진정 사랑하는 사람을 만날 수 있게 해주어서 신께 다시 한 번 감사해요.

나는 떠나가지만, 그래서 다시는 못 올 곳으로 떠나가지만 이렇게 살아있는 순간만이라도 당신이 나를 진정 사랑해주어 고맙다는 말을 꼭 전하고 싶어요. 내가 죽지 않고 살아있다면 그때는 당신을 향해 내 힘을 다해 말하고 싶어요.

정말 사랑한다고….

다시 태어나더라도 당신과 살고 싶다고….

당신을 만나 분에 넘치는 행복을 느끼며 살았노라고….

지금에라도 당장 말하고 싶어요. 여보! 사랑해요! 영원히!

치매 어머니의
눈물

　세찬 눈보라가 휘날리는 어느 날 한 무덤가에서 한 노인이 숨진 채 발견되었습니다. 쉽사리 발걸음조차 디딜 수 없는 깊은 산골의 한 무덤가에서 한 노인이 안타깝게 숨진 채 발견되었던 것입니다. 무언가를 품에 안은 채 상처투성이인 채로 그렇게 낯선 산골 무덤가에서 발견된 것입니다. 품에 안은 것은 다름 아닌 어린아이의 배냇저고리와 참으로 어여쁜 아기 이불이었습니다. 그 노인은 웃고 있었습니다.

　이 세상 누구보다도 행복한 미소가 그 노인의 온몸을 감싸고 있었습니다. 옷은 이미 다 떨어져 있었고, 온몸은 상처투성이였으며, 까매진 맨발에는 동상을 크게 입은 채 동사(凍死)한 것입니다. 뒤늦게 달려온 자식들이 어머니임을 알아보고 흐느끼며 오열하는 것을 뒤로 한 채 이 세상에서 가장 행복한 웃음을 머금은 노인은 다시는 보지 못할 저세상 사람이 되고 말았습니다. 그 모습을 본 많은 사람들도 애써 눈물을 감추며 자식들의 통곡 소리를 듣고 있었습니다. 일어나지 말았어야 할 슬픈 영화같은 장면이 그 후에도 한참을 그곳에 머물러 있었습니다.

죽은 노인, 아니 그녀는 중증 치매를 앓고 있었습니다. 그렇게도 총명했던 그래서 누구보다도 빛났던 그녀였는데 지금 그녀는 자신이 누구인지도 알지 못한 채 거리를 헤매다 깊은 산 속에서 생을 마감하였습니다.

어려워진 집안 사정을 일으키기 위해 모진 고생을 이겨내며 젊음을 기꺼이 버리고 희생을 택하여 하루하루를 힘겹게 버텨내며 견뎌온 그녀이기에 이제는 남은 생을 누구보다 편안하고 행복하게 누려야 할 권리가 있었습니다. 그렇기에 더욱 큰 이 슬픔은 하늘을 넘어 영원까지 가고 말았습니다.

오직 바른 길을 걸어가며, 타인에게 자신이 갖고 있는 것을 나누는 즐거움을 누리며 누구보다 씩씩하게 자신의 행복도 미룬 채 오직 집안을 일으키는 일에 모든 노력을 다하였습니다.

갖은 수모를 당하며 나쁜 이들에게 많은 것을 빼앗기고도 악착같이 돈을 모으는 일에 집착한 삶의 눈물 나는 결과이기도 합니다. 음식 솜씨가 남달랐던 그녀가 차린 전통 음식점은 우리나라에서도 손에 꼽을 정도로 명성이 자자합니다. 그렇게 30년의 세월은 흘렀고, 이제는 그동안 누리지 못한 것들을 누려야 하는 일만 남았는데 그녀의 병세는 생각보다 심했고 날로 악화되어 갔습니다.

마흔이 다 되어 만나 결혼한 사랑하는 남편의 극진한 보살핌에도 나아지는 기미가 보이지 않았습니다. 온전히 자신만을 사랑해주며 끝없이 격려해주던 같은 동네 어릴 적 친구를 운명처럼 만나 결혼하고 남들이 부러워할 만한 불꽃 같은 사랑을 나누었습니다. 그녀에게는 불행의 그림자가 보이지 않았고, 믿음 속에 행복한 가정을 꾸려갔습니다.

그러나 첫 아이를 낳는 일에 실패하면서 그녀의 행복은 오래가지를 못했습니다. 눈물로 밤을 지새우는 날이 그 후에도 계속되고 만 것입니다.

그 후 사랑스러운 자식들을 얻으며 이제는 괜찮겠지 하는 생각도 오래가지 못했습니다. 낳은 자식보다 잃어버린 자식에 대한 사랑과 집착이 70세의 나이를 넘어가면서 나날이 심해져 갔습니다.

상태는 점점 심각해졌고, 자주 헛소리를 하며 아직도 낳은 아이에게 젖을 물려주어야 한다고 남편에게 애걸하였습니다.

서서히 시작된 치매의 정도가 급속도로 악화되어 이제는 어쩌다 한번 돌아오는 정상적인 정신도 찾아볼 수 없을 정도가 되었습니다. 항상 낯선 곳에 서 있는 자신을 보고 소스라치게 놀란 적이 한두 번이 아니었지만, 지금은 그 사실조차 인식하지 못하고 있었습니다.

그녀는 3남 1녀를 두었습니다. 아니 3남 2녀라 해야 옳을 것 같습니다.

왜냐하면 처음 임신한 아이를 난산의 고통 끝에 그만 잃고야 말았기 때문입니다. 그 뒤로 천사 같은 자식들을 얻긴 했지만, 첫 아이를 제대로 품에 안지도 못한 채 보낸 사실은 그녀에게 평생 응어리가 되고 말았습니다. 커가는 아이들에게 누가 될까봐 내색조차 하지 않았지만 잃어버린 첫 아이의 모습은 그녀를 끝없이 괴롭혔습니다.

엄마 품에 안겨있는 낯선 아이를 볼 때마다, 자신의 품에 안아보고 싶은 충동을 억누를 때마다 가슴이 찢어지고 맙니다.

이제는 나중에 태어난 자식들이 훌륭한 성년으로 자라나 더 바랄 것도 없건만 자꾸 죽은 아이가 눈에 밟히며 자신을 끝없이 놓아주지 않아 그 고통에 몸부림친 적이 한두 번이 아닙니다. 꿈속에서도 자주 나타나서 엄마를 찾으며 울고 보채는 바람에 같이 서럽게 운 탓인지 아침마다 퉁퉁 부은 얼굴을 화장으로 숨기고 가족들에게는 내색을 않은 지도 오랜 세월이 흘렀습니다.

가슴속에 천근만근의 아이 무게가 들어앉아 있는 것도 모른 채 그녀의 정신도 함께 병들어갔습니다. 그런 그녀는 결국 아무도 모르게 집을 나섰고, 낯선 어느 무덤가에서 시체로 발견되고 말았습니다. 정신이 혼미한 가운데서도 그녀는 가슴속에서 지워버리지 못한 죽은 자식을 찾아 나섰고, 결국 싸늘한 죽음으로 그녀의 아픔을 알렸던 것입니다.

살아있는 남편과 다른 자식들보다 죽음으로 자신의 젖을 물리지도 못한 채 먼저 보낸 자식을 영원히 가슴에 안으며 생을 마감하고만 그녀입니다. 누구도 그녀가 어떻게 그곳에 갔으며, 한 번도 꺼내보지 않았던 배냇저고리를 어떻게 찾아냈는지 아무도 모릅니다.

그러나 나는 압니다.

그녀 안에 잠재되어 있던 초인적인 힘이 그녀를 그곳으로 이끌었고, 그녀의 마지막 보금자리가 되었다는 것을 나는 압니다.

또한, 나는 압니다.

그녀는 누구보다 그녀 곁을 떠나간 첫째 아이를 영원히 가슴에 아프게 안고 있었음을 나는 압니다.

그리고 그녀가 30년 넘게 아무도 모르게 혼자 자식 무덤에서 끝없이 통곡하며 가슴 아파했다는 것을 나는 압니다.

자신이 치매임을 알고 있음에도 제정신이 돌아올 때면 먼저 간 자식 찾아 그 먼 곳을 미친 듯 달려왔다는 사실을 나는 압니다.

그녀의 품 안에는 먼저 간 자식에게 한 번도 입혀보지 못했던 베넷 저고리가 고이 접혀 있었습니다.

오랜 세월이 지났음에도 새 것인듯 여전히 깨끗하였고 그녀의 마음이 고스란히 그 안에 가득하였습니다. 정신이 온전하지 못한 상황에도 죽을 힘을 다하여 힘겹게 지켜낸 것임을 알기에 나는 눈물을 끊임없이 쏟아냅니다. 왜 그토록 오랜 세월 먼저 간 첫째 아이를 잊지 못하는지 이제야 알 것 같습니다. 비록 자신의 젖을 물리지도 못하고 떠나 보냈지만, 그녀는 결코 자식을 떠나보낸 것이 아니었습니다. 자신의 품, 심장 속에 영원히 묻어두고 있었습니다.

자식은 여전히 예전 그 모습 그대로 그녀의 마음속에 고정되어 있었으며, 그토록 젖을 물리고 싶었던 그 어머니의 마음도 그 속에 고정되어 있던 것입니다. 가엾게도 이제는 더 이상 그녀 모습을 이 세상에서 볼 수 없습니다. 그곳에서 나는 치매 어머니의 모습을 통해 더 이상 그녀의 마음과 정신이 잘못된 것이 아니라 더 좋은 것만을 찾아 이익만 찾는 제정신이 아닌 우리 자신들의 잘못된 모습을 보게 된 것 같아 그녀보다 못난 부끄러움에 새삼 목이 메어옴을 숨길 수가 없었습니다.

부디 영면하소서!

그래서 이미 떠난 자식과 저 세상에서 남은 삶을 뜨겁게 영위하소서!

부디 저 세상에서 떠난 자식을 영원히 가슴속에 품으소서.

제발! 그대여!

친구에게 보내는
김 교사의 편지

오늘도 어제와 다름없는 하루의 연속이네.

벌써 7월의 시작이군.

더위를 못 견디는 체질인지라 그리 여름이 달갑지는 않지만 받아들여야지 어떡하겠나.

해마다 어김없이 내가 좋다고 다시 찾아주니 그저 고마울 뿐이라고 자포자기하는 심정으로 여름을 받아들여야지 어쩌겠나.

지구 온난화 탓인지 잘 모르겠지만, 점점 날씨는 참기 힘들 정도로 더워지고, 늦장마가 종일 축축한 날들을 축복해주고 있네 그려.

그럼에도 여전히 새벽같이 학교에 나와 온갖 근육을 자랑하며, 땀을 뻘뻘 흘려 가며 축구나 농구하는 녀석들이 나를 놀라게 하네.

계절 구분 없이 시간 가는 줄 모르고 젊음을 만끽하며 몸과 마음을 다스리는 녀석들이 마냥 부러울 뿐이네.

나는 오늘도 아침 잠시나마 틀어주는 교실 에어컨을 고마워하고, 지각하는 아이들과 씨름하며, 훈계하는 수고를 잊지 않고 있다네.

늦은 나이에도 담임하겠다고 나선 내가 한편으로 대견하기도 하지만 왠지 내 자신이 짠해지는 느낌을 지울 수 없네.

지극히 다행인 것은 그래도 지금의 우리 반 아이들이 이 세상 누구보다도 착하다는 것, 그래서 그들이 있음에 행복하다는 것이네.

이렇게 드러내놓고 칭찬하기는 드문 일이네만 지금 큰 복을 받고 있다고 생각하며 나를 열심히 따라와 주는 그들이 고마워 어느 때보다 열심히 하루를 살고 있다네.

특히 신경 쓰는 부분은 혹시나 그들이 쉰내 나는 나를 싫어할까봐 제대로 가르치기 위해 혼신의 힘을 다하고 있다는 것을 친구만은 알아주기 바라네.

교사에게는 생명과도 같은 숭고한 일이라고 생각하기 때문이네.

인정받고 존경받기 위해서가 아니라 가르침에 사심 없이 정성을 다하는 것은 우리 교사들이 반드시 가져야 할 소명의식이라고 나는 명심하고 또 명심한다네.

아이들만 보면 나는 1년 12달 하루도 빼놓지 않고 행복하다네.

오늘 어떤 일이 있었는지 말해줄까.

자는 놈을 깨웠더니 온갖 짜증을 내며 오만상을 찌푸리지 않겠나.

순간 욱하며 계급장 떼고 맞장뜰 뻔하지 않았겠나(이걸 설마 믿지는 않겠지. 알다시피 내가 천하의 약골이라는 것은 자네만 알고 있는 비밀이니 죽을 때까지 말하지 말게나).

이렇게 나를 힘들게 하는 아이들이 있어도 나는 전혀 힘들지 않다네.

나에게는 금방 잊어버리고 마는 능력이 있다는 것이야. 이건 다른 직업인에게는 없는 교사들의 대단한 능력이라고 강하게 말하고 싶어.

아주 마음속 깊은 어딘가에 아픈 마음이 남아 있을지는 모르겠지만, 많이 부족하여 감싸주어야 하는 아이라는 생각을 하면 잠시 미워했던 나 자신이 부끄러워지고 더 잘해주어야 한다는 마음이 절로 생기게 하니 천만 다행이라고 생각하네.

　그래도 내가 힘을 낼 수 있는 건 나를 아직도 반갑게 맞아주고 끊임없이 작은 힘들을 보내주고 있는 아이들이 분에 넘치게도 많다는 사실이네.

　어제는 한 아이가 갖다놓은 아주 찬(이 세상에서 가장 차가운) 커피 음료를 냉큼 받고 말았네.

　거절했다가는 그 아이의 커다란 눈망울에서 눈물이 쏟아질 것 같더구만.

　얼마나 감격한 줄 아나. 그 아이 하루 용돈이 나간 거라 생각하니 쉽게 넘어가지 않더군(실은 고마운 마음에 바로 입속으로 넣어버리고 말았지만… 이것 만은 이해해주게).

　나는 오늘도 틀에 박힌 시간표대로 시작도 끝도 없는 공부에 매달리고 더 행복할 수 있는 지금의 순간들을 허비하고 있는 아이들만 생각하면 그만 눈물이 나네.

　쏟아지는 졸음을 참아내며 그저 대학이라는 높은 관문을 넘기 위해 하루하루를 힘겹게 견뎌내고 있는 그들을 보며 그들에게 조금의 힘도 되지 못한 내 자신에게 자주 좌절하고 마네.

　학교생활에 일찍부터 찌들어 앞으로의 삶에 재미를 붙이지 못할까봐 걱정하는 순간이기도 하지.

　그러나 나는 걱정하지 않네.

그들 모두 누구보다 지혜롭게 진정한 자기 자리를 찾아가며, 모두 다 같이 이 사회의 큰 기둥이 될 것이라는 믿음이 있기 때문이라네.

그러나 나는 요새 새로운 걱정거리로 잠 못 드는 밤들이 많네.

그렇다고 내가 할 수 있는 일은 아무것도 없지만…

그들을 보는 순간 낯이 뜨거워지고 은근히 화가 치밀 정도이니 새삼 말해 무엇하겠나.

저들을 바라보며 느끼는 자괴감과 실망감은 나를 하늘 끝까지 밀어내고 말지.

내가 처음부터 승진을 생각하지 않고 그저 가르침을 주는 평교사의 삶을 살기로 결심한 것은 자네도 잘 알고 있지 않나.

능력이 없어서가 아니라 관리자로서의 삶 자체가 내게는 버거웠다고 생각한 일면이 크네.

나름 노력하며 쌓아놓은 점수가 아까운 측면도 있지만, 그것에는 추호도 미련이 없다네.

위로 올라간다는 것이 그렇게 자랑스럽고 명예로운지 나는 잘 모르겠네.

대체 승진이 무엇이관데 아이들 낮은 곳을 보지 않고 높은 곳만 찾아다니려 애쓰며 자신이 얻을 수 있는 점수를 따기 위해 가르침보다는 학생 각자를 점수의 대상으로 보는 한없이 어리석기 짝이 없는 교사들이 나를 울게 한다네.

교사임이 참으로 부끄러우며 저들의 교사 됨이 절망적이라는 생각이 또한 나를 좌절하게 한다네.

승진을 위해서는 떳떳하고 당당하게 나아가야 함에도, 실력보다 못난 인간적인 연대에 매달리는 그런 모습들이 왠지 불쌍하게 보이는 건 무슨 이유 때문인지 모르겠다는 것이네.

끝없이 아첨하고 점수를 따기 위해 오직 자신만의 이익을 생각하는 그들은, 이미 자신은 존재하지 않으며, 오로지 윗사람의 비위를 맞추기 위해 영혼을 과감히 버리는 일을 서슴지 않으며 대단한 직함도 아닌 부장임을 내세워 같은 동료 교사들을 도와주려 하지 않고 자신이 할 일을 떠넘기는 일을 대수롭지 않게 생각하며, 대접해주지 않는다고 생떼를 쓰는 일이 다반사네.

학교라는 정겨운 울타리에서 함께 생활하면서도 자신을 위해 따뜻한 시선을 보내는 동료 교사들을 등한시하고 외면한 채 어떻게든 승진이라는 썩은 끈을 잡는 데만 혈안이 됨으로써 인간적인 정 모두를 헌신짝처럼 버리고 있어.

그들에게는 관리자들의 집안일이 자신의 집안일보다 우선시되며, 관리자들의 비위를 건드리지 않으려 끝없이 노력하며 관리자들의 흠마저 아무 생각 없이 덮고 막아서려는 비겁한 모습들만 보이네 그러….

학생은 자신보다 항상 뒷전이고 본인 스스로 하기보다는 시키는 일에 대단히 노련하며, 학생보다 못한 자신들을 돌아보지 못한 채 오늘도 그들은 자신들의 아이들보다 대접받아야 할 존재라는 그릇된 생각으로 학생들을 훈계하고 감시하는 일에만 열중하고 있다네.

가엾은 사람들이지.

승진 제도가 있는 한 이 같은 절망적인 상황은 끝나지 않겠지만, 승진을 생각하고 있는 지금 이 땅의 교사들이 당당하게 실력으로 이뤄내기를 빌며 자신이 겪었던 잘못된 행태들에 대해 이제는 자신의 힘으로 없애나갔으면 하는 간절한 바람을 가져보네.

당당하게 점수를 따내고 실력으로 점수를 따내는 지혜를 발휘한다면 자기 소신대로 승진할 기회는 얼마든지 있다고 나는 생각하네.

실제 그런 교사들이 더 많다는 생각이네.

나는 오늘도 밑도 끝도 없는 거친 욕설로 하루를 시작하고 하루를 끝내는 교사들을 보고는 또한 좌절하네.

그들에게는 아이들에 대한 최소한의 사랑도 최소한의 연민도 존재하지 않지.

뺨을 때려 수치심을 생기게 하는 것은 물론 해서는 안 될 몽둥이를 들어 지도하는 것을 아직도 당연한 것으로 아는 교사들로 인해 내 마음은 까맣게 타버리고 말았다네.

과거를 들먹이며 잘못되었던 학생 지도 관행을 여전히 그리워하고, 자신의 행동으로 학부모의 항의 등 문제가 생겼을 때는 나만 재수 없어 걸렸다는 마음이 팽배하며, 자신을 잘못을 어떻게든 합리화하며 자신을 탓하기보다는 아이와 부모를 탓하는 어리석음을 끊임없이 매일 반복하고 있다네.

혼낼 일이 아님에도 아이들의 행동에 조상과 부모까지 들먹이며 아이의 조상과 부모를 욕되게 하는 일을 서슴지 않고 있으며, 욕설과 막말로 자신을 과시하며 자신보다 잘난 아이들을 권위라는 이름으로 내리누르는 일로 오늘도 하루를 살고 있는 그들을 볼 때마다 내가 같은 교사임이 정말 부끄러워지는 순간이기도 하다네.

모자람이 많은 아이들임을 조금은 이해해야 하는데 자신의 심기를 불편하게 했다는 이유로 더 큰 꾸지람으로 아이들을 억압하여 누르려는 어리석은 교사들이 아직도 많다네.

학생 자신을 나무랐을 때 기분 나쁜 표정을 짓거나 들릴 듯 말 듯 한 못된 욕으로 선생의 부아가 치밀어 오르게 하는 상황을 자주 마주하더라도, 정말이지 대책 없는 학생을 만나더라도 교사는 인내의 끝을 보이며 참아야 함에도…. 끝까지 뿌리 뽑게 하겠다는 각오로 조금의 용서도 없다는 마음으로 아이들을 대하고 있네.

약점을 교묘히 찾아 끝없이 나무라며, 한 가지 잘못이나 학교 규칙 어김에 모든 상과 혜택 모두를 없애겠다며 위협을 일삼는 수준 이하의 교사들도 있음을 말하고 싶네.

툭하면 부모의 직업을 물어보며 어떻게든 연관성을 만들어 내려 하며, 그러니까 "너는 할 수 없어"라는 비하의 발언으로 학생을 절망으로 빠지게 하는 말을 서슴지 않는 참으로 나쁜 교사들이 왜 이다지도 많은지 모르겠네.

기분 나쁠 말만 어쩜 그리도 잘 하는지, 타고난 것이 아닌지 정말 의심이 들 정도로 가까운 곳에서 보고 있는 교사조차 외면하게 만드는 그런 본받고 싶지 않은 교사들이 있다는 것은 학생들에게는 불행한 일이기도 하지.

아이들을 끝없이 깔보며 부정적인 시각으로 보는 것도 모자라 자퇴라는 이름으로 오늘도 아이들을 윽박지르며, 이 세상 태어남이 처음부터 잘못되었으므로 지금 없어졌으면 하는 마음으로 아이들을 대하는 영혼마저 저버린 교사들이 지금의 나를 그토록 절망하게 하네.

나는 그들이 조금씩 달라지길 바라네.

실상 사람의 마음은 쉽게 변하는 것은 아니지만, 아이들이니까 그럴 수 있다는 마음으로 그들을 조금이라도 이해하고 다가가 준다면 아이들도 더 마음을 열고 기쁜 마음으로 다가올 것이라고 나는 아직도 강하게 믿고 있네.

선생은 아이들보다 위에 있으니 무조건 자신을 따라야 하고 학생들은 자신이 반드시 이겨야만 하는 존재라고 여기기보다 가끔은 져주고 조금은 손해 보아도 좋은 존재라는 사실을 알아주었으면 하고 간절히 바라곤 하네.

그들에게는 교사의 모자람이 또는 어리숙함이 더 가깝게 다가갈 수 있는 사랑의 끈이 될 수 있다고 나는 아직도 강하게 믿고 있네.

제발 불쌍한 아이들을 보아서라도 그들이 모두 진정한 교사로 가르침에 정성을 다하며 아이들을 마음으로 사랑으로 대할 수 있는 그 날이 올 수 있다는 간절한 마음으로 오늘을 시작하네.

나는 또한 관리자들에게도 적잖이 실망하곤 하네.

벌써 30년이 되어가니 얼마나 많은 관리자들을 만났겠나.

물론 좋은 관리자도 있었으나 아쉽게도 실망스러운 관리자들이 더 많았음을 이야기하고 싶네.

관리자가 되기 위한 과정이 중요한 것이 아니라 되고 난 후의 처신이 더욱 중요하다는 사실을 나는 절감하고 또 절감하네.

우리 평교사들은 그들이 과거 어떠했는지에 대한 관심은 없네.

높은 자리에 있는 지금 어떻게 평교사들을 대하느냐에 관심이 더 높지.

이제는 힘들었던 이야기를 털어놓으려 하네.

쓸데없는 고집으로 교사들을 힘들게 하고, 대외적 자신을 널리 알리기 위한 수단으로 일거리를 자주 만들기도 하는 관리자들이 너무도 많다는 사실에 나는 놀라고 말았네.

교사들을 함부로 대하며 무관심과 무책임으로 높게 대우해 주기만을 바라는 관리자 또한 너무도 많다는 사실은 나를 화나게 했지.

살면서 덕을 베풀 수 있는 절호의 기회가 아니겠나.

위로 올라갈 수 있는 것은 모두 이루었으니 이제는 아래로 기쁘게 내려가는 길을 살펴볼 수 있는 절호의 기회가 아니겠나.

관리자일수록 한 마디 한 마디에 조심하며, 행동 하나 하나에도 더욱 조심해야 한다고 생각하네.

관리자는 학교의 얼굴 아니겠는가!

적어도 교사들이 존경하고 자랑스럽게 생각해야 하지 않겠나.

그러나 그들에게는 이미 대접받는 일이 너무나 익숙하며, 자신의 마음을 미리 읽어내 알아서 미리 일을 해결해주는 처신을 위해 목숨 버리기를 마다하지 않는 아랫사람들만을 챙기는 일을 당연한 듯하며 아무렇지 않게 살아가고 있네.

그들의 말이 곧 법이고 정의라고 말할 수 있지.

또한, 가장 아래에 있는 교사들이 어떻게 지내는지 혹시 불편한 점은 없는지 살펴보는 정말 가슴 따뜻한 관리자를 본 지가 참으로 오래되었네.

많은 돈 드는 일도 아니고 그렇게 땀나는 일도 아닌데 지나가는 따뜻한 말 한마디에도 인색한 관리자를 보며 참으로 힘이 빠짐을 느끼고는 좌절하고 만다네.

아무 일 없어서 다행인 것이 아니라 평교사들이 어떻게 아이들을 지도하고 있는지 가르치면서 생기는 고충이 무엇인지 같이 고민하며 도울 일을 생각하는 그런 진정한 관리자가 된다면 얼마나 좋겠나.

교사의 잘못에 대해서 진심으로 위로하며, 거친 학생들 한가운데에서 힘들어하는 교사들을 위해 세심하게 배려해주는 그런 관리자가 된다면 같이 있음으로 행복한 학교생활이 될 텐데 말일세.

강요하는 위엄이 아닌 교사들이 자발적으로 존경해줌으로써 생기는 훌륭한 위엄을 그들이 만들어가기를 바라는 마음이 가득하네.

나는 그런 관리자가 이 땅에 가득 찰 날을 기대해 본다네.

그런 날이 언제쯤 오려나. 그런 꿈같은 날이 내게 언제쯤 오려나.

별개로 나는 우리 반 한 아이 때문에 매일매일이 즐겁고 행복하다네.

지금까지의 우울과 절망을 날리고도 한참 남는다고 감히 말할 수 있네.

바로 우리 반에는 사랑스러운 기우가 있기 때문이라네.

한 치의 오차도 없이 학교생활에 충실하며, 그 흔한 투덜거림조차 없이 교사의 가르침을 온몸으로 받아내며 교사임을 부끄럽게 하는 씩씩하기 짝이 없는 사랑스러운 기우가 있다는 것을 자랑하고 싶어!

이토록 부끄러운 우리 교사들을 소리 내지 않고 혼내며 오늘도 낮은 곳을 바라보며 오직 가르침에 최선을 다하라는 준엄한 꾸짖음을 주는 누구보다 멋진 기우 덕분에 나는 매일매일이 행복해!

특수 학급에 가지 않고도 일반 학생들도 견디기 힘든 고교 시절을 누구보다 강하게 헤쳐나가고 있는 기우가 있다는 것이 얼마나 든든한지 모르네.

참을 수 없을 만큼 아픈 날 빼고는 지금까지 한 번도 빠지지 않고 그 한 번의 지각도 없었으며, 대부분의 학생들이 꺼려하는 야간 자기 주도 학습까지 거뜬히 해내는 누구보다 강한 기우가 자랑스럽다네.

반가운 사람에게 보내는 씩 웃는 웃음만으로도 모두를 행복에 빠지게 하며, 우울한 모두에게 힘나게 하는 사랑의 엔돌핀을 마구 보내며 더 힘내라 응원하는 기우가 나를 얼마나 힘나게 하는지 모르네.

단 한마디 하지 않아도, 그리고 기우를 보는 것만으로도 아니 그가 있음으로 누구보다 환한 햇살을 가져다준다는 사실이 중요하다네.

그런 기우가 오늘 많이 힘이 빠져있고 슬프다네.

많이 무서웠는지 얼굴이 빨개져 있더군.

수업 시간 중에 흐르는 콧물에 주위 살핌 없이 코를 풀었다가 배려라고는 눈꼽 만큼도 없는 교사에게 무섭게 혼이 난 것이네.

어두운 구석에 홀로 남겨져 울고 있던 기우를 나는 아직도 잊지 못하네.

갑작스러운 위협을 미처 피하지도 못한 채 다만 교사가 두려워 어두운 그늘이 떠나지 않던 기우를 발견하고는 천사보다 착한 기우를 지키지 못한 미안함에 고개를 들 수 없었네.

한 걸음에 달려가 그 아이의 상황을 아느냐고 따져 물었네.

그 아이에 대한 인식조차 없던 상황이었네.

당연히 그럴 수 밖에 그에게는 기우도 똑같은 학생이었네.

기우에 대한 배려는 처음부터 눈꼽 만큼도 없었던 거지.

저런 애가 왜 앉아 있나, 이 학교에 왜 와서 신경 쓰이게 하느냐는 표정이었네.

나는 더 이상 말을 하지 못하고 돌아설 수밖에 없었네.

기우에게 돌아간 후에 한 말은 가까이에 앉지 말고 가장 뒤에 앉으라는 말 뿐이었네.

그래도 계속 울고 있던 기우는 "네! 선생님! 알겠습니다!"라며 씩씩한 목소리로 대답하고 밝은 웃음으로 나를 안심시켜 주었네.

나는 기우와 같은 학교에 있는 한 기우에게 힘이 되어 주고 싶네.

기우를 통해 내가 부족하다는 것을, 더욱 교사다워야 한다는 것을 알게 된 때문이기도 하네.

그래도 안심할 수 있는 건 기우를 보살펴주는 훌륭한 아이들이 주위에 넘쳐난다는 사실이네.

그리고 내가 닮고 싶은 훌륭한 선생님들이 아직도 못난 그들보다 더욱 많다는 사실이 나는 너무 행복하다네.

내가 너무 말이 많았나.

벌써 밤이 깊었네.

자네와 만날 기회도 자주 없네그려.

앞으로 자주 봄세.

내 술은 잘 못하지만, 자네와 같이 노는 일쯤이야 아직도 팔팔하네.

다시는 내 사전에 후회가 없게 다시는 돌아오지 않을 50대의 열정을 불태워 보자구.

친구야!

내 재미없는 이야기 들어주어 고맙고 감사하네.

자네 복 많이 받을 걸세. 나보다 오래 살 것이라고 확신하네.

벌써부터 많이 보고 싶어지는군!

그때 보세!

잠깐! 주의사항을 주겠네! 만날 때는 최대한 늙어 보이지 않게 만면에 웃음 가득한 모습으로 나를 만나러 오게!

오늘 내 꿈꾸어야 하네!

아이들 앞에서는 어떠한 경우에도 공정하고 떳떳하려 노력하는, 그리고 아이들 앞에서는 한없이 작아지며 사랑을 주고 싶어 안달인 영원한 자네의 친구 춘현이로부터!

그대여!
걱정하지 말아요

아직도 수많은 날들을 걱정하며 하루하루를 힘겹게 견뎌내는 그 대들에게 끝없는 마음의 위로와 감사의 마음을 전해 드립니다.

개인적인 일에도 걱정과 불안 가득한 그대들에게 밖에서 매일 전해지는 절망과 위기의 소식들은 힘을 내며 하루를 견디는 그대들에게 더한 인생의 짐으로 더욱 여러분을 짓누르고 있다는 사실도 이미 알고 있습니다.

알 수 없는 미래에 대해 많은 것을 기대하며 가졌던 인생의 작은 희망마저 이제는 내려놓은 채 당장 앞에 닥친 것만을 겨우 해결해 가는 것으로 위안을 삼는 아주 작은 존재로 전락하고 말아버린 여러분임도 이해하고 있습니다.

여러분이 바라는 핑크빛 미래는 이미 짙은 안갯속에 묻혀 버린 채 헤어 나오지 못하고 있으며, 과연 자신에게 미래는 있는 것인지조차 의심하게 되는 상황이 여러분을 한없는 낭떠러지로 밀어내고 있는 현실이 서글퍼지며 절망만 앞설 뿐입니다.

아직도 현재에 머무르고 있는 자신을 한없이 원망하며 자신을 제대로 돌보지도 못한 채 아직도 불투명한 미래에 대한 대비도 하지 못한 자신에 대해 크게 자책할지도 모르는 일입니다.

그러나 그대여! 걱정하지 말아요!

우리가 지금 가는 길은 혼자 나아가고 이겨내야 할 길이고, 끝이 어딘지 보이진 않지만 이미 미래에 대한 목표가 다른 수많은 사람들과 함께하고 있어 같이 이겨내며 나아가는 길임을 잊지 말아야 합니다.

미래는 자신이 계획한 대로 가는 것은 결코 아니며, 계획을 잘 세웠다고 마음대로 이루어지는 것도 아니랍니다.

미래에 대한 계획을 세우는 데는 지름길은 없으며, 단지 현재의 시간을 알차게 꾸며 헛되지 않는 일에 최선을 다하는 것이 필요한 것이 아닐까요.

미래가 없는 것처럼 생각하고 지금이 끝인 것처럼 사는 어리석음도 버려야 합니다.

지금도 시간은 흘러갑니다. 느낌에 따라 빨리 가기도 하고 느리게 가는 듯 느껴지지만, 우리가 생각하는 것 이상으로 빨리 흘러가고 있습니다.

그렇다고 시간의 노예가 되어 늘 쫓기듯 살아간다면 더 이상 거기에서 나 자신의 삶은 없어지는 것이며, 시간에 이끌리며 남의 삶을 모방하는 데서 만족하는 삶을 살 수밖에 없을 것입니다.

무엇보다 중요한 것은 주어진 시간을 얼마만큼 소중히 아껴 쓰느냐인 것입니다. 이미 지나간 시간을 아까워하기보다 남아있는 시간을 어떻게 활용하느냐 하는 것이 더욱 중요한 것입니다.

어차피 인생은 시간을 누가 더 많이 가져가느냐는 경쟁의 관계가 아니라 모두에게 주어진 시간을 나누어 주어진 시간의 몫을 어떻게 하면 잘 쓸 것인가를 고민하며 시간과 더불어 같이 가는 관계라는 사실을 잊어서는 안 됩니다.

그대여! 강한 그대여!

그대여 힘을 내기 바랍니다.

눈을 떠보면 오늘도 어제와 다름없는 날들이 계속 반복되고 있고, 가야 할 곳을 향해 바쁘게 쫓기듯 하루를 시작하는 당신은 더 이상의 아무 희망도 더 이상의 발전도 없다고 생각할지 모를 일입니다.

더구나 지금의 상황이 앞으로도 결코 나아지지 않을 것이라는 절망이 그대를 힘들게 할지 모릅니다.

나는 그대들 자신에게 자신감을 가지라는 것과 마음의 여유를 가지라는 부탁을 드립니다. 남들과의 비교는 더이상 여러분 자신에게 무의미합니다. 남들보다 더 잘난 것이 많다는 마음의 자신감이 무엇보다 절실합니다. 나는 남들보다 잘 난 사람이며 남들보다 자신감을 넘쳐나는 사람임을 잊지 말고, 어떠한 일이라도 당장 끝을 내려 하지 말고 좋은 결과가 나올 때까지 기다리며 좀 더 노력하는 일에 매진합시다.

남들보다 뒤진다는 생각이 여러분을 조급하게 하며, 여러분에 결코 대단하지 않은 남의 일에 신경 쓰느라 이 세상에서 잘나고 위대한 여러분을 모르고 지나가는 일들이 많다는 것입니다.

미래를 생각하지만 가까이 다가가기에는 너무 먼 곳에 있어 쉽게 이룰 수 없는 것이라 단정 짓지 맙시다.

우리가 생각하는 미래는 모든 것이 잘 갖추어진 완벽한 것이 아니고 결론이나 끝도 아닌 생각한 미래를 위해 노력하는 자신들의 자랑스러운 흔적인 것입니다.

지나보면 아무것도 아닌 일에 집착하고, 단 한 번의 실수로 모든 것을 잃은 것처럼 당장 세상을 버릴 생각까지 하는 어리석음을 버려 나갑시다.

아직도 여러분이 가야할 길은 멀고 길지만 충분히 이겨낼 수 있는 것들로 가득하며, 이를 남들보다 잘 이겨낼 수 있다는 사실을 잊어서는 안 됩니다.

처음부터 마지막까지 인생의 목표를 완벽히 이루고 가는 사람은 없습니다. 단지 그들에게서 보이는 것은 현재에 실망하지 않고 희망과 꿈을 만들어내며, 숱한 고난과 실패 속에서도 절망하거나 좌절하지 않고 이를 극복하고 이겨내려는 의지가 누구보다 강하다는 것입니다.

노력 없는 미래를 꿈꾸기보다 다만 현재의 삶에 충실하려 하며 오늘을 헛되게 보내지 않으려 한다는 것입니다. 자신을 좀 더 믿고 자신감을 가지고 나아갈 생각만 합시다. 나보다 나은 다른 사람을 찾기보다 내 인생의 크나큰 목표를 향해 나아가는 자신을 사랑하며 강하게 앞으로 나아갑시다.

여러분 자신을 남과 비교하는 것에서 자신은 초라해지고 자신이 가졌던 꿈과 희망마저 한없이 보잘것없이 되고 말아, 자신의 미래는 더욱 불안해지고 세상을 향한 자신의 작은 손짓도 쉽게 포기하고 마는 것입니다.

나라는 사람은 이 세상 오직 하나뿐이라는 자랑과 자신감을 마음에 품고 웃으며 나아갈 일입니다. 나라는 사람이 이 세상에 태어남이 곧 기적이며, 이 세상을 이끌고 갈 대단한 존재가 더해졌다는 것으로 생각합시다. 여러분 자신이 할 일은 자신을 가치가 있는 사람으로 끝없이 높이는 일과 여러분 자신을 수많은 사람들이 필요로 하는 사람으로 만드는 일에 매진합시다.

미래는 가까이에 있는 것, 결코 멀리 있지 않음을 잊지 말아야 합니다.

열심히 사는 지금이 곧 미래이며, 미래가 곧 현재가 될 수 있음도 잊지 맙시다. 미래는 너무 거창한 것도 아니고, 미래의 그 순간에 내가 있는 그 자리가 미래가 될 수 있음을 기억합시다. 바로 지금 다음 순간이 미래가 되며, 그 미래를 위해 현재에 최선을 다한다면 되는 것입니다. 어제와 같은 오늘이지만 결코 어제와는 다른 일들이 벌어지고 있으며, 아주 작은 차이이지만 어제보다는 더 가슴 벅찬 일들이 벌어지고 있음을 잊지 맙시다.

당장은 이루어지는 일이 없어서, 남들이 나보다 앞설까 봐 끝없는 두려움과 불안이 앞선다는 것을 나는 이미 알고 있답니다. 그러나 남들이 앞서간다는 생각은 나만의 생각일 수 있으며, 앞서가는 그들이 나와 결코 같지 않다는 사실을 인정하는 것이 중요합니다. 내 자신의 가치를 더 크게 보고 나만의 방식으로 힘을 내며 앞으로 전진하는 일이 지금의 여러분에게 더욱 소중한 일입니다.

인생은 누구에게나 각기 다른 출발점에 있다는 사실과 도달하는 점 역시 확연히 달라, 자신만의 방식대로 지극히 알 수 없는 미래지만 지금보다 나은 미래를 꿈꾸며 나아가는 일이 여러분에게 주어진 일입니다.

　아무것도 이룬 일이 없는 것처럼 보이지만 아니 당장 자신이 한 일이 없어 자신에게 많은 실망을 하고 있는지 모르지만 이미 많은 일을 이루었음을 기억합시다.

　최근 우리는 우리의 자랑스러운 바둑 기사 이세돌과 인간 지능 알파고의 바둑 대결이 화제가 되었습니다.

　바둑을 이미 사랑하고 있는 이들과 바둑조차 생소한 이들 모두에게 깊은 관심을 불러일으키며 인간과 인간이 만든 인공지능 알파고와의 대결을 흥미진진하게 바라보았습니다. 그러나 중요한 건 이미 만들어진 프로그램에 따라 움직이는 감정 없고 인간적인 매력이 없는 알파고와 달리 인간 이세돌은 5판의 대국 중 4번을 지는 완패의 상황에서도 감정을 통제하고 끊임없이 생각하며 어떻게 하든 이겨내겠다는 믿음으로 실수를 줄여나가려는 마음의 다독임과 자신의 능력을 믿으며 끝까지 최선을 다했다는 것에 우리는 더 큰 박수를 보내고 있습니다.

　인공지능과의 대결에서 졌다는 것이 중요한 것이 아니라 한 번 이겼다는 것이 더욱 가치 있는 일이며, 완전무장하여 빈틈조차 보이지 않는 인공 지능을 향해 인간으로서 최선을 다했다는 사실이 더욱 소중한 것입니다.

　인생을 멋있게 사는 일은 다름 아닌 멋진 미래를 꿈꾸고 계획하는 것보다 지금의 현재에서 자신의 능력을 믿고 발휘하며 자신을 드러내는 일입니다.

인생은 어차피 혼자 끊임없이 자신을 격려하고 위로하며 치열하게 가는 것이 중요한 것입니다. 바쁘게 쫓기듯 살아가는 현재의 삶에 그토록 절망할 필요는 없으며, 누구나 그렇게 살고 있다는 사실에 위안을 삼으며 조금은 자신을 돌아보는 여유를 가지며 한 번은 자신을 바라보는 하늘을 향해 걱정하지 말라며 씽긋 웃어줍시다.

지금 당장 이룬 것 없어도 조급해하지 말며 이룬 것 없는 여러분의 삶이 이미 충분히 많은 것을 해냈다는 믿음을 가져봅시다.

오직 자신과의 싸움을 이겨내며 내가 항상 누구보다 뛰어나다는 자신감으로 강하게 나아갑시다. 여러분 자신을 진심으로 믿고 강하게 미소 지으며 앞으로 나아갑시다. 그리할 때 여러분의 미래는 바로 자신의 것이며 누구보다 훌륭하게 자신이 바라는 미래를 개척하고 자신만의 세상을 만들 것이라는데 추호의 의심도 하지 않는 답니다.

걱정하지 말아요! 그대!

이미 지금 이 순간으로도 충분히 잘 하고 있으니 걱정하지 말아요! 그대, 자랑스런 그대여!

혼자 교실에서
공부합니다

아무도 없는 교실에서 나는 지금 혼자 공부하고 있습니다.

학교에 입학 날부터 시작된 일입니다. 지친 몸으로 새벽에 일어나는 일이 죽기보다 싫지만 부은 눈을 비비며 집에서 30분 거리를 걸어 학교에 옵니다. 여름의 더위와 겨울의 추위를 아랑곳하지 않고 열심히 공부해 온 지도 벌써 3년이 다 되어갑니다.

항상 반갑게 맞아주시는 숙직 할아버지가 고마울 따름입니다. 내겐 남들처럼 조용히 공부할 수 있는 나만의 공부방이 없습니다. 조그만 방 한 칸에 할머니, 나, 여동생 둘과 같이 지냅니다. 방 한가득 집안 살림들이 어지러이 섞여 있어 움직이기조차 어렵습니다.

그래도 혼자가 아니라 저를 위해 모든 것을 희생하고 계시는 할머니와 사랑하는 여동생 둘이 같이 지내는 것에 행복을 느끼며 내가 더 잘해야지 하는 마음의 각오를 다집니다. 우리 집이 아니라 월세를 어렵게 얻었는데 매달 내는 게 어려워 벌써 세 달치가 밀려있습니다.

집 주인 아주머니께서 여러 번 왔다 갔지만, 집안 형편을 아는지라 말씀만 하고는 그냥 가실 때가 많습니다. 그럴 때마다 할머니께서는 무슨 죄지은 것처럼 연신 머리를 숙이시며 미안하다는 말씀을 하십니다. 그걸 바라보는 저의 마음은 찢어질 듯 아픕니다. 마음 속으로 '할머니! 걱정하지 마셔요. 제가 돈 많이 벌어 호강시켜 드릴게요!'라고 외쳐보지만 자꾸 눈물이 나 몰래 훔치고 맙니다. 동생들이 있는데 함부로 울면 안 됩니다. 저 이래 봬도 강한 남자입니다. 동생들에게 환한 미소를 보내며 걱정하지 말라고 토닥여 줍니다.

매일 매일 먹을 것이 없어 고민합니다. 할머니께서는 제대로 드시지 않고 저희만 챙겨주신 지도 이미 여러 날입니다. 가난은 부끄러운 것은 아니라고 알고 있지만, 막상 사는 현실에서는 그렇게 아쉬울 수가 없습니다.

제 소원이 있다면 돈을 빨리 벌어 할머니께 그리고 제 사랑하는 동생들에게 매일 맛있는 식사를 마련해주고 싶습니다.

매끼 먹는 라면이지만, 동생들은 오늘도 착하게도 반찬 투정하지 않으며, 맛있는 고기반찬 먹을 수 있는 날만 기다리고 있습니다. 할머니와 제 동생들을 생각만 하면 눈물이 나지만 현재로써 제가 할 수 있는 일이 없습니다.

그래도 저는 어려운 현재 상황에 대해 그 누구도 탓하지 않으며 오직 제가 잘 되어 이 우리 집안을 일으키겠다는 결심을 하며 아침 일찍 학교로 향했습니다. 그런 내게 지금의 조용한 교실은 공부하기 좋은 천국이며 내 삶의 터전입니다.

이곳처럼 공부하기 좋은 곳은 없어 오직 공부에만 집중하고 있습니다.

시설 좋은 훌륭한 독서실보다 더 좋은 곳은 학교 교실이라는 생각은 지금도 변함이 없습니다.

환경을 탓하기보다 오직 온 힘을 다하여 열심히 공부하겠다는 마음이 무엇보다 중요한 일이라는 생각을 한 번도 바꾸지 않았습니다.

매일 조금이라도 집에 보탬이 될까 하여 새벽 일찍 신문을 돌리고 난 후 밥도 먹지 않고 학교에 나왔습니다.

가까이에서 신문 보급소를 하시는 아저씨께서 저를 안타깝게 여기셨는지 선뜻 자리를 내 주셨습니다.

새벽 시간에 돌리는 상황이라 누구보다 피곤하지만, 전혀 내색하지 않고 졸린 눈 비벼가며 오늘도 일찍 신문을 돌리고 학교를 나왔습니다.

조금의 시간이라도 아끼려 노력하고 있으며, 내 힘이 닿는 한 열심히 공부하는 것만이 우리 집안을 살리는 일이라 생각하여 한 눈 팔지 않고 시간을 아끼며 공부하고 있습니다.

아이들이 오기 전까지는 아직 한참이나 남아 있습니다.

나는 심호흡을 하고 공부에 집중을 합니다.

지금 정신 차리지 않고 내가 할 수 있는 노력을 다하지 않는다면 내일의 내가 없다는 것을 잘 알기에 수없이 마음의 다짐을 해나가며 공부에 전념합니다.

가난이 나를 힘들게 하지만 외면할 수 없는 일이기에 마음이 흔들릴 때마다 더욱 힘을 내 공부합니다.

다행히 이번에 치른 모의고사 성적이 부쩍 올랐습니다. 선생님과 친구들 모두 나의 성적을 부러워하니 어깨가 절로 올라갑니다. 학원에 다니는 것도 과외를 받는 것도 내겐 사치입니다. 꿈조차 꾸지 않았는데 생각보다 좋은 결과에 이 모든 공을 할머니께 돌리고 싶습니다. 할머니께서 저의 뒷바라지를 위해 모든 희생을 해주셨기에 가능하였다고 생각하며 환하게 웃어봅니다. 남들에게 뒤진다는 생각이 나를 아프게 했지만 나에게 주어진 여건에서 최선을 다하는 방법밖에는 없어 수업 시간에 더욱 열심히 집중하고 체계적으로 계획을 세워 공부하고 있습니다. 나는 학교 공부만으로도 충분히 해낼 수 있음을 믿습니다.

누구보다 일찍 일어나 새벽 신문을 돌리고 그 남은 시간을 아껴 공부를 하는 하루하루가 힘겨워 늘 잠이 부족합니다. 수업 시간 깜빡 깜빡 졸 때마다 이런 나를 강하게 질책하며, 나를 반성합니다. 나보다 더 어려운 처지에 있는 사람들이 나보다 더 강하게 어려움을 헤쳐나가는데 이깟 조그만 힘듦조차 견디지 못한다는 것은 있을 수가 없는 일입니다. 지금의 고생이 훗날 반드시 큰 보상으로 내게 다가온다는 믿음을 나는 아직도 갖고 있습니다.

내가 약해질수록, 게으름이 나를 지배할수록 내 희망의 미래조차 없다는 것을 잘 압니다. 나보다 더 좋은 환경에서 공부하는 다른 아이들이 한때는 너무 부러워 힘없는 할머니께 짜증을 낼 때가 한두 번이 아니었지만, 할머니의 마음만을 아프게 할 뿐이었습니다.

혼자 한 노력의 결과가 눈에 띄게 좋아졌음을 알고 나만의 공부 방식으로 어려움을 헤쳐나가기로 하였습니다. 누구보다 기뻐하셨던 할머님의 얼굴이 생각나 나도 모르게 빙긋 웃어봅니다.

"내 새끼가 이렇게 잘 했어?" 하시며 자꾸만 우시던 할머니입니다.

이제는 쉬시면서 건강에 주의하면서 오래오래 사셔야 할 텐데 나 때문에 그러지도 못하시니 이러다 지금도 아프신데 더 아파지지는 않을까 걱정입니다.

건강을 위해서는 좋은 음식이 필요하나 우리는 감히 꿈도 꿀 수 없습니다. 당뇨병과 고혈압으로 고생하시는 할머니조차 제대로 치료를 받지 못해 더욱 건강만 나빠지고 말았습니다. 우리가 먹지 못하는 아픔보다 할머니가 병 치료를 제대로 받지 못해 고통스러워하는 것을 볼 때마다 돈 없는 현실을 한탄하고 또 한탄합니다. 아끼고 또 아껴 써도 항상 모자랍니다. 보조받은 돈과 신문을 돌려서 받는 돈의 대부분이 학비에 들어가니 감당하지 못할 만도 합니다.

어제는 이웃집에서 쌀과 반찬을 보내주셨습니다. 이웃집도 가난하기는 마찬가지인데 저희가 안 돼 보였던지 선뜻 천사 같은 마음을 보여주셨습니다. 너무나 고마운 분들이 나를 행복하게 합니다. 반드시 갚아야 할 은혜라 생각하고 더욱 열심히 공부하겠다는 마음의 각오를 다졌습니다.

아침밥을 먹지 않고 집을 나서는 나를 안타깝게 바라보시던 할머니께서 모처럼 정성스럽게 도시락을 싸주셨습니다. 아침밥을 거를 할머니와 동생들이 생각나 거절했지만, 오늘만큼은 꼭 굶지 않았으면 좋겠다는 할머니의 말씀을 거역할 수가 없었습니다.

할머니께서 싸주신 아침 도시락이 아직도 따뜻합니다.

할머니의 고마운 마음이 내게 전해져옴을 느끼며 할머니 생각에 나는 그만 눈물이 나고 맙니다. 호강 받으셔야 할 할머니께서 우리들 뒷바라지에 남은 여생을 힘들게 보내시고 계십니다. 할머니를 위해 내가 도와드릴 수 없는 일이 없다는 것을 알고 나는 더욱 목이 멥니다.

부디 오래 사셔서 나의 잘됨을 보시고 지금의 백배 아니 천만 배 호강을 누리셨으면 좋겠다는 생각을 하였습니다. 오늘따라 괜한 눈물이 나를 슬프게 합니다. 흔들리는 마음을 다시 잡고 나는 공부에 열중합니다.

깜빡 잠이 들었던 것 같습니다.

화들짝 놀라 눈을 떠보니 내 친구가 나를 바라보며 웃고 있습니다. 조용히 도시락을 내밀며 같이 먹자 합니다. 나는 차마 할머니께서 싸주신 도시락을 내놓기가 망설여집니다. 친구는 우리 사이에 숨길 것이 어디 있냐며 같이 먹기를 권합니다. 알게 모르게 힘이 되어주고 자신이 갖고 있는 것을 언제나 나눠주려는 친구가 있어 너무나 든든하고 큰 힘이 됩니다. 나는 언제나 고맙다는 말도 하지 못한 채 그만 얼굴만 빨개지고 맙니다. 나는 친구 도시락과 함께 반찬은 보잘것없지만 나는 할머니의 정성을 다해 준비하신 도시락을 친구와 마음을 나누며 먹습니다. 고마운 친구가 있어 나는 늘 든든함을 느끼며 고맙다는 말과 함께 친구의 손을 강하게 맞잡습니다.

나는 당장의 가난함이 싫지만 그렇다고 부끄러운 것이 아님을 알기에 더 힘을 내 오늘도 열심히 공부합니다. 남들보다 충분히 배불리 먹지 못한다는 불편이 있을 뿐입니다. 건강을 지키기 위해 영양제 한번 제대로 먹지 못하는 자신이지만 할머니와 함께 하는 행복을 같이 하는 것만으로도 한없이 배부르다는 생각으로 힘겹지만 웃으며 살아갈 것입니다. 너무나 조촐하지만, 할머니의 정성이 들어간 음식을 같이 먹는 것만으로도 보약보다 더한 건강을 지켜주는 힘이 됨을 나는 알기 때문입니다.

나는 오늘도 공부와 힘겨운 싸움을 하고 있습니다. 곧 있을 대학 수학능력시험에서 내가 어떤 성적을 거둘지, 혹시나 실수는 하게 되지 않을지 누구보다 걱정되지만 나는 웃으며 맞이할 미래를 생각하며 지금에 최선을 다할 것입니다. 오직 내 실력으로 내 지금의 가난을 이겨나갈 방법을 찾아나갈 것입니다. 비록 단칸방에서 할머니와 동생들과 힘겹게 사는 처지이지만 그래도 용기 잃지 않고 앞으로 앞으로 나아갈 것입니다.

지금도 나를 위해 기도하고 있을 할머니와 영원히 함께하며 말입니다.

제발 나에게 지금보다 더한 굳센 용기와 흔들리지 않는 강인한 의지를 갖게 해주소서.

# 나는
괜찮단다

나는 괜찮단다.

나의 희망인 네가 있는데 나는 괜찮단다.

나의 이 조그만 수고는 네가 하는 미래를 위한 공부만큼 힘들지 않단다.

길거리 노점상을 하여도 네가 있기에 나는 힘이 난단다.

밤새 눈이 많이 내렸더구나.

하마터면 무거운 걸 가져오다 미끄러져 다 엎지를 뻔했단다.

밤새 만든 떡을 지킬 수 있어서 지금 너무 행복하단다.

사람들이 조금이라도 온기가 남아 있는 떡을 사주면 좋으련만… 그럴 수만 있다면 얼마나 좋을까…

그래도 다 팔리는 즐거운 상상을 하며 오늘도 힘을 내본단다.

하늘의 도움이 있으셨는지 무릎만 아주 조금 긁혀 피가 났다.

연고 바르니 금방 나은 듯하구나.

오늘따라 추운 겨울 바람이 거세져, 잘 팔리지 않아도 나는 풀이 죽지 않는단다. 동상 걸린 손이 아직도 아프고 가렵지만 나는 전혀 괜찮으니 걱정하지 말기 바란다. 나의 희망인 네가 있는데 나는 결코 초라하다고 생각하지 않는단다.

나는 내일이 더 자신이 있단다. 너의 웃는 얼굴을 떠올리면 모든 마음의 우울이 어느덧 사라지곤 한단다. 나에 대한 걱정은 추호도 하지 말아라.

하루 한 끼 먹는 식사도 그저 감사한 마음으로 먹는단다.

매일 혈압약과 관절약도 꼬박 꼬박 잊지 않고 먹고 있단다.

어제는 밤새 관절 때문에 한숨도 자지 못했는데 너를 생각하니 이제는 씻은 듯 나은 것 같아 다행이란다.

아픈 내색 보여 미안하구나.

사랑하는 내 손주! 많이 걱정했지!

나이가 좀 있다 보니 몸이 예전 같지 않구나.

나를 애처롭다고 생각하지 말거라.

비록 내 몸은 쪼그라들어 기력이 없어 보여도 이까짓 일쯤은 아무것도 아니란다. 나와 같이 있는 노인네들 중에 내가 제일 건강하다는 확신을 갖고 있단다.

어떤 걱정도 하지 말거라.

떳떳하게 돈을 벌 수 있는 행복이 있어 나는 항상 떳떳하단다.

든든한 네가 있어 나를 흔들리지 않도록 지켜주는데 무슨 걱정이란 말이냐.

나는 괜찮단다. 정말이란다.

나는 괜찮단다.

나의 희망인 네가 있는데 나는 괜찮단다.

오늘따라 구두를 닦으러 혹은 고치러 오는 손님이 적어 조금 걱정이란다.

이곳에서 구두를 닦은 지도 벌써 20년이 넘어가는구나.

한때는 제법 찾는 손님들이 많아 먹고 사는 걱정을 덜었는데 지금은 구두 닦으러 오는 사람이 정말 적어 큰일이구나.

그래도 나를 찾아주는 고마운 손님들이 많이 올 것이라 믿기에 큰 걱정을 하지 않는단다.

나의 솜씨는 아직도 녹슬지 않았음을 그들은 분명 알고 있을 것이기 때문이란다.

비록 내 손은 다 부르트고 구두약에 묻어 까맣지만 나는 자랑스런 훈장으로 여기고 오늘도 손님이 오기만을 손꼽아 기다린단다.

네가 하는 공부하는 수고에 비하면 내 수고는 하찮은 것이란다.

네가 나를 부끄러워하면 할 수 없는 일이긴 하지만 그렇다고 알아달라고 하지도 않을 생각이란다.

내 하는 일에 대해 네가 조금이나마 부끄러운 부담을 느끼지 않도록 할 생각이란다.

자랑할 것도 없는 나의 손때가 묻은 구둣방이지만 너를 위해 나는 내가 가진 모든 것을 다 내어줄 수 있단다.

여든 넘은 노인이 나에게 구두를 내주며 깨끗이 닦아 달라는구나.

한 눈에도 오래된 구두인데 궁금해서 살짝 물어보았단다.

얼마 전 오랫동안의 지병 끝에 돌아간 자기 부인을 아직도 잊지 못하고 있더구나.

그 중에서도 10년 전 처음으로 돈을 모아 사준 구두를 영원히 간직하고 싶어 나에게 아주 깨끗이 닦아달라고 한 거였어.

너도 알지만 돌아간 너의 엄마에 대한 부끄러움이 물밀 듯 밀려오더구나.

구두 닦는 내내 돌아간 엄마 생각이 나를 괴롭혔다.

잘 해주지 못하고 제대로 병 치료도 해주지 못했다는 자책감에 눈물이 쏟아지더구나.

엄마 생각할 때마다 내 잘못이 너무 커 애써 생각하지 않으려 했는데 노인이 나를 참으로 부끄럽게 만들었다.

아마 내가 닦은 구두 중 가장 많은 정성을 들여 구두를 닦은 것 같다.

노인이 행복한 마음으로 돌아간 후에 나는 많은 생각을 했단다.

아직도 딸에 대해 남들처럼 해주지 못하는 내 자신이 잘하고 있는 가라는 의심이 들더구나.

그래도 내가 할 수 있는 일에 자부심을 가지며, 더 많은 돈을 벌어야겠다는 생각을 해본단다.

나는 그저 우리 딸이 좋은 사람 만나 행복한 가정을 꾸렸으면 하는 바람뿐이란다.

그래도 행복한 건 구두 닦는 나를 부끄러워하지 않고 매일 들러 아빠를 기쁘게 해주는 네가 있어 나는 누구보다 마음의 부자라는 사실에 갑자기 눈물이 나려 하는구나.

불쌍한 것! 아비를 잘 못 만나 남들처럼 호강시켜 주지 못하니 갑자기 나 자신에 대해 화가 치밀어 오르는구나.

그래도 가진 것 많지 않지만 나의 모든 것을 너에게 주겠다는 마음은 변치 않고 있단다.

가진 게 없어 너에게 항상 미안한 마음뿐이란다.

지금 내 생이 다하여 영원히 잠든다 해도 너를 위해 가진 것 모두 줄 수만 있다면 나는 그것으로 감사하다.

나는 매일 매일 기도한단다.

제발 오늘도 아프지 않고 구두를 닦을 수 있기를 기도한단다.

네가 사회에 나가 훌륭히 자기 역할 하는 날까지 건강하게 너를 위해 많은 돈을 벌었으면 한단다.

오늘도 나는 구두에 마음의 광을 내며 네가 나보다 나은 삶을 살 수 있도록 기도하고 또 기도한단다.

구두에 혼을 담아 광을 내고 고치는 일이야말로 너를 통해 나의 간절한 꿈을 이룰 수 있기 때문에 나는 오늘도 웃을 수 있단다.

내가 광택을 낸 구두 속에서 네가 웃고 있구나.

더 힘을 내겠다고 그래서 더 돈 많이 벌어오겠다고 약속하마.

나는 괜찮단다.

나의 희망인 네가 있는데 나는 괜찮단다.

나는 괜찮단다.

나의 희망인 네가 있는데 나는 괜찮단다.

눈발이 오늘따라 세차게 휘날리는 구나.

손이 얼어 제대로 리어카를 쥘 수도 없구나.

점점 늘어나는 쓰레기들이 나를 정말 힘들게 하는구나.

몇 번이고 가다가 휘청일 때가 한 두 번이 아니구나.

쓰러져도 나는 다시 일어나야만 한다.

나의 몸은 내 것이 아닌 우리 가족의 것이라는 생각이 있기 때문이다.

내 한 몸 부서져도 우리 가족이 잘 되고 행복할 수 있다면 나는 더이상 바라지 않는단다.

우리 가족이 나를 든든하게 지켜주고 있는데 이깟 추위쯤은 아무것도 아니란다.

아까 닦은 거리에 다시 낙엽이 다시 떨어지고 있구나.

다시 뒤돌아 그곳으로 가서 깨끗하게 마무리해야 하는데 벌써 세 번째로구나.

내가 맡은 구역에 책임을 다해야 사람들이 다니기에 보기 좋고 깨끗한 거리가 되지 않겠니.

보잘것없이 보일지 몰라도 내가 하는 일은 나라의 녹을 먹는 공무원으로서 국민들과 나라를 위한 큰 일로 자랑스럽다고 생각하며 거리의 쓰레기를 치우고 있단다.

위험하다는 것도 잘 알고 있단다.

어제는 하마터면 차에 치일 뻔했지. 야광 조끼가 나를 살려주었지.

이번에도 하늘이 도와준 덕이라 생각한단다.

더욱 더 조심하마.

지금도 나의 작은 고생이 너에게는 넉넉함을 줄 수 없음을 알고 있단다.

용서해라.

나의 보물인 너는 나를 딛고 일어서 더 큰 꿈을 위해 열심히 해달라는 말밖에 할 말이 없구나.

　지금보다 더 많은 돈을 벌고 싶으나 지금 내가 하는 일에 비해 많이 받는 것으로 생각하고 하루하루 최선을 다하고 있구나.

　풍족하지 않으나 지금 너와 같이 있는 것만으로도 나는 그저 만족하고 행복하구나.

　너는 나의 꿈이잖니. 내가 이루지 못한 꿈을 대신할 수 있다는 생각보다 네가 내 곁에 있어줘서 앞으로 희망을 갖고 살아갈 꿈을 주기에 나는 이 추운 겨울에도 이렇게 따뜻할 수가 없구나.

　아빠 고생한다고 네 용돈 모아 사준 장갑이 그렇게 따뜻할 수가 없구나.

　남자가 눈물을 흘려서는 안 되는데 갑자기 울컥해지는구나.

　칼 같은 바람에 내 볼과 귀가 더이상 감각이 없어지더라도 비록 남들에게는 비록 작고 보잘것없는 일처럼 보이긴 하나 나는 이 일을 내 인생에 가장 크고 위대한 일처럼 생각하며 이 일에 최선을 다하고 있음을 알아주기 바란다.

　너를 생각하는 나의 마음을 조금이라도 알아주기를 결코 바라지는 않는단다.

　단지 네가 지금의 나보다 더 나은 환경에서 살기 바라는 마음은 한결같으며, 부디 추운 겨울에도 움츠러들지 말고 너의 큰 뜻을 제발 펼쳐주길 빌고 빌어본다.

　너만 생각하면 이토록 차가운 리어카가 어느 때보다 따뜻한 사랑의 온기가 느껴져 어느덧 무거웠던 내 발걸음이 새털처럼 가벼워짐을 느낀단다.

네가 있음에 이 추운 겨울도 힘차게 견뎌내고 새 희망을 가질 수 있음을 고맙게 생각하며 나는 기쁨의 눈물을 흘린단다.

나는 괜찮단다. 정말이란다.

나는 괜찮단다.

나의 희망인 네가 있기에 나는 괜찮단다.

오늘도 빈 박스를 모으기 위해 거리를 나섰구나.

사람들이 평소 분리수거를 너무 잘하고 있어서인지 이제는 빈 박스 모으기도 힘들구나!

그래도 나를 위해 정성껏 모아 주시는 정말 고마운 분들도 있음에 두고 두고 은혜 갚을 일만 있는 것 같구나.

너에게 별 쓸데없는 투정도 다해본다. 괜히 눈물이 나는구나.

어제보다 많이 모으지 못해 허탈하기 그지없구나. 내일 더 열심히 뛰면 오늘 하지 못한 몫까지 충분히 얻을 자신만 있다면 밤 잠 자지 않고 이 일을 계속할 수 있을 텐데. 이제는 그럴 수가 없어서…. 나는 항상…. 그래 왔으니까.

그래도 어제 모은 박스로 거금 3만 5천원을 받았다는 사실에 만족하며 빈 박스가 있는 곳을 나는 지금 활기차게 가고 있단다.

이래 봬도 나는 꽤 강한 사람이란다.

언젠가 이런 내 모습이 못 마땅해 나를 애써 외면하며 눈물 흘렸던 너를 떠올린다. 정말 미안하구나. 내가 가진 기술이 이것 밖에 없어 정말 미안하구나.

네가 부끄러운 줄 잘 알고 있단다.

그러나 지금의 나이에 내 능력으로 할 수 있는 일이라곤 이것만이 유일하구나.

너를 뒷바라지하기에는 턱없이 부족하다는 것도 잘 알고 있단다.

때론 참고서 살 돈도 없어 너를 당황케 하는 일이 많은 것도 잘 알고 있단다.

간혹 너를 호강하게 할 수만 있다면 내 몸을 팔아서라도 하겠다는 나쁜 생각을 한지도 수십 번이란다.

그래도 너는 바르게 자라주었고, 남들보다 열심히 공부하여 다들 부러워하는 성적을 유지하고 있는 자랑스러운 내 딸이란다.

다른 집 아이들과 차이가 나지 않도록 너의 뒷바라지에 온 힘을 다 쏟고 있음에도 항상 부족한 것, 없는 것 천지라 그것이 항상 나를 슬프게 하는구나.

내가 설령 굶는 한이 있어도 너를 결코 초라하게 만들고 싶지 않구나.

지금의 힘든 여정이 나를 힘들게 할지라도 나의 희망이며 보물인 너를 믿고 열심히 땀을 흘리는 내가 한없이 자랑스럽다.

이 사회의 자랑스러운 인재로 거듭나 네가 그토록 이루고자 했던 너의 꿈을 이루는 모습을 상상하며 나는 지금 흘러넘치는 미소를 감출 수가 없구나.

부디 나보다 더 나은 삶을 위해 열심히 해 달라는 말밖에는 너에게 할 말이 없구나.

지금의 나보다 너는 돈도 많이 벌고 행복한 가정을 꾸려야 한단다.

최선을 다한 나의 인생 자체가 좌절의 연속이었지만 그래도 너는 즐거운 인생을 꿈꾸고 그것을 반드시 이루어야 해!

힘이 들어 땀이 비 오듯 흐르지만 너를 생각하니 갑자기 힘이 나는지 빈 박스로 가득한 리어카가 왜 이렇게 가벼운지 모르겠구나.

오늘따라 내 뒤에 길게 이러진 리어카 그림자가 왜 이렇게 정겨운지 없던 힘이 새롭게 나는구나.

언젠가는 내가 리어카 그림자를 앞질러 가는 기적이 생겨 자유롭게 이 세상 누구보다 가벼운 너를 안을 수 있는 날이 올 거라 나는 확신한단다.

추운 바람보다 더 힘겨운 건 바람 한 점 없는 오늘같이 한낮의 폭염이 내리쬐는 날이 아닐까.

리어카가 더이상 고장나는 일이 없어야 할 텐데. 그러면 그나마 번 돈 모두를 써버리는 불행이 더이상은 생겨나야 하지 않는데…. 우리 딸에게 맛있는 음식조차 사 줄 수 없는 불행이 다시는 오지 말아야 하는데….

생각만 해도 떠올리기 싫구나.

그래도 괜찮단다. 나보다 잘 난 우리 딸이 있으니 지금 나는 이 세상 누구보다 행복하단다.

정말이란다. 너를 위해 아무것도 해줄 수 없었던 과거의 나보다 아주 작은 벌이이지만 너를 위해 무언가 해줄 수 있는 지금이 정말 행복하단다.

나는 괜찮단다.

나의 희망인 네가 있는데 나는 괜찮단다.

나는 괜찮단다.

나의 희망인 네가 있는데 나는 괜찮단다.

공부에 전념해야 할 네가 장애인에다가 많이 벌지 못하는 나 때문에 기를 펴지 못하고 친구들 앞에 자신 있게 그리고 당당하게 서지를 못하는 너를 볼 때마다 그저 눈물이 앞을 가릴 뿐이란다.

신체적 장애가 있어 마음껏 움직이지 못하는 것이 한없이 미안하구나.

변변한 기술 없이 견디고 있는 내가 한없이 한심하기 짝이 없구나.

정상인인 그들보다 더 부지런해야 하는데 부지런하기는커녕 내 한 몸조차 가누는 일이 이렇게 어려울 수가 없구나.

미안하구나.

언젠가 말했지.

키울 능력도 없으면서 뭐하러 너를 낳았냐고.

못난 아비를 두고 더 하고 싶은 말이 있었다는 것도 다 알고 있단다.

맞는 말이다.

결혼이라는 것을 애초에 하지 말았어야 했다는 것을 잘 알고 있다.

너를 키울 능력도 없으면서 이혼까지 해버렸으니 이런 무책임도 없다는 것을 나는 이미 잘 알고 있다.

과거로 돌아갈 수만 있다면 나는 영원히 혼자 살아가는 삶을 선택했을 거야.

그랬어야 했는데 같이 살면 행복할 것이라는 막연한 내 이기심이 영원히 후회할 결과를 낳고 말았다.

너를 낳고 누구보다 행복하게 해주고 싶었는데….

그게 뜻대로 되지 않았다.

그렇게 너의 엄마는 집을 나가고 나는 너를 품을 수밖에 없었다.

너를 사랑하지 않는 것이 아니라서 잘해주지 못하는 것을 알면서도 너를 품을 수밖에 없는 내 자신이 한없이 원망스러웠다.

나를 죽도록 욕하거라.

달라질 것이 없지만 나는 너의 욕을 달게 받으며 죄인처럼 살아도 한마디 원망하지 않으마.

겨우 마련한 철물점 일도 이제는 잘 되지 않는구나.

자주 찾던 손님들도 이제는 보이지를 않는구나.

하루 1만원 벌이도 쉽지 않은 날이 계속되는구나.

무언가 다른 일을 하고 싶어도 돈도 돈이지만 장애가 있으니 쉽게 할 수 없구나.

정상인으로서 마음대로 움직이는 기적이 일어난다면 얼마나 좋을까 생각하다 현실을 깨닫고는 나는 이내 좌절하고 마는구나.

움직이는데 많이 불편한 나를 위해 챙기는 것이 많다 보니 네가 온전히 공부할 수 있는 시간이 절대적으로 부족한 것 같아 그 때마다 마음이 찢어지는구나.

가끔은 죽고 싶은 생각이 들다가도 아직도 손길이 필요한 너를 생각하며 그런 생각을 한 내 자신을 한없이 꾸짖고 또 꾸짖는단다.

오늘 모처럼 5만원 벌이를 하였다.

어제는 한 푼도 벌지 못했는데 평상시에 비하면 엄청나게 번 셈이지.

네가 먹고 싶어 하던 연어를 모처럼 샀단다.

연어 구이 맛있게 해줄 테니 기대해도 좋단다.

나는 안 먹어도 언제나 배부르다.

네가 배부르게 먹고 행복할 수 있다면 나는 그것으로 이 세상 모든 것을 가진 것이라 지금도 생각하고 있단다.

비록 내가 가진 것 없어 너를 마음껏 먹이지 못해도 너를 위해서는 어떤 일이고 다해주고 싶구나.

너를 위해 더 해 줄 수 없는 나 자신이 미워 한없이 눈물이 나지만 내 품속에 고이 간직하고 있는 너의 웃는 사진을 보며 나는 미안함의 눈물을 흘리고 만단다.

사랑한다! 우리 아들! 내 새끼!

나는 오늘도 우리 사랑하는 자식과 같이 있다는 행복함에 저녁도 먹지 못했음에도 아들 맛있게 먹을 상상을 하며 힘을 내며 아들 곁으로 가고 있단다.

나는 하나도 배고프지 않고 슬프지도 않단다.

다만 너를 보면, 다만 내 곁에 있어준다면 나는 아무것도 바라지 않는단다.

정말이란다.

비록 장애인에 아주 작은 철물점을 운영하고 있지만 이 세상에서 가장 멋있는 아들이 있어 매일 매일 누구보다 행복한 꿈을 꾸고 있단다.

나는 괜찮단다. 정말이란다.

나는 괜찮단다.

나의 희망인 네가 있는데 나는 괜찮단다.

몸이 아파(치매가 심함) 한 발자국도 나가지도 못하고 벌써 1년 동안이나 병원 신세를 지고 있구나.

자식들이 병원비로 많은 돈을 부담하고 있다는 생각이 나를 끝없이 괴롭히고 있구나.

빨리 죽어야 하는데 그러지를 못하고 있다.

가끔 정신도 오락가락하는구나.

내가 가끔 딴 사람처럼 행동해도 내 곁을 지켜주고 있으니 그저 눈물만 날 뿐이구나.

잠깐 제정신이 날 때마다 우리 자식들 잃을까 염려되어 자주 안아주었는데 이젠 그 기억마저 생각나지 않는구나.

제정신이 들 때마다 이제는 나를 빨리 잊고 가라고….

그리고 버려도 좋다고 해도 아직도 그 자리에 요지부동으로 남아있더구나.

나는 충분히 살 만큼 살았는데….

너희들 잘 되었으니 죽어도 여한이 없단다.

불쌍한 내 새끼들.

오늘 모처럼 제정신으로 돌아왔단다.

기분도 상쾌해 그동안 하지 못했던 일을 할 예정이란다.

내가 잊을 걸 대비해서 병원 침대 안쪽에 조그만 메모를 해놓았단다.

지금까지 해주지 못해 마음속에 미안함이 남아있던 하나밖에 없는 얼마 전 해산한 딸 아이에게 맛있는 밥과 미역국을 끓여주지 못했는데 그게 가장 한이 되는구나.

그래서 모처럼 내 솜씨를 발휘하여 보았다.

맛있을지 모르겠구나.

어서 내 맑은 정신이 사라지기 전에 딸을 만나야겠구나.

나를 지극정성 간호해주는 간호사가 마침 없으니 금방 다녀오면 되겠다고 생각했단다.

그런데 여기가 어디냐.

네가 어디 살고 있는지를 아는데 지금 전혀 기억이 안 나는구나.

진짜 많이 걸어온 것 같은데…

이런! 길을 잃은 모양이구나.

아! 아직도 그 자리야!

큰일났구나.

밥과 미역국이 다 식으면 어떡하지?

식기 전에 우리 사랑하는 딸아이에게 전해주어야 하는데 누가 좀 도와줘요!

제발!

어느 늦은 오후 파출소에 신고가 들어갔다.

어느 치매로 자신과 사람 모두를 알아보지 못하는 할머니 한 분이 계속 이야기하며 같은 곳을 맴돌고 있다는 신고를 받았다.

급히 경찰 한 사람이 가서 할머니를 파출소로 모셔왔다.

행색으로 보아 어느 병원에서 나오신 것 같은데 보자기에 먹을 것을 싸가지고 계신 것 같아 경찰관이 물어 보았다.

"그거 할머니 드실 건가요?"

"아니다! 이거 우리 딸 아이 줄 거다."

"따님이 어디 사시나요?"

"우리 딸! 글쎄 내가 사는 곳을 갑자기 까먹었어."

경찰관은 병원복에 새겨져 있는 이름을 보고 병원에 연락하였다. 급하게 그녀의 딸이 달려왔다.

"우리 딸? 어디 갔다 이제 왔니? 아기 낳느라 얼마나 수고했니?"

"내가 너를 위해 따뜻한 밥과 미역국을 끓여왔어요. 어여 먹어!"

"예! 어머니!"를 말하는 순간 어머님의 딸은 치매를 앓고 있음에도 자식만 생각하고 있는 어머님의 모습에 그만 눈물을 쏟아냅니다.

어머니께서 기억하고 있는 손주는 이미 6살임을 까맣게 잊고 6년 전으로 다시 돌아가 그 때 기억을 갖고 있는 것입니다.

목 놓아 우는 할머니의 딸의 모습을 보고 주위에 있던 많은 사람들이 눈시울을 붉히며 오래도록 그 자리에 머무르며 딸을 위로해주었습니다.

"어서 먹어라! 내가 맛있게 했어! 어서!"

그러나 그것은 병원에서 준 식사로 어느새 많이 식어버린 밥과 미역국이었지만 할머니는 자신의 딸에게 먹이고 싶었던 것입니다.

어머니의 기억은 6년 전으로 돌아가 있었지만 아직도 자식 사랑의 기억은 언제까지 간직하고 있었던 것입니다.

하늘같은 어머님의 사랑과 은혜를 딸은 온몸으로 느끼며 어머니를 부둥켜 안으며 어머님의 품속에서 아기같이 울음을 터뜨렸습니다.

소원이 있다면 그래도 자신을 딸이라고 기억하고 있는 어머님의 지금의 건강한 모습이 언제까지 이어졌으면 하고 딸은 바라고 바랐습니다.

나는 이제 마지막 남은 마음의 빚마저 해결했으니 지금 죽어도 여한이 없구나.

이제 떳떳하게 하늘나라의 옥황상제님 만나러 가도 되겠다고 생각한단다.

늘 나를 지켜주셨단다.

힘이 들 때마다 늘 찾고 기도했단다.

힘이 더 있으면 너희들 맛있는 것도 해줄 텐데 지금 그럴 수 없어 미안하구나.

젊어 너희들 낳고 키우는 재미에 생각보다 늘 어려웠던 시절을 슬기롭게 이겨나갈 수가 있었는데.

그때로 다시 돌아갈 수만 있다면 좋으련만.

이제는 여한이 없단다.

영원히 날 찾지 않아도 된단다.

너희들이 잘되는 것만으로도 나는 지금 너무 행복해.

기억이 되살아 너희들을 기억한 것만으로도 나는 지금 너무 행복해.

너희들도 알아보지 못한 채 이 세상을 떠났다면 죽어서도 괴로웠을꺼야.

이제는 정신을 놓아도 되겠지.

나를 불쌍해하지 마라. 저 세상에서 만나자꾸나.

나는 괜찮단다. 정말이란다.

나는 괜찮단다.

이 세상 가장 낮은 곳에 살아도 그래서 사람들이 나를 손가락질 해도 네가 있기에 나는 오늘도 힘을 낸단다.

알아달라고 하지도 않으마.

그냥 건강한 몸으로 너를 가까운 곳에서 지켜 볼 수만 있다면 더 바라는 것이 없구나.

그래도 내가 희망을 잃지 않는 건 오늘도 열심히 공부하고 그래도 미래에 대한 희망을 갖고 사는 예쁜 네 모습이 있기 때문이란다.

오늘도 아침밥도 거른 채 돈을 벌러 나가야 하는 초라한 모습으로 인해 너를 편히 학교 앞까지 데려다주지 못해 안타까운 마음에 울음이 터져 나와도 네가 오늘도 친구들과 더불어 학교에 가서 열심히 공부할 생각만 해도 나는 기쁜 마음으로 울음을 참을 수 있단다.

가까이서 바라볼 수만 있어도 너는 나의 꿈이기에 너의 능력을 마음껏 뽐내 네가 잘되면 나는 그것으로 만족한단다.

열심히 공부하는 너를 칭찬하는 소리를 들을 때마다 나는 기쁨이 넘쳐 하늘을 나는 것 같은 기분을 만끽하곤 한단다.

나의 희망이여! 나의 보물이여!

너로 인해 내가 웃을 수만 있다면 못할 일이 어디 있겠니?

나는 너로 인해 내가 사는 삶의 의미도 존재함을 너도 잘 알 거라고 생각한다.

　나는 괜찮단다.

　네가 지금의 고된 현재의 삶을 이겨낼 수 있는 유일한 사람임을 너는 결코 잊어서는 안 된단다.

　운명은 스스로 만들어 가는 것임을 결코 잊지 않으며 지금 주어진 시간을 아껴 쓰는 지혜로운 사람이 되기를 이 못난 부모는 빌고 빌어 본단다.

　나는 괜찮단다.

　정말 괜찮단다. 이 세상 누구보다 빛나는 보석인 너를 볼 수 있는 하늘같은 은혜가 지금 있는데 더 무엇을 바라겠니.

　나는 괜찮단다. 보석같이 아름다운 네가 있어 행복하단다. 정말이란다.

배우는 아이들을
그저 자유롭게 하라

오늘 아침부터 학교는 분주하다.

아이들은 등교하자마자 각 교과에서 내준 숙제와 수행평가 과제를 하느라 진땀을 뺀다. 과제 해결이 학생들의 창의성과 잠재된 능력을 살리는 것이면 좋으련만 스스로 해결하기에는 어려울 뿐 아니라 너무 양이 많아 아침부터 교실에 있는 컴퓨터와 학교 컴퓨터실로 달려가 인터넷 검색을 통해 얻어지는 지식을 짜깁기하느라 정신없는 하루를 보낸다.

실제 인터넷에 차려있는 지식을 누가 먼저 챙겨가느냐가 그들에겐 중요하다. 인터넷 검색을 통해 얻어진 지식을 통하여 그 지식이 자신에게 부족한 부분을 보완함으로써 교양을 갖춘 지식인으로 거듭나고, 또한 그들을 통해 몰랐던 사실에 대해 새롭게 배워 익힌다는 배우는 학생으로서의 본분은 이미 저 멀리 날려 보내고, 그저 자기 앞에 지금 주어진 과제를 기한 내에 급하게 내는 데에 치중함으로써 자신이 진정 중요하게 여겨야 하는 과제의 내용의 충실도와 성의는 이미 포기한 채 예쁘게 포장하여 내기만 하면 그만이라는 생각이 지배적이다.

수행평가만으로도 학생들을 등급을 나누어 평가할 수 있다는 교육 현장의 현실은 쥐뿔도 모르는 교육계 전문가들이 지금의 이 장면을 보아야 한다는 생각이다.

학생들을 일일이 관찰해가며 세밀하게 학생들의 능력을 평가하는 과정 평가가 이루어져야 한다고 주장하는 교육계 전문가의 말은 100% 맞는 말이긴 하다.

그러나 실제 교실에 30명 가까운 학생들이 있는 현장에서 그렇게 일일이 개별 평가했다가는 24시간도 모자랄 것은 자명한 이치가 된다.

과정 평가가 제대로 이루어지고 학생들 개개인에 대해 세밀한 평가가 이루어지기 위해서는 교실 수업 현장 속에서 학생들을 평가하는 기회와 시간이 주어져야 하는데 그렇게 된다면 학생들이 수업을 통해 얻는 것은 고사하고 평가만 하다 끝나는 마냥 웃지 못할 상황이 나올 것은 뻔한 사실이다. 문제는 단지 이것만으로 그치지를 않는다는 것이다.

대부분의 교사들은 넘치는 과제를 내주고는 시간 내에 내지 못하면 점수를 주지 않는다는 말로 위협하며 학생들을 다그친다. 학생들의 토요일과 일요일을 염두에 두고서 남는 게 시간인데 제때 제출하지 않는 것은 성의 없음이라고 탓하며 사실 확인도 하지 않은 채 학생들이 실컷 놀기만 했다며 책망하고 또 책망한다. 몇 몇의 아이들은 사실 만만한 교사인 나에게 자신들의 과제를 뽑아주기를 희망하며 이 세상 어디에도 없는 애교를 부린다.

교사들이 보다 아이들의 칭찬에 익숙해지기를 원하나 꾸짖고 책망하며 용서는 더 없을 거라며 낙인 찍기에 바쁘다.

　칭찬보다는 나무라는 데 익숙해서인지 조금의 실수도 용납하지 않은 채 자신의 성격에 맞춰주기를 강요한다. 한 학생이 어제의 잘못한 일로 교무실에 불려와 머리를 조아리고 있다. 다짜고짜 배우는 학생이 감히 그럴 수 있느냐고 짜증을 내며 훈계부터 한다. 말 한마디 말 한마디 옳은 말만 한다. 그러나 그 옳은 말은 어디까지나 자신만의 논리에 사로잡혀 있어 계속 듣다 보면 공연히 짜증이 물밀 듯 밀려온다.

　이내 자신의 성격대로 해주지 않으니 이에 따른 분을 참지 못해 하는 못난 말임을 알게 된다. 교사가 아이들을 훈계함에 있어 아이들에게 기분 좋은 말은 오래하고, 기분 나쁜 말은 짧게 하고 스스로 반성하게 하는 것이 옳다. 가까이에 있어 나도 같이 훈계 받는 느낌이다. 그래서 조용히 교무실을 빠져나와 학교 이곳저곳을 방황하며 돌아다닌다.

　그러나 이내 몰랐던 초록빛으로 물든 교정의 나무와 이름모를 꽃들을 보고는 미처 그들을 자주 보아주지 못한 자신을 탓하기만 한다. 나의 그 예쁘고 여린 감성의 줄기는 지구의 먼 끝자락으로 가버린 모양이다.

　이런 메마른 사람 같으니라구.

　이러니 아이들을 아름답게 피어나고 있는 사랑스러운 꽃으로 보지 않고 제철 지나 다 시들어 누구 하나 찾아보지 않는 꽃처럼 아무런 감정 없이 대함으로써 단지 지식만을 자랑하며 전하는 정말 멋

없는 교사가 되고 마는 것은 아닌가 하는 우려가 나를 슬프게 한다. 완벽함을 요구하며 학생을 훈계하는 그렇게만 한다면 이 사회가 완벽한 사람들에 의해 정말 완벽하게 굴러갈 것만 같다. 처음부터 아직 다 자라지 않아 많이 부족한 아이들이라는 생각은 없다. 자신처럼 완벽하게 행동해야만 한다.

나에게 만족스럽게 행동했으니 칭찬해준다는 마음으로 아이를 대한다.

길들인다는 표현이 옳다. 눈치 보는 삶을 사회에 나가지도 않은 채 아이들은 이미 경험한다. 교사들에게 거짓말을 자주 하는 아이들도 문제이지만 오히려 강요된 행동을 하게 하며 눈치 보게 하는 것이 더 잘못된 일이라고 나는 생각한다. 자칫 이 순간만 벗어나면 잘못된 것들이 모두 용서가 된다는 믿음이 생긴다면 그것 또한 곤란한 일이 될 것 같다.

현장 체험학습도 부담이 있기는 마찬가지이다. 차라리 가지 않는 편이 아이들에게는 다행이라는 생각이 든다. 즐거워야 할 체험학습 날에 여유롭게 구경하기보다 불편한 자세로 체험학습 보고서 쓰느라 정신이 없다.

체험학습 보고서를 내지 않으면 용서하지 않는다는 이야기로 아이들을 위협한다. 무슨 중점학교라 해서 행사가 많기는 무진장하다. 아이들이 잠시 쉴 틈도 용서하지 않는다. 학교 입장에서 아이들이 해결해야 할 과제가 많은 것에 미안해하기보다 하지 않은 학생들을 당연한 소임이라며 소리쳐 나무란다. 담임으로서는 대회이니 어떻게든 열심히 써 내서 입상하라고 독려하는 일이 주된 임무이다. 친구들과 있었던 소중한 시간들을 추억하기보다 고생했던 일들을 떠올리며 체험 학습이라면 진저리를 칠까 두렵다.

또한 조별로 활동 과제를 내라는 것에 나는 100% 동의하지 않는다.

조별 활동이야말로 뛰어난 1~2명에 의해 해결되는 일이 대다수이다. 문제 해결에 뛰어난 아이를 만난 나머지 아이들은 무임승차하여 좋은 결과물을 당연한 듯 가져간다. 조별 편성에서 밀려난 몇몇 소외된 아이들은 쓰레기처럼 분류되어 과제 해결도 하지 못하고 좋지 않은 결과에 더 큰 낙망을 하고 만다.

낮은 결과보다 아이들에게서 밀려나고 소외되었다는 상처받은 아픈 마음은 평생의 마음의 짐으로 남게 된다. 어디까지나 아이들의 평가는 개별로 이루어져야 한다. 차라리 평가를 하려면 전체 학생들이 참여하는 가운데 교사가 일일이 체크하여 평가하는 것이 오히려 공정하다. 과제를 내줌에 있어서도 학생들의 수준을 고려하여 과제를 내 줌이 마땅하다.

물론 학생들이 해결해 온 내용을 보고 단순히 평가하기 위해서는 난이도를 고려해야 할 필요성이 있으나 그것을 해결하는 데 오랜 시간을 요하는 것이 있다면 그 또한 타 과목과의 연관성을 고려하여 피해를 주지 않는 범위 내에서 과제 부여가 이루어져야 한다. 학생들의 능력과 시간은 한정되어 있어 제로섬 게임과 같은 상황임을 잊어서는 안 될 일이다.

중학교는 이미 1학년 때 자유학기제를 시행하고 있다.

취지는 금상첨화로 좋다. 공부에 대한 부담은 물론 학교라는 제도적 틀에서 벗어나 보다 자유로운 분위기에서 자신들이 학습하고 싶은 것을 마음껏 하라는 취지로 시행되는 것은 누구나 다 아는 사실이다.

스스로의 책임하에 즐겁게 자기 학창 생활을 계획하고 실천하며 자신을 돌아보고 자신의 미래에 대한 목표를 여유를 가지고 정하라는 취지임을 누구보다 잘 알고 있다.

그러나 이는 자칫 계속되는 공부의 흐름을 막는 일이 될 수 있다. 공부는 지속적으로 꾸준히 이어져야 하는 것으로 쉼 없이 계속되어야 한다.

쉼 없이 계속되어야 한다는 의미는 억지로 하는 공부가 아닌 스스로 하고 싶어 하는 공부가 전제되어야 함을 의미함을 이미 그대들은 알 것이다. 물론 하기 싫은 강요된 공부를 이야기하는 것이 아니라 배움에 힘써야 할 시기에 충분히 마련되지 않은 분위기에서 열심히 하려는 수많은 아이들에게 갑자기 쉬라고 강요하는 우스운 일이 될 가능성이 크기 때문이다.

자유를 내세워 그저 쉽고 아무것도 하지 않는 것을 당연시하는 무책임을 조장하는 것은 아닌지 다시 한 번 준엄하게 꾸짖고 싶은 심정이다.

아주 작은 빗물이 강물이 되고 바다가 돌아가는 일처럼 꾸준히 이어져야 함에도 흐름을 끊고 갑자기 아무것도 하지 말라고 강요하는 것과 다름없다. 현장에 있는 교사들의 의견을 조금이라도 경청은 하지는 않고 강행하는 일은 아닌지 되묻고 싶다. 당장의 인기영

합적인 정책으로밖에 보이지 않는다.

정권이 바뀔 때마다 교육의 근간을 뒤흔든다. 그러나 미흡한 점만 보완하고 근본적인 틀은 바뀌지 않아야 한다는 것이 본인의 소신이다. 학생들이 무슨 죄란 말인가. 실험 대상자인 마루타도 아니고. 제발 교육가지고 장난(?)치지 않았으면 한다. 자신들은 기성세대로 이미 다 가지고 있다는 생각을 하고 기존 틀을 유지하는 일에 최선을 다해야 한다. 부디 조그마한 일에도 크게 상처받는 청소년 시기에 있는 아이들을 생각하며 제발 새로운 일을 만들지 말기 바란다. 대학수학능력시험도 절대 평가로 전환해서 일종의 자격 고시로 본다는데 과연 그것으로 학생들의 학업 수준을 정확히 측정할 수 있느냐의 숙제가 남는다. 제발 대안을 제대로 내놓고 정책을 내주기 바라는 마음 간절하다. 학교 현장에서 자유 학기제를 제대로 운영하기 위한 사전 계획 수립과 이를 실천하기 위한 자세한 지침의 정립 등 치열한 교사들의 수고만 남는 불행의 연속이 불 보듯 뻔하다.

아이들이 배우고자 하는 열정을 생활 체험보다 낮게 보는 어리석음에서 벗어나기를 바란다. 무진장 남아돌아가는 시간을 아껴 쓰지 않고 목표도 없이 그냥 없애고 있는 현실은 아닐까. 사실 무책임이다. 그들에게서 책임지겠다는 것을 바라는 것 자체가 모순이다. 배움은 연속적으로 이루어져야만 하는 일임에도 중학교 1학년 시기가 공백이 된다. 이제는 학생들 수준을 평가하는 최소의 잣대인 중간고사와 기말고사를 없애자고 한다. 그럼 대체 어떻게 개인별 능력에 의한 우열을 가릴 수 있다는 말인가. 물론 즐겁고 행복해야 할 우리의 아이들이 공부라는 그늘에 가려 그렇지 못하다는 근거에서 그런 말이 나올 듯하다. 체험학습을 통하여 공부에 지친 심신을 달래고 새로운 체험을 통해 건강한 사람을 만들려는 취지가 있다는 것을 안다. 공부만 하는 인생의 굴곡진 굴레에서 벗어나라는 취지는 공감하나 조별 활동이나 수행 평가를 통하여 측정할 수 있다는 말도 안 되는 헛된 망상에서 벗어나야 한다.

우열을 가리는 고사의 폐지를 외치려면 그러면 보다 정확한 근거를 가지고 측정할 수 있는 강력한 무기를 갖고 나와야 한다. 당장의 문제만 있다고 근원을 없애며 사실상 기존의 평가 자체를 무시하기만 하는 발상을 치워버려야 한다. 수행평가만으로도 학생 개개인의 능력 평가가 될 수 있다는 거짓말을 하지 말고 아이들이 배움에 열정을 가지고 미래를 생각할 수 있도록 다른 부담을 줄여주는 일에 최선을 다해야 한다. 그러나 나는 아직도 웃음을 잃지 않은 아이들에게 우리의 희망찬 미래를 본다.

그렇게 바쁘게 생활하는 가운데에도 친구의 생일을 진정으로 축하해주며, 어려운 상황에 처한 친구를 자기 일처럼 생각하며, 즐겁게 도와주는 아이들을 볼 때마다 그리고 친구의 자랑스러운 일에 진정 마음으로 축하해주는 아이들을 볼 때마다 지금의 교사인 자신을 부끄럽게 생각하며 그들이 좀 더 힘을 내고 거친 이 세상을 헤쳐나가며 자신의 자리를 찾을 것이라는 확신을 하게 된다.

모든 교사들에게 부탁한다. 칭찬과 과제 없음이 아이들을 진정 춤추게 하며, 학교에서 생활하는 것에서 진정 행복을 느낄 수 있을 것이라는 확신을 한다. 칭찬이 지나치게 난무하며 과제 없는 세상을 꿈꾸는 나 자신이 정상이 되는 날까지 외칠 것이다.

더불어 학교가 자율을 강조하되 자기 계획하에 미래를 준비하는 책임있는 자세가 강조되는 배움의 장소가 되기를 간절히 희망한다. 지금의 아이들은 칭찬 받아 마땅하며 힘든 시기를 지나고 있는 아이들 모두 누구보다 자랑스럽다고 말하고 싶다.

그대들이여! 지금으로도 충분히 잘하고 있으니 좀 더 힘을 내자!

진정 내가 마음으로 사랑하는 그대들이여!

멀리서
너를 보고 있단다

흉한 내 모습 보이기 싫어
네가 주인공이 되어 졸업식장을 빛내고 있는
이렇게 행복한 자리에
너와 함께 있지 못하고
멀리서 너를 보고 있단다.

왜 이렇게 눈물이 흐르는지 모르겠구나.
어젯밤 온통 네 생각하며 다시는 눈물을 흘리지 않겠다고 다짐을
했지만 멀리서 너를 보는 순간 또 눈물이 터지고 말았구나.
이런 내 모습이 죽도록 싫구나.
얼른 눈물을 훔치려 손을 가져가보니
이런 온통 화상 입은 손이라
흉터로 일그러지고 미끄러져 잘 닦여지지 않는구나.
이런 얼굴마저 흉해 얼굴에서 흘러내리는 눈물마저 못나서….
내리는 빗물보다 못해 참으로 못생겼구나.

흉한 얼굴에서 흘러내리는 이런 가치 없는 눈물은 저주받은 내 얼굴에서 영원히 흘러내리지 말았으면 하는 마음뿐이구나.

가엾은 것!
불쌍한 것!
남들처럼 잘 먹고 잘 입지 못했는데도
너는 구김살 없이 바르게 커주어 너무 고맙구나.
집에서조차 흉한 모습 보이기 싫어
늘 가리고 너를 대했는데 너는 하나도 이상하다고 하지 않았지.
네가 괜찮으니 내 얼굴 보여주라는 말도 나는 한 번도 따르지 않았다.
너에게조차 흉한 내 모습 보여주고 싶지 않았다.
언제까지나 나의 아름다운 모습이어야 했다.
너는 언제나 나를 위로해줬지.
너는 항상 돈 많이 벌어 나를 호강시켜준다며 밤을 낮 삼아 공부에만 열중한 것 나는 이미 알고 있단다.
너는 누구에게도 당당했다는 것 잘 알고 있단다.
그 생각만 하면 눈물이 나지만 너는 나를 누구보다 자랑스러워했다.
그것도 모자라 너는 오늘 고등학교 졸업식의 자리에서 최고의 큰 상을 받는 영광을 가져다 주었구나.
흉하고 못난 어미를 마음껏 욕해도 나는 어떠한 마음의 상처도 받지 않는단다. 이미 그렇게 흉악한 몰골이 되어 버린 것이 사실인데 뭐 어떠냐.

너는 언제까지 내 곁을 떠나지 않았다.

어미가 있어 더 힘을 낼 수 있다고 하면서 끝없이 나를 위로해주었지.

불쌍한 것! 마음에도 없는 말을 한다는 것도 나는 이미 알고 있단다.

화상으로 못난 얼굴과 몸을 정성스레 만져주고 씻겨주며 너는 언제까지 어미와 함께 살 거라고 밝게 말했었지.

나보다 너는 더 훌륭한 어른이었단다. 남보다 너무 못난 나를 만나 너를 고생만 하게 만들었는데도 너는 아무렇지 않은 듯 의젓하게 행동해 나를 한없이 부끄럽게 했다.

나를 향해 무어라고 욕하는 사람들을 향해 네가 대신 나를 지켜주려고 노력한 것에 나는 피눈물이 나더구나.

정말 미안하구나.

또 눈물이 나는구나.

마음 약해졌나 보다. 이러면 안 되는데….

우리 집에 화마의 상흔이 깊게 패인 날

나는 너를 품에 안고 겨우 빠져나왔었지.

떠올리기도 싫은 그 날이었다.

한때 사랑했던 사람의 집에서 쫓겨난 후 매일매일이 경제적으로 어려웠던 어느 추운 겨울 날 나는 겨우 얻은 허름한 방에서 촛불을 켜놓고 끄지 못한 한 순간의 잘못으로 방 전체가 타는 불이 났고,

미처 빠져나오지 못한 나는 온몸에 3도 화상을 입고 말았다.

나는 정신이 없었단다. 내가 할 수 있는 건 보이는 이불로 너를 감싸고 불길 속을 나오는 일밖에 없었다. 뜨거움이 나의 온몸을 둘러쌌지만 너에게 어떤 불길도 가게 하지 않으려 노력했다.

아마 네가 없었다면 그토록 뜨거웠던 그곳을 빠져나올 수 없었음을 나는 지금도 아프게 기억하고 있단다. 수술만 수십 차례를 거치고 나서야 나는 숨을 쉴 수 있었으나 이미 얼굴을 포함한 나의 온몸은 누구에게도 사랑받지 못한 처참한 흉한 몰골 그 자체였다.

살아있는 것이 그냥 치욕이었으며, 지옥 같은 나날이었다.

네가 없었다면 나는 이미 죽은 목숨이었단다.

네가 있어 죽을 만큼 싫은 몸뚱이로 살아도 나는 웃을 수 있었단다.

한탄과 저주의 나날이었지만 죽고 싶었던 마음을 다잡고 힘든 나날을 견뎌나갈 수 있었단다.

그토록 뜨거운 불 길 속에서도 너를 놓지 않았단다. 아가야.

불길 속을 뚫고 나오고 나는 정신을 잃고 말았지만 내 품속에 사랑스러운 네가 있었단다. 사람들이 네가 온전히 나온 것은 기적이라고 하더구나.

네가 온전히 살았으니 나는 이미 마음으로 죽었어도 여한이 없단다.

그 날 나는 어느 것 하나 가지고 나오지 못했어.

그러나 너를 구할 수 있었기에 나는 차라리 행복했단다.

젊은 날 잘못된 사랑으로 나는 집으로부터 쫓겨나고 온 몸이 만신창이가 된 이후에도 너 하나만을 바라보며 매일매일 네가 잘 되기를 기도하며 살아왔단다. 눈물 마를 날이 없는 나날이었지만 내가 만든 업보라 생각하고 담담히 받아들이며 살아왔단다.

난 이미 다른 사람을 사랑함으로 얻을 수 있는 그토록 짧은 행복과 나의 참혹한 미래를 바꿔버리고 만 셈이지.

젊은 날의 잘못치고는 너무 값비싼 희생을 치룬 셈이지.

이성적이지 못했던 나의 젊은 날을 후회해도 소용없는 일이라는 것을 나는 잘 알고 있다. 한때의 실수를 되살리기에는 너무 늦어버렸음도 나는 잘 알고 있단다. 온 몸이 흉터인 나의 삶이 비참하기는 했지만 나는 어떡하든 너를 위해 내가 살 길을 마련해야 했다. 닥치는 대로 일을 하면서도 인심좋은 사람들을 만날 수 있었고 나는 이 세상 어디에도 없는 음식 기술을 배울 수 있었단다.

비록 갑부는 아니지만 우리 집에 찾아오시는 손님들이 맛있게 먹어주시고 칭찬해주시며 입소문을 내주셨기에 지금 경제적으로 어려움 없이 내 식당일에 전념할 수 있었단다. 그런데도 나는 식당에 나갈 수가 없었단다. 흉한 내 모습 보이기가 죽기보다 싫었단다. 다행히 박씨 아줌마가 나를 대신해 모든 것을 다해주는 바람에 나가지 않아도 되는 행운을 누릴 수 있었다.

이렇게 고마운 분들에 대한 은혜는 죽어서도 잊지 않을 마음이란다.

정말 눈물나게 고마운 분들이야.

너도 죽을 때까지 그 은혜를 반드시 갚도록 해라.

내가 그럴 자격이 있는지 모르겠지만 말이다.

나는 자랑스러운 너를 보며 왜 이렇게 아직도 살아계신 부모님이 보고 싶은지 모르겠구나.

이제는 기력이 빠져 살아갈 날이 많이 남아있지 않으실텐데.

내 생각은 조금이라도 하고 계신지….

내가 끝까지 용서를 빌었어야 했는데.

나는 그러지 못하고 정을 떼려 나는 그만 집을 나오고 말았다.

그러기를 벌써 수십 년의 세월이 흘렀구나.

하나뿐인 자식을 그렇게나 귀여워 해주셨는데.

그땐 부모님의 고마운 마음을 전혀 헤아릴 줄 몰랐다.

내가 최고였고 내가 하는 일이라면 모든 것을 들어주셨다.

그런 마음이 지나쳐 그만 젊은 날에 빗나간 사랑을 하고 말았구나.

아 다시 생각하고 싶지 않은 지난날이 뼈아프게 다시 다가오는 구나.

다시는 떠올리지 않을 거라 생각하면서도 이렇게 다시 아픈 생각에 내 마음은 찢어질 듯 아프구나.

멀리서 나마 눈물로 너를 지켜보고 있단다.

내 모습 보이니?

너를 가까이에서 지켜보며 다른 사람들과 같이 기쁨을 나눌 수 있으면 좋으련만 나는 그럴 수 없음에 피눈물이 난단다.

인파에 가려 갑자기 네가 보이지 않는구나.

어쩌면 좋니! 너를 볼 수 있으면 좋으련만….

아! 네가 드디어 나를 보고 말았구나.

졸업식장에서 꼭 와야한다고 신신당부하더니 내 모습이 보일까 계속 뒤를 돌아보던 너의 모습에 나는 눈물이 나고 말았구나.

차라리 오지 말 걸 그랬나 보구나.

한참 식이 진행되고 있는데…

나에게 달려오면 안 되는데…

누구에게나 흉한 못난 어미를 둔 자식이라는 손가락질을 받을 텐데…

그러면 안 되는데…

네가 달려오고 있구나…. 그러면 안 된다…. 정말 안 된다….

내가 피할 사이도 없이

벌써 너는 내 품에 안겨버리고 말았구나.

너를 위해 준비한 자그마한 꽃다발이 너와 나의 가슴속에 깊이 파묻혀 눈물 속에 떨어져 버리고 있구나.

다 큰 자식이 나를 이토록 부끄럽게 하는구나.

사람들이 모두 보는데 흉한 내 모습 때문에 네가 창피할 줄도 모르겠다.

울지 마라 아가야!

흉한 모습 때문에 웃는 모습조차 자연스럽지 않지만 나는 이미 너보다 더한 마음으로 크게 웃고 있단다.

남들이 보기 전에 어서 떨어지거라! 아가야!

내 눈에 넣어도 아프지 않은 내 아가야!

해 준 것 없어도 나를 버리지 않고 한 번도 원망하지 않아 나를 부끄럽게 했던 내 아가야!

너를 품에 안아 세상의 모든 것을 다 가졌음을 알게 한 이토록 나를 사랑하는 자랑스러운 내 아가야!

이제는 두려움에 떨며 멀리서 너를 보지 않고 가까이에서 너를 언제까지나 놓지 않을 거란다.

다시는 품에 들어온 너를 놓지 않을 거란다.

내 품에 다시 돌아온 영혼까지 아름다운 나의 아가야!

교도소 창살 너머로
어머니의 모습이 보입니다

어릴 적 지독한 가난으로 고생만 하시다 병으로 돌아가신 어머니가 생각나서 웁니다. 제때 수술만 받았다면 문제없을 병이었는데 하루하루가 풀칠하기에도 바쁜 나날이었기에 치료비조차 없어 변변한 치료도 받지 못한 채 숨져 간 불쌍한 어머니가 생각나 지금 나는 웁니다.

젊은 날 도박에 빠져 거의 집에 들어온 적이 없는 아버지(내게는 아버지가 아니라 어머니의 삶을 빼앗아간 악마 같은 남자)도 보지 못한 채 쓸쓸히 돌아가시고 말았습니다. 행복한 가정을 꾸리며 즐겁고 행복한 삶을 꿈꾸었을 그녀가, 젊음을 피워보지도 못한 채 가난 속에 피 섞인 울음만 쏟아내다 간 불쌍한 어머니는 그렇게 나를 떠나고 말았습니다.

마지막 힘을 다하여 "아빠를 너무 미워하지 말아라! 한때는 사랑하는 사람이었는데…. 그렇게 끔찍하게 변하더구나. 그래도 아빠를 꼭 찾아가거라! 너를 지켜주지 못해 미안하구나!"라고 하셨던 어머니 말씀이 아직도 내 가슴에 못이 박힌 채 남아 있습니다.

어머니가 돌아가신 후 일가친척이라고는 없던 나는 고아원에 보내지고 나는 그곳에서 끝없이 아버지를 저주하며 세상을 울음으로 살았습니다.

아주 어릴 적 나를 안고 환하게 웃고 계신 어머니의 모습을 담은 사진만이 나의 슬픔을 달래줍니다. 내 오래되어 닳아 있는 가벼운 지갑을 열면 가장 먼저 볼 수 있도록 해놓았습니다.

힘들거나 슬픔이 북받쳐올 때마다 꺼내 본 탓인지 사진의 모서리가 하얗게 너덜너덜해졌습니다.

내가 죽을 때까지 어머니를 내 가슴속에 묻고 살아갈 것입니다.

고아원에서의 나의 삶은 진흙탕 바로 그 자체였습니다.

나는 누구보다 힘이 약했고 괴롭힘의 대상이 되어 원장님 몰래 이어지는 매일 매일의 구타와 따돌림은 나를 더이상 견디기 힘들게 만들었습니다. 나는 어느 추운 날 모두가 잠든 새벽에 고아원을 뛰쳐나오고 말았습니다. 그러나 오갈 데 없던 나는 길거리를 배회하다 어느 음식점 가게 앞에 쓰러지고 말았습니다. 죽지 않은 것이 다행이었습니다. 가게 주인 아주머니가 발견만 늦게 했더라도 나는 그대로 하늘나라로 갔을 것입니다.

그러나 나는 하늘이 도왔는지 극적으로 살았고, 유독 정이 깊었던 아주머니의 품 안에서 새로운 생활을 시작하게 되었습니다. 본래 형편도 어려웠던 두 아들이 있는 가정이었지만 나를 기꺼이 받아주셨습니다.

나는 어느덧 두 아들과 사랑의 정을 나누며 친형제 이상의 사랑을 쌓아갔고 어느덧 나는 이전의 악몽 같았던 삶을 잊고 살 수 있었습니다. 내가 할 수 있는 일을 찾아 더 노력하고 부끄러움 없는 아들이 되기 위해 최선을 다했습니다. 무엇보다 눈물 나는 과거를 잊기 위해 아주머니께 집착하며 강하게 나를 채찍질해 나갔습니다.

어느 날 아주머니는 나를 아들로 입양해주시고 사랑으로 보듬어 주셨습니다. 받아주신 것만도 눈물 나게 고마운데 그 날 서로 부둥켜안고 얼마나 울었는지 하얗게 꼬박 밤을 새우고 말았습니다.

그러나 기쁨도 잠시… 내가 들어온 이후 나를 받아주신 아주머니의 삶은 더욱 힘들어졌습니다. 나는 행복 속에서도 미안함이 나를 죄송스럽게 했고 나를 부끄럽게 했습니다. 네 식구를 먹여 살리기에는 너무나 부족한 아주 작은 식당이었기에 감당이 되지 않았던 것입니다.

제가 보기에도 메뉴가 휘황찬란하게 다양했지만 손님들의 발길은 너무나 뜸했습니다. 나는 내가 도울 수 있는 일이 없는지 찾아 나갔습니다. 하루하루가 고통이었지만 그때만큼 행복했던 순간도 없습니다. 언젠가 들었던 나를 아들로 받아주신 어머니에게 들었던 '너 음식 솜씨가 대단하구나. 앞으로 훌륭한 요리사가 되겠는걸. 내가 한 수 배워야겠구나'라는 말씀이 그래도 나를 힘나게 하였고, 어깨 너머로 어머니의 음식 하는 법을 배워나가며, 틈이 날 때마다 음식 잘하는 집을 물어물어 찾아 비법을 얻기 위해 노력했습니다.

그럼에도 처음부터 한계는 있었으며 여전히 음식점의 매상은 오르지 않았습니다. 나는 메뉴를 단일화하기로 하고, 그래도 손님들이 많이 찾는 돈까스를 다른 음식점과 차별화하기로 하였습니다. 뜬 눈을 새워가며 가장 맛있고도 개성있는 돈까스를 만들기 위해 노력하고 또 노력했습니다.

만들면서 부단히 맛보았던 돈까스로 배가 부르다 못해 고통스러운 지경도 감내하며 새로움을 추구했습니다. 피부가 유독 약했던 내 손은 갈라지고 부르터 참기 힘든 고통도 함께 했습니다. 그러고도 오랜 고통의 시간이 흘렀습니다. 생각처럼 좋은 결과가 나오지 않아 도중에 그만 둘까 하는 생각도 몇 번이고 있었습니다.

그럴 때마다 나는 나를 더욱 채찍질하였고, 죽기를 각오하고 내 일에 매달렸습니다. 시행착오도 있었고, 어떤 때는 하루 매상의 대부분을 새로운 메뉴 개발하는 비용으로 써버리는 때도 있었습니다. 그러나 나는 희망을 버리지 않았습니다. 뜻이 있는 곳에 반드시 길이 있으며, 내 노력은 나를 버리지 않으리라는 확신을 가졌습니다. 나를 살리고 나를 내세울 수 있는 길은 나를 희생하고 나를 위해 기꺼이 마음을 주셨던 어머니와 동생들을 살리는 일이었습니다. 내 어떤 고통도 즐겁게 받아들일 수 있는 용기도 그래서 가능했습니다.

그러나 지성이면 감천이라 했던가요. 내가 개발했던 수많은 돈까스 중 '치즈먹은 돈까스'와 '웰빙 사냥 돈까스'가 가장 맛있다는 칭찬이 있었습니다. 어머니께서도, 나보다 어린 동생들도 맛있다고 엄지를 치켜세워 주었습니다. 그때 흘렸던 감격의 눈물을 아직도 나는 잊을 수 없습니다.

드디어 번듯한 가게 하나를 내고 새로운 출발을 하였습니다. 새로운 가게를 여는 날 얼마나 울었는지 모두가 두 눈이 퉁퉁 부어 버렸습니다.

가게 이름은 꿈에도 잊지 않도록 어머니의 이름을 따 '영희네 희망 돈까스'로 정했습니다. 약간 촌스러웠고 너무 흔한 이름이었지만 이 세상 나를 새롭게 있게 해주신 은혜에 비하면 너무나 작은 갚음이었습니다.

기다림의 시간은 있었지만 한 번 방문했던 손님들의 입소문을 타고 맛이 알려지면서 문전성시를 이뤘습니다. 비록 좁은 가게였지만 우리 모두가 나서도 일손이 부족할 정도였습니다.

그런 기쁨의 순간들은 아직도 계속되고 있고 나이를 잊은 듯 그렇게 세월은 살처럼 빨리 가버렸습니다. 성년이 된 나는 어머니의 축복 속에 가정까지 꾸렸습니다. 어찌나 나를 대단한 사람으로 보는지 오히려 내가 몸둘 바를 모를 지경으로 사랑스러운 사람입니다.

나보다 백배 천배 아름다운 마음을 가진 나의 수호천사인 그녀와의 사이에서 예쁜 두 딸도 낳았습니다.

누구보다 기뻐해 주셨던 나를 자식으로 받아주신 어머니의 모습이 새삼 가슴 저미게 떠오릅니다.

다시 찾은 행복을 이제는 다시는 놓치지 않으려 애쓰며 누구보다 열심히 그리고 나를 사랑해주시는 많은 분들의 고마움을 잊지 않은 채 이제는 내가 번 많은 것들을 나누며 살아가고 있습니다.

나는 속으로 어떤 이에게도 상처 주지 않겠다는 마음의 각오를 다지며 하루하루를 분에 넘치는 행복을 받아가며 자랑스럽게 살아가고 있습니다. 한 달에 한 번 공짜데이를 지정하여 동네 어르신들을 초대하고 저희 식당을 찾아주시는 분들 모두를 위한 잔치를 열며 기쁨을 조금이라도 나누고자 노력하는 것이 지금은 일상이 되었습니다. 어머니와 아내, 자식들이 얼마나 자랑스러워하는지 여러분들은 아마 모르실 겁니다.

그러던 중에 아버지의 소식을 접하게 되었습니다.

교도소에서 아버지와 같이 있다 얼마 전 출소한 한 아저씨가 어떻게 나를 찾았는지 모르겠지만 불쑥 아버지 이야기를 꺼내면서 한번만 만나줄 수 없겠느냐고 물었습니다. 나는 속으로 내가 잘되니 이제는 나에게 빌붙어 살 요량으로 나를 찾는 것이라는 생각에 그 옛날이 떠오르며 다시 잊고 지냈던 분노가 치밀어 올랐습니다. 나는 단호히 이를 거절했습니다. 나는 지금 찾아온 행복이 깨질까봐 두려웠습니다. 이제 와서 나를 찾겠다는 저의가 무엇인지 눈에 보이는 듯했습니다. 내가 이렇게 잘되니 이제 아버지라는 이름으로 큰 무언가를 가져갈 것이 두려웠습니다. 나는 벌컥 화를 내며 다시는 나를 찾아오지 말라고 그 아저씨를 보내고 말았습니다.

나를 애타게 찾고 있다는 것이 걸리기는 했지만 그냥 그분을 보내고 말았습니다. 어렵게 소식을 전하러 온 분한테 큰 실례를 범하였음을 깨달았지만 이미 지나 버린 일이 되고 말았습니다.

나는 범죄자인 아버지가 미웠습니다. 차라리 죽이고 싶다는 못된 생각까지 했습니다. 내게 아버지는 없었습니다. 아직도 범죄의 손에서 벗어나지 못하고 있는 아버지를 다시는 보지 않으려 했습니다. 어머니를 죽음으로 내몰았던 아버지를 용서하지 않으려 했습니다.

그런 아버지를 나는 지금 교도소 창살 앞에서 마주하고 있습니다.

그렇게 미워했던 아버지인데 죽도록 미워했던 아버지인데 왜 이렇게 바보같이 눈물이 나는지 모르겠습니다. 아버지를 마주 보기가 죽기보다 싫은 데 그래도 아버지인데 차마 외면할 수 없었습니다. 아버지는 계속 미안하다는 말만 되뇌고 있습니다. 나는 그런 아버지를 차갑게 쏘아보며 나를 찾은 이유가 무엇인지를 따져 묻습니다.

아버지는 말없이 가슴 안쪽에서 빛바랜 편지를 꺼내 내 손에 쥐어 줍니다. 그건 어머니의 편지였습니다. 꿈에도 잊지 못하는 어머니의 손때 묻은 편지였습니다.

사랑하는 당신에게! 오늘도 나는 당신이 오기만을 기다리며 보채기만 하는 어린 우영이를 달래고 있습니다. 나는 당신이 죽도록 밉습니다. 나와 우영이밖에 모르며 누구보다 열심히 일만 했던 그토록 성실했던 당신이 도박에 손을 댔다는 것을 나는 가까운 이웃에게 들었습니다. 그동안 모아 놓았던 돈을 날린 것도 순식간이었습니다. 그것도 모자라 도박판에서 싸움을 벌이다 사람까지 죽여 당신은 재판을 받고 20년이라는 형기를 채워야 했지요. 나는 슬픔을 추스를 사이도 없이 내가 할 수 있는 일은 어떤 일이든 닥치는 대로 일을 했어요. 그러나 내게 돌아온 건 암이었습니다.

나를 진찰한 의사선생님께서 얼마 안 있으면 죽는다고 그럽디다. 수술 받지 않으면 죽는다고 말이에요. 당신이 잘 알잖아요. 내가 수술받기에는 아무것도 가진 것이 없다는 것을 당신이 너무 잘 알잖아요. 나는 이제 얼마 안 있으면 당신 없는 좋은 곳으로 나는 떠납니다. 당신이 너무나 미운데 이제는 미워할 수도 없는 먼 곳으로 나는 떠납니다.

그런데 우영이가 무슨 잘못이에요. 왜 우영이가 이 모든 삶의 짐을 짊어져야 하나요. 우영이를 받아줄 일가친척도 없어요. 당신이나 나나 고아로 자라 서로에게 힘이 되며 미래를 약속했는데 이런 참담한 결과까지 왔으니….

제발 당신이 어떻게든 우영이를 돌봐주세요. 비록 당신이 나올 수는 없어도 돌보아주고 지켜줄 수 있는 일을 찾아보세요. 나는 죽어서도 우영이를 지킬 것이나 이 세상 사람이 아닌 나는 우영이를 가까이에서 지켜줄 수 없어요. 이제는 당신이 책임져야 해요. 아무것도 모르는 우영이를 두고 나는 떠나갈 수 없습니다. 어제도 아무것도 모른 채 자고 있는 우영이의 머리를 쓰다듬으며 밤새 눈물만 흘리고 말았어요. 불쌍한 우리 우영이! 어떡해요. 불쌍해서…. 저 어린 것이 혹시나 잘못되면 어떡해요.

죽어도 나는 눈을 감지 못할 거예요. 제발 형기를 마치고 나오면 우영이를 찾도록 하세요. 그래서 그동안 못다한 아빠다운 모습을 제발 보여주세요. 할 말이 많은데 지금 내가 할 수 있는 일이 없어서…. 그저 눈물만 나서….

아! 불쌍한 우영이를 제발 어둠에서 구해주세요. 제발 당신이 지켜주세요. 제발 당신이 지켜주세요….

— 당신이 죽도록 밉지만 아직도 당신을 잊지 못하는 지영이 올림.

151

편지의 끝부분은 눈물로 얼룩이 지어 있어 차마 더 보지를 못하고 터져나오는 눈물을 나는 참을 수 없었습니다. 나는 어머니의 편지를 가슴에 묻고 나를 지켜줄 수 없었던 불쌍한 어머니의 모습을 떠올렸습니다. 나는 아버지를 향해 왜 그렇게 어머니에게 가혹했느냐고 당신이 아버지가 맞느냐고 소리쳤습니다. 아버지는 아무 말도 하지 못하고 나의 마음이 진정될 때까지 기다렸습니다.

아버지는 오랜 침묵 끝에 엄마의 약속을 지키지 못해 미안하다고, 엄마를 죽게 한 못난 아버지를 마음껏 미워하라고 말하며, 이제 자신도 지병으로 생이 얼마 남지 않았음을 나에게 이야기했습니다. 교도소에서 치료는 받고 있으나 가망은 없다는 이야기를 들었노라고 말하고 있었습니다.

자신이 지은 죄의 천벌을 받아 마땅했는데 이제야 그리 되었다고 말하고 있었습니다. 나는 끓어오르는 분노를 느끼면서도 나를 똑바로 보지 못하는 아버지를 아무런 표정 없이 바라만 보며 슬픔에 몸부림치고 있었습니다.

순간 나는 아직도 죽어가면서도 나를 그토록 지켜주고 싶어 했던 어머니의 아름다운 모습이 교도소 창살 너머에서 나에게 다가옴을 느꼈습니다.

아마 그때부터였을 겁니다. 나와 어머니를 내버렸던 죽도록 잔인했던 아버지를 용서하지도 못한 채, 혹여나 그곳에 나타날지도 모르는 어머니의 모습을 뵈올까 오매불망하며, 교도소 창살 너머에 계실지도 모르는 어머니의 흔적이라도 잡으려고 언제까지나 그 곳을 떠나지 못하고 눈물 속에 옛날을 회상하며 방황하고 있었던 것도 아마 그때부터였을 것입니다.

　지금 나는 어머니의 무덤 앞에 와있습니다. 오랜 세월 제대로 관리를 하지 못해 곧 허물어질 것 같은 어머님의 무덤 앞에서 어린 아이처럼 울며 말입니다. 다 큰 자식이 어머니에 대한 그리움에 사무쳐 우는 날이 전보다 많아졌습니다. 사내자식이 왜 이렇게 눈물이 많은지 하루를 시작하면서 우는 날이 점점 더 늘어가고 있습니다. 그러나 나는 의식이 살아있는 한 어머니를 잊지 못한 채 늘 그렇게 살아가야 한다는 믿음을 갖고 있습니다. 죽어도 만나기 싫었던 아버지의 무덤도 어머니의 무덤 옆에 모셔 두었습니다.

　어떡할지 많은 고민을 했지만 그래도 어머니께서는 아버지와 같이 계시는 것을 원하셨을 것 같아 그렇게 하였습니다. 아버지에 대한 원망과 미움보다 하늘나라에서 어머니께서 아버지를 처음 만나 사랑을 나누었던 그 시절로 돌아가 만나기를 원했기 때문일 것입니다.

　이제는 죽어서야 만날 어머니를 아직도 잊지 못한 채 이 못난 자식은 아직도 어머니 무덤 옆을 떠나지 못하고 있습니다.

　어머니와 자식을 버린 아버지를 여전히 용서하지 못하고 애써 외면한 채 어머니의 무덤 곁에서 언제까지나 어머니의 사랑을 갈구하며 울고 있는 바보같은 자식이 아직도 그 자리를 떠나지 못하고 방황하고 있습니다.

　어머니! 저를 잡아주세요. 어머니!

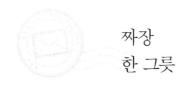

짜장
한 그릇

아직도 칼바람이 시린 2월입니다.

밤새 내린 눈으로 길은 미끄러웠고, 쌓인 눈으로 아들 만나러 오는 길이 천 리길 같아 1시간 거리가 3시간이나 걸렸습니다. 하마터면 빗길에 미끄러지며 교통사고가 날 뻔한 아찔한 순간도 있었지만, 나는 오늘도 아들을 만나기 위해 일찍 집을 나섰습니다. 나는 지금 나보다 먼저 간 아들 무덤 앞에 와 있습니다. 이 추운 겨울 얼마나 추울까 생각하며 조금이라도 세찬 바람 막으려 무덤 주위를 가려보려 하나 할 수 없음에 그저 눈물만 앞을 가립니다. 살아있었더라면 세상의 기쁨과 행복을 누리며 자신의 몫을 충분히 할 우리 아들인데 무덤 속 저 먼 나라에서 나를 바라만 보고 있습니다.

그토록 아들이 먹고 싶어 하던 아직도 온기가 남아 있는 짜장 한 그릇을 소중하게 싼 상자에서 꺼냅니다. 내 아픔을 알던 중국집 사장님이 금방 만들어 주신 아직도 따뜻한 짜장 한 그릇을 무덤 앞에 올려놓았습니다.

식기 전에 어서 아들이 나와 먹어야 할 텐데… 세찬 바람이 강하게 불어옵니다. 아들 무덤에 대고 빨리 먹으라고 소리칩니다.

아! 벌써 차디차게 식고 말았습니다.

살아생전 우리 아들이 어찌나 짜장면을 좋아했던지…

"아빠! 매일 짜장면만 먹으면 안돼? 왜 이렇게 맛있는 거야! 아빠! 최고!"

아직도 귓가에는 엄마보다 나를 먼저 생각하며 아빠 하는 일이라면 도와주려고 노력했던 우리 아들이 항상 하던 이야기가 맴돌며 나를 눈물 나게 합니다. 이럴 줄 알았으면 배탈이 나는 한이 있어도 살아 있을 때 원 없이 먹게 했어야 하는데…. 병으로 고생할까봐 나는 매번 엄한 말로 꾸짖기만 했으니 그런 잘못도 없습니다. 미안하기 짝이 없는데 그 아이에게 미안하단 말도 하지 못했습니다.

아들에게 전해주지 못한 것이 얼마나 후회되는지 만날 수만 있다면 죽음과도 맞바꿀 수 있는데…. 알레르기가 있어 매번 목이 부어 아파하면서도 짜장면은 그렇게 즐겁게 먹던 아이였습니다. 건강이 좋지 않아 늘 병원을 다니면서도 짜장면 소리에는 모든 아픔을 잊던 아이였습니다.

짜장면을 맛있게 먹을 때마다 나에게 미안했던지 "내가 많이 먹긴 하는 것 같지? 미안해! 앞으로는 조금 줄여볼게. 헤헤!"하며 귀엽게 내 화를 누그러뜨리곤 했는데 우리 아들의 사랑스러운 목소리도 들을 수 없습니다.

유난히 잘 웃던 아이였는데…

작은 벌레의 죽음에도 눈물을 보이며 걸을때도 혹시 밟을까봐 조심조심 걸으며 작은 벌레들이 지나가는 모습에 그렇게 기뻐하던 아이였는데…

지금 우리가 살고 있는 이 땅의 어둠을 밝혀줄 세상에서 가장 착한 우리 아들이었는데…. 눈에 넣어도 아프지 않은 빛나는 보석 같은 아들만 바라보며 숱한 고비도, 불가능해 보였던 힘든 일도 이겨낼 수 있었는데…. 나는 목을 놓아 소리쳐 아들을 불러보나 내 목소리는 허공만 가르고 맙니다. 지금이라도 어디에선가 불쑥 내 앞에 나타나 나를 놀라게 할지도 모르는 마음에 주위를 끝없이 두리번거립니다.

아들과 함께 가야 했는데…. 그렇게 보내는 게 아니었는데…. 아들을 그렇게 혼자이게 내버려두는 것이 아니었는데….

내가 아들을 죽이고만 셈입니다. 나도 같이 갔어야 했는데 나는 고통속에 몸부림치며 아들이 살아있던 그 순간으로 돌아가게 해달라고 불가능한 애원을 합니다. 내 아이를 그렇게나 떠나보내고도 나는 이처럼 질긴 목숨을 구걸하고 있습니다. 내 삶을 아니 내 목숨을 나눌 수 있으면 좋았으련만…. 더 오래 살아야 할 사랑하는 아들은 없고 나만 이렇게 살아있습니다.

그날만 생각하면…

다시는 생각하기도 싫은 어느 뜨거웠던 여름 날, 아빠를 부르며 길을 건너는 도중 달려온 차에 치이고 말았습니다. 바로 달려왔지만 머리를 다친 것이 치명적이었습니다. 머리에서 끊임없이 피가 흘러 온 바닥을 적시고 있었습니다. 마지막 힘을 다하여 나와 엄마를 부르고 있었습니다.

목이 자꾸 타는지 물이 자꾸 먹고 싶다 하였습니다. 그런 아들을 내 품에 안고 미친 듯이 병원 응급실로 달려갔지만 뇌를 크게 다쳐 그만 살릴 수가 없었습니다. 마지막 죽어가는 순간에도 "아빠! 아빠! 나 곧 일어날 수 있을거야!"라고 나를 안심시키던 아들의 장하고 슬픈 모습이 떠올라 나는 그만 눈을 감아버리고 맙니다. 내가 해 줄 수 있는 것은 단지 아들의 손을 잡아주며 건강하게 일어날 거라는 말로 위로해주는 일 뿐이었습니다. 나도 그렇게 믿었으며 오직 병원의 의술을 믿고 어서 수술이 잘 끝나기만을 기다렸습니다. 갑자기 많이 힘을 잃은 우리 아들이 한마디 합니다.

"엄마에게는 알리지마! 엄마가 울지도 몰라! 알았지? 아빠! 약속 해!"

나는 흐르는 눈물을 닦지도 못한 채 그러겠다고 안심을 시켰습니다.

그러나 시간이 지나며 아들의 머리에서는 연신 피가 솟아오르며 옷과 시트를 적시고 말았습니다. 아들의 의식도 사라져가고 맥박도 점점 희미해져갔습니다. 이럴 수가 없습니다. 나는 소리쳐 의사를 부릅니다. 제발 우리 아들 살려달라고 울부짖습니다.

수술 의사가 달려오고 수술실로 우리 아들은 급히 옮겨집니다. 아들을 수술실로 보내고 기다리던 순간이 마치 천년의 시간이 흐르는 듯 했습니다. 그토록 시간이 귀하다는 것과 기다림의 순간이 떨리고 긴장된다는 사실도 깨닫게 되었습니다. 무려 8시간의 수술이 끝났습니다.

그러나 수술 의사로부터 돌아온 한 마디는 "최선을 다했습니다만 너무 심한 부상을 입었고, 출혈이 심했습니다. 죄송합니다. 아버님"
이었습니다. 분명 방금 전까지 살아 나를 웃게 했는데 죽다니 어찌
이런 일이 밝은 세상 속 우리에게만 일어난단 말입니까? 나는 의사
의 옷을 부여잡으며 충분히 살릴 수 있었는데 당신 때문에 죽게 되
었다고 떼를 썼습니다.

그것으로 우리 아들과의 인연은 끝나버렸습니다. 마지막 아들의
얼굴을 어루만지며 나는 그만 혼절하고 말았습니다.

정신을 차린 것은 아들이 없는 병실이었고 나는 아들 이름을 부르
며 병원 이곳 저곳을 방황하며 다녔습니다. 그러나 한번 나를 떠난
아들은 다시는 내게 오지 않았습니다. 단지 내가 할 수 있는 건 애
타게 아들 이름을 부르는 일뿐이었습니다. 그때 내 몸을 적셨던 아
들의 피가 선명한 그 옷은 잘 개어 내가 볼 수 있는 곳에 그대로 남
겨두었습니다.

아들이 평소 앉아 공부했던 책상 맨 위 서랍 함에 소중히 넣어두
었습니다. 집 사람이 그리 하지 말라며 울며 말렸지만, 영원히 내 가
슴에 품기 위해 고집을 부렸습니다. 나는 자주 아들 방을 들러 옷을
끌어안으며 통곡합니다. 나는 한시도 아들 생각을 하지 않은 적이
없습니다.

지금도 영원히 내 가슴에 살아 웃음 짓고 있습니다. 여전히 응석
많은 아이인 채 내 심장 안에서 살고 있습니다. 꿈을 꿀 때마다 보이
는 여전히 웃고 있는 우리 아들의 모습을 볼 때마다 우리 아들이 있
는 그곳에 다시 가고픈 마음을 부여잡습니다.

그렇게 훌쩍 내 곁을 떠나간 아들을 위해 집으로부터 먼 길을 하

루도 빠짐없이 다녀가고 있습니다. 그토록 아들이 좋아하던 짜장면 한 그릇을 소중하게 아들이 있는 무덤가로 가져간 지도 벌써 20년의 세월이 흘렀습니다. 그때마다 나는 짜장면 한 그릇을 아들 무덤 앞에 놓고 아들이 먹기를 기다립니다. 내가 목숨 붙어 살아있는 한 아들 곁을 지킬 것입니다.

오늘은 세찬 눈보라에 바람까지 거세 내 한 몸조차 움직이는 것조차 쉽지 않습니다. 그렇지만 이 추운 무덤에 누워있을 아들을 생각하면 이까짓 고생은 만분의 일도 아닌 일입니다.

우리 아들이 이런 정성을 알아달라는 말은 추호도 하지 않습니다. 찰나의 순간이라도 자신이 잘 지내고 있음을 알려주기라도 한다면 내 여한이 없습니다. 바람이 이리도 찬데 아들을 따뜻하게 덮어줄 이불조차 내겐 없습니다. 내 품이 그립지도 않은 지 여전히 말없이 나를 바라보고 있습니다.

나는 점점 나이를 먹어가며 힘이 없어져 감을 느낍니다.

병으로 벌써 10년간 병원에 누워있는 아픈 아내 병간호도 많이 힘들어집니다. 내가 아파서는 안 됩니다. 죽는 순간까지 나는 병들어 나마저 몸져눕는 일은 절대 있어서는 안됩니다. 아내보다 내가 먼저 죽는 일은 있을 수 없으며, 정신은 죽는 순간까지 온전하게 유지해 추운 날 나를 기다리는 아들을 끝까지 지켜낼 것입니다. 아직도 해야 할 일이 많은데 내가 죽는다는 그런 일이란 차마 상상할 수도 없습니다.

오늘 기어이 따라오겠다던 아내와 같이 오지 못한 것도 혹시 더한 병이 날까 두려운 때문입니다. 외동아들이 죽고 난 후 아내는 저보다 더 많은 세월을 울음으로 보냈습니다. 한숨이 아내 곁을 떠나지 않았습니다.

건디지 못한 아내는 결국 병원을 찾았고 이제는 약이 없으면 잠을 이루지 못할 만큼 약해졌습니다. 몸이 아픈 아내는 아들 무덤에 수년 동안 올 수조차 없었습니다. 아내마저 보낸다면 나는 살아야 할 아무런 이유도 없습니다. 내가 믿고 의지할 수 있는 마지막 한 사람인데 그녀를 빼앗길 수 없습니다. 그런 그녀가 지금 너무 아픕니다.

아들을 보러 먼 길 마다않고 같이 달려와 주었던 아내가 움직일 수 없을 만큼 많이 아픕니다. 나는 서둘러 길을 떠날 준비를 합니다.

어느덧 아들 무덤을 서성이며 있는 자신을 발견합니다. 아! 이런 짜장면이 먹을 수 없을 정도로 얼어버렸습니다. 나는 허겁지겁 달려가 내 품에 안아 녹여내려 애를 씁니다. 아들이 먹을 만큼 따뜻하게 만들어야 하는데 이내 차가운 돌덩이가 되어 버립니다.

나는 맹세를 합니다. 내일은 식지 않은 뜨거운 김이 펄펄 나는 짜장면을 반드시 아들 무덤 앞에 바칠 것이라고….

그토록 먹고 싶어 했던 짜장면을 기어이 먹게 하고 말겠다는 맹세를 합니다. 나는 떨어지지 않는 발길을 억지로 떼어놓으며 다시 아내 있는 곳을 향합니다. 아들 무덤이 점점 멀어집니다. 아직도 세찬 바람 앞에 날아가 버릴 듯한 아픔을 느끼며 언제까지나 차창을 통해 아들을 바라봅니다. 다시는 보지 못할 것처럼 울컥하며 눈물이 쏟아집니다. 그러나 나는 아들을 볼 수 있는 내일이 있음에 감사의 눈물을 흘리며 아내를 향해 달려갑니다. 나는 아직도 우리 아들이 내가 다시 올 때까지 나를 목 빠지게 기다릴 것이라는 믿음을 바보처럼 믿고 있습니다.

나는 지금도 반드시 다시 살아 내게 달려올 것이라는 어리석은 믿음을 버리지 못한 채 언제까지나 아들 곁을 떠나지 못하고 있습니다. 나는 간절하게 기도합니다. 내가 병으로 아내보다 먼저 죽는 일 없이 죽을 때까지 건강하게 사랑하는 아내와 아들 곁을 지킬 수 있기를 기도합니다.

먼저 간 아들을 잊지 못하며 힘들어하고 있는 아내가 보란 듯 완쾌되는 기적이 있기를 기도합니다. 그래서 아내 손잡고 같이 아들 무덤에 올 수 있기를 기도합니다. 이룰 수는 없지만 꿈 속에서나마 아들과 아내와 그리고 내가 같이 웃으며 짜장면을 먹는 기쁨이 있기를 기도합니다.

나는 비록 아들을 떠나 보냈지만 나의 기도가 하늘에 울려 아들이 기쁘게 들을 수 있기를 기도합니다.

나의 기도가… 나의 간절함이 이루어지는 그 날을 손꼽으며 나는 지금 나를 기다리고 있을 아내를 향해 힘차게 앞으로 나아갑니다.

갑자기 짜장면을 먹고 싶은 강한 충동이 나를 더욱 재촉합니다.

식당 문이 닫히기 전에 어서 달려가 아내와 함께 짜장면을 먹는 기쁨을 누리고 싶습니다. 이런 나를 아들이 무척이나 좋아했으면 정말 좋겠습니다. 그랬으면 정말 좋겠습니다. 그랬으면 지금 당장 죽어도 여한이 없겠습니다.

나는 아직도 그 순간을 잊을 수 없습니다. 아니 죽어서도 결코 잊지 않을 것입니다. 눈만 감으면 떠올라 이것만은 말하지 않으려 했는데… 아들이 의식을 잃어가면서도 수술실로 들어가면서 "아빠! 사랑해!" 하면서 내 손을 꼬옥 쥐어주던 순간을 아직도 잊을 수 없습니다. 그 손 놓지 않아야 했는데 나는 그만 영원히 놓치고 말았습니다. 그때 사랑한다고 말했어야 했는데 우느라 아무 말도 하지 못했습니다.

지금이라도 만날 수만 있다면…

사랑한다 말하며 잡은 손을 영원히 놓치지 않을 것입니다. 지금 죽어 아들을 만날 수만 있다면 한 치의 미련도 남기지 않고 영원히 지금의 이곳을 떠나 아들 곁으로 가는 행복한 길을 택하겠습니다. 갑자기 바람이 나를 덮쳐 와 무덤 옆에 쓰러지게 합니다.

아! 그곳에서 나는 아들을 봅니다. 나를 일으켜 세워주며 웃고 있는 아들을 봅니다.

이제 내가 갈 때가 되었나봅니다.

어서! 나를 데려가거라! 아들아! 어서!

죽음을 각오하고
어머니 나라에 오는 당신에게

나는 프랑스에서 자랐습니다.

그러나 나는 한국 사람입니다. 키도 작고 얼굴도 까무잡잡하고 눈도 작아 영락없는 동양인으로 키 크고 코가 우뚝한 일반적인 프랑스인과는 확연히 차이가 난다는 것을 당신들도 알 것입니다. 어머니가 누군지도 모릅니다. 단지 나를 낳은 후 버렸다는 것과 다행히 프랑스로 입양되었다는 사실밖에 모릅니다. 천운으로 내 어렸을 적 이름이 김경식이라는 것만을 기억할 뿐입니다. 3살 때 프랑스로 입양되어 프랑스인으로 살아왔기 때문에 단 한마디의 한국말도 쓰지 않았으며, 청년이 되어 한국에 관심을 갖게 되면서 알게 된 한국말 몇마디가 전부입니다.

제가 살고 있는 프랑스는 모두가 가고 싶어하는 예술의 나라, 에펠탑이 있는 나라, 아름다운 센 강이 흐르는 나라로 알려져 지금도 관광객들의 발길이 끊이지 않는 나라입니다. 그러나 나는 프랑스에 살면서 철저히 이방인이었으며 지금도 프랑스에 사는 국민으로서의 어떤 자부심도 느낄 수 없었습니다.

낯선 곳에 버려진 알 수 없는 그리움만 심장에 안은 채 의미 없는 하루만을 보내기 일쑤였습니다. 그토록 공부에 열중했던 학창 시절을 보내고 사회에 나온 나와 어엿한 직장까지 갖게 되었지만 내 마음속에는 공허가 가득하였고, 그때마다 술을 대며 내 몸을 함부로 하였습니다.

점차 내 몸은 망가져갔고 결국은 병원으로부터 말기 암 진단을 받기에 이르렀습니다. 제대로 치료조차 받지 못했던 나는 암이 전이가 되면서 이제는 음식보다 더 많은 약을 먹지 않으면 하루도 버티지 못할 만큼의 상태까지 오게 되었습니다. 처음부터 혼자였던 내 삶이 원래 그랬듯 이제는 철저히 프랑스라는 나라에서도 짧은 생을 마감한다는 생각에 눈물이 앞을 가렸지만 이 세상에서 빨리 사라지는 편이 좋겠다는 생각에 차라리 잘 되었다고 체념하였습니다.

나는 처음부터 이 세상에 나오지 않았어야 했습니다. 스스로 목숨을 끊어 나를 낳은 어머니에 대한 복수라도 할 걸 그랬습니다. 벽안의 부모님이 나를 사랑으로 품어 주셨음에도 나는 왜 마음으로 부모님을 사랑할 수 없었는지 내 자신이 밉기만 합니다.

약에 의지하여 하루하루를 겨우 버티던 저는 짧지만 살아왔던 그동안의 삶의 흔적들을 정리하며 이제는 눈뜨지 않는 그날을 기다리며 하루하루를 힘겹게 버티며 눈물을 흘리고 맙니다. 철저히 나를 버린 나라 한국을 외면하던 나는 우연히 TV 프로그램에 소개된 프랑스에서 불고 있는 한류 열풍 관련 소식을 듣고 내 삶은 갑자기 달라지기 시작하였습니다.

순간 살아오면서 한 번도 느껴보지 못했던 나는 가슴속에서 강한 떨림과 뜨거운 무엇인가가 심장에서 터져 나옴을 느낄 수 있었습니다. 철저히 혼자였던 나는 화면에 나온 한국 가수들의 모습을 보며 강한 동질감에 사로잡혔습니다.

나는 한국 가수들의 모습을 보기 위해 아픈 몸을 이끌고 공연장으로 향했습니다. 나와 같은 피부의 그들이 자랑스러웠고 그들을 보며 나는 이곳 사람이 아닌 한국 사람임을 강하게 느낄 수 있었습니다. 그곳에서 나는 자랑스러운 한국인임을 느꼈으며, 한국인임을 누구에게나 자신있게 알리고 싶었습니다.

공연장에 있는 동안 섬광처럼 나의 옛날 일들이 뇌리를 스치며 생각났고, 그 모든 서러움과 한탄의 순간들을 잠시나마 잊는 순간이기도 했습니다. 어찌나 소리를 질렀는지 내 목소리는 이미 쉴 대로 쉬어 나오지 않았습니다. 흥분이 아직도 가시지 않고 있으며, 공연장에 있는 동안 내가 아프다는 사실조차 잊고 있었습니다. 아니 그 아픈 몸에서 어찌 그런 행복한 에너지가 나왔는지 나조차 놀랄 정도였습니다.

갑자기 한국이라는 나라에 가고 싶어졌습니다. 아니 죽어서도 만나기 싫었던 나를 낳아 나를 철저히 버린 어머니를 만나 따져 묻고 싶었습니다.

아니 그저 그리운 어머니 품에 안기기만 한다면 저 세상에 가서도 여한이 없다고 생각하였습니다.

왜 그런 생각이 들었는지 모르지만 어머니를 미치도록 찾고 싶어졌습니다.

설령 만나지 못해 한국이라는 나라에서 죽는다 할지라도 내 조국의 품에서 죽는다는 사실 하나만으로도 나는 기쁘게 죽을 수 있겠다는 생각을 하였습니다.

아주 어렸을 적 낯선 어머님 품에 안겨 자라면서 남들과는 차이가 많이 나 친구들과 잘 어울리지 못한 채 홀로 지낸 적이 많았고, 그때마다 설움이 복받쳐 남 보이지 않는 곳에서 눈물을 훔친 적이 한두 번이 아닙니다.

나는 아직도 그 끔찍했던 순간을 기억합니다.

초등학교 시절 친구들이 나에게 다가와 "너는 어느 나라에서 왔어? 분명 미개한 나라일 거야! 너희 나라로 가!"라며 같이 공부할 수 없다며 나를 밀어낸 일이었습니다.

나는 한마디도 하지 못하였습니다.

그들에게 당당하게 나는 프랑스 사람이고 프랑스 부모님이 있다는 사실조차 말하지 못하였습니다. 그 일이 있고 그들과 너무나 다른 내 모습을 매일 살펴보며 모든 것을 지워내고 싶었던 끔찍한 일이 있습니다.

같이 공부하는 그들은 같은 프랑스인이 아닌 나와는 완전히 다른 존재였으며, 낯선 곳에서 온 이방인이었던 것입니다. 그 일이 있고 난 후 나는 언제나 혼자였고 외로움을 강하게 견디며 절망적인 삶을 사는 것이 일상이 되었습니다.

그래도 힘을 낼 수 있었던 것은 나를 부모로 품어 주신 부모님의 끝없는 사랑이 있었기에 이 모든 것을 이겨낼 수 있었습니다. 그러나 여전히 나는 혼자라는 느낌을 버릴 수 없었으며, 가슴 속 깊은 곳에서 또 다른 누군가에게 사랑받고 싶다는 생각이 간절하였습니다. 그랬나 봅니다. 내 오랜 방황이 그토록 보기 싫었던 아니 생각조차 하기 싫었던 한국이라는 나라와 그래도 나를 낳아주신 어머니를 찾아야 한다는 생각을 하게 하느라 나를 그토록 힘들게 하였나 봅니다.

그 날 이후 한국을 가기 위한 나의 준비는 시작되었고, 아픈 몸이지만 돈을 모으기 시작했습니다. 지금도 먹는 약과 치료에 많은 돈을 써 벌어놓은 돈은 없었지만 한국에 가는 비용만큼은 누구에게도 신세를 지고 싶지 않았습니다. 나를 길러주신 부모님께서는 한국 가서 죽을지도 모른다는 불안함에 나를 눈물로 말리셨지만 나의 고집을 막을 수는 없었습니다. 담당 의사마저 병든 몸으로 그 먼 길을 간다는 것은 안 된다며 강력히 말렸지만 나는 눈물로 애원하였습니다. 결국 어느 때보다 많은 양의 약 처방을 해주시며 제발 살아오기만은 기원하였습니다.

죽을지도 모른다는 공포가 엄습하였지만 그깟 죽음은 한국 가는 일보다 가벼운 일이었습니다. 다시는 돌아올지도 모른다는 것을 알고 있었지만 그깟 죽음 따위는 나를 낳아주신 어머니 만나는 일보다는 가벼운 일이었습니다.

나는 지금 오랜 시간의 비행을 거친 끝에 도착한 한국에 있습니다.

몇 번이고 약을 먹으며 정신이 몽롱한 상태를 벗어나려 애쓰고 있습니다. 그러나 점점 내 몸이 안좋아짐을 온몸으로 느끼며 내 살 날이 얼마 남지 않았음을 직감하고 있습니다.

그러나 나는 어느 때보다 행복합니다. 그것은 내 나라에 온 때문입니다. 아니 어머니를 만날 수 있다는 실낱같은 희망도 있으니 누구보다 행복합니다. 갑자기 왜 이렇게 자꾸 눈물이 나는지 모르겠습니다.

제가 마시고 있는 공기 때문인지, 제가 보고 있는 수많은 사람들과 건물 때문인지, 제가 딛고 있는 땅 때문인지 모르지만 주체할 수 없는 눈물이 나는 이유를 나는 알 수 없습니다. 내가 죽기 전에 어서 서둘러 꿈에도 그리던 어머니 찾으러 가야겠습니다.

혹 서둘다 먹는 것 까먹을까 두려워 한 가방 가득 들어있는 약을 다시 소중히 살펴보며 나는 서둘러 그 자리를 떠나갑니다.

아! 어머니! 나를 반겨주세요! 어머니! 이제는 미워하지 않을께요! 어머니!

나는 당신을 이해할 수 없습니다. 어릴 때 버려져 타국 멀리 계시다가 말기 암으로 하루라도 치료를 거르면 죽을 수도 있는 당신이 어째서 이 한국 땅에 오셨는지 나는 이해할 수 없습니다.

하루에도 수십알씩 약을 먹지 않으면 고통으로 견딜 수 없는 당신이 당장 죽을 수도 있는 먼 길을 왜 오셨는지 나는 도대체 이해할 수 없습니다.

당신을 낳고도 부모이길 포기하고 당신을 버린 어머니를 찾기 위해 온 미련하고 바보 같은 당신을 나는 아직도 이해할 수 없습니다.

당신을 버린 좋아할 것 하나 없는 이 나라에 그 귀한 몸 마다 않고 마지막 힘을 다하여 오신 당신이여!

그렇게도 한국을 잊지 못하였습니까.

이 부끄럽고 차마 당신을 보기에도 너무 미안한 한국 땅이 뭐가 좋다고 죽음을 각오하고 마지막을 버리려 하십니까.

당신을 버린 조국, 한국을 나무라고 별해도 당신을 아무도 미워하지 않습니다. 한국에서 제대로 살 권리조차 빼앗긴 채 다른 나라로 버려진 당신이 한국을 뼛속까지 잊어도 아무도 당신을 뭐라 하지 않습니다. 새로 맞이한 벽안의 부모님들을 친부모님으로 다가가 안을 수 없었던 것입니까.

나는 당신의 마지막 남은 생이라도 당신이 어릴 때부터 자란 아름답고 사람다운 그곳에서 행복한 마음으로 마무리하기를 소망합니다.

척박하고 모진 풍파 가득한 한국보다 더 풍족한 삶이 보장되어 있고 아름다운 나라에도 당신은 만족하지 못하였습니까.

무엇이 당신을 한국으로 오게 하였습니까.

당신이 그토록 만나기를 소원하는 어머니가 아직 살아 계시다는 보장이 있습니까. 설령 살아 계시다 해도 당신을 미안함의 눈물로 맞아주실 것이라는 보장이 있습니까. 당신을 더 아프게 한 건, 당신을 죽음의 고통으로 몰고 간 건, 아마 당신을 버린 어머니, 아니 조국입니다.

당신이 누려야 할 행복을 이제는 찾아야 하는데 얼마 안 있으면 생을 마감한다니 이게 될 말입니까. 당신은 우리 조국이 아닌 이국의 땅에서 우리보다 더 복되고 잘 살아 주어야 합니다.

보란 듯이 건강하게 일어나 남부럽지 않은 삶으로 우리를 지금보다 더욱 부끄럽게 만들어야 합니다.

아! 안타깝고 정말 미안합니다.

당신에게 해 줄 수 있는 것이 아무것도 없어 정말 미안합니다.

내가 당신을 대신하여 인간으로서는 해서는 못할 짓을 했다고 무릎 꿇고 용서를 빕니다. 언제나 혼자였을, 언제나 이방인일 수밖에 없었을 당신이 길러준 정보다 낳아준 정이 더욱 그리웠던 당신이 선택할 수 있는 것은 어머니 나라를 찾는 일이었다는 것을 나는 잘 압니다.

그렇지만 왜입니까.

당신의 마지막 선택이 당신을 버린 어머니여야 했습니까.

당신을 버린 어머니가 미치도록 원망스럽지 않습니까.

당신을 버리도록 만든 한국이 당신에게 영원히 지울 수 없는 상처를 주었는데도 죽음을 각오하고 이 땅에 오신 이유가 무엇입니까.

당신을 버린 어머니를 영원히 찾지 못하고 당신 목숨마저 잃는 것을 나는 원하지 않습니다.

제발 당신의 옥체를 보전하소서.

혹시나 있을지도 모르는 천만분의 일의 기적을 얻어 다시 새생명의 탄생의 기쁨을 누리소서.

우리 한국을 잊고 어서 당신을 사람으로 인정해주고 받아준 그래서 어린 시절부터 자라온 너무나 자랑스러운 나라에 돌아가 치료에 진력을 다하십시오.

당신이 그토록 찾고자 하는 어머니는 이 땅에 이미 없을지도 모릅니다.

아니 당신을 볼 수 있는 자격조차 없어 당신을 만나고 싶어 하지 않을지도 모릅니다.

나는 당신이 또 다른 상처를 받지 않기를 간절히 기도합니다.

아직도 자신이 낳은 자식을 버리고 자기만 살려고 천륜을 저버리는 일이 자행되는 이 땅을 잊고 부디 당신을 더 사랑하고 당신을 받아준 다른 조국을 위해 마지막 불꽃 같은 삶을 부디 사시옵소서.

제발 몸이 약한 당신이여!

제발 아직도 당신을 낳아준 어머니를 보겠다는 일념으로 죽기를 각오하고 이 슬픔의 땅을 찾은 그대여!

자신의 목숨보다 당신을 버린 어머니를 진정으로 이해하고 용서한 하늘같은 그대여!

제발 옥체를 보존하옵소서! 누구보다 사랑을 받아야 할 그대여!

내가 다시
살아나갈 수 있을까

어느 날 내게 찾아온 불행은 나의 삶을 송두리째 앗아갔습니다.

학교에서 공부하다 정신을 잃고 쓰러져 급하게 병원에 실려 온 나는 의사 선생님으로부터 청천벽력의 말을 들었습니다. 몇 날 며칠을 헤매다 겨우 깨어난 나는 곧 나갈 수 있으리라는 희망을 가지며 병원에서의 무료한 생활을 견뎠습니다. 그러나 증세는 날로 나빠져 갔고, 결국 위급해진 상황이 계속된 후 중환자실로 옮겨져 일촉즉발의 상황에 대비해야 하는 처지가 되었습니다. 하루에도 몇 번씩 혼수상태에 빠져 이제 한 치 앞도 알 수 없는 나쁜 상황으로 나아갔습니다. 의사 선생님께서 100만 명 중의 한 명도 있을까 말까 한 희귀병에 걸렸다는 것입니다.

다른 사람으로부터 장기 이식도 불가능한 불치의 병에 걸려 짧으면 6개월, 길어야 1년을 넘기지 못한다는 것입니다. 끔찍하고 생각하기도 싫은 현실 앞에서 나는 울부짖으며 나를 살려 달라 애원했습니다. 나는 어머니를 향해 상처 주는 말을 하고 말았습니다. 아니 해서는 안 되는 말을 하고 말았습니다.

"이러려고 나를 낳았어? 왜 낳은 거야? 서로 좋아하면 그걸로 끝났어야지 무책임하게 나를 낳았어? 다 필요 없어! 그러니 나가줘!"

어머니께서는 나에게 할 말도 하지 못하고 그저 눈물 흘리며, 가슴으로 안으며 달래주었지만 나는 이미 제정신이 아니었습니다. 남들과 같은 삶을 살지 못한다는 몹쓸 현실은 나를 전혀 다른 사람으로 만들었고 모두를 지치게 하는 못된 망나니로 변하게 하였습니다. 나는 한동안 세상에 대한 지독한 원망으로 하루하루를 저주했습니다. 나를 낳아주신 부모님께도 차마 듣기조차 민망한 독설을 퍼부어댔습니다.

나는 세상을 용서할 수 없었으며, 내 삶에 덧씌워진 운명을 차라리 거부하고 이 세상을 끝장내고 싶었습니다. 그러고도 한참을 나는 현실을 받아들이지 않은 채 세상과 차가운 벽을 쌓아갔습니다.

그런 이후에도 수술을 몇 번이나 했는지 모릅니다. 나는 삶과 죽음을 여러 번 넘나들었습니다. 그럴 때마다 나는 지금 살아있음에 감사하기도 했으며, 구차하게 살아있는 것에 대한 끝없는 원망을 하며 어서 생을 마감했으면 하는 생각을 하며 나는 피울음을 흘렸습니다. 이 세상에 잘못된 사람은 오직 나뿐이었으며, 나의 이 끔찍한 불행은 남들이 내 행복을 빼앗아간 탓으로 돌렸습니다. 지독한 이기심과 나쁜 마음으로 내 몸 안은 가득 차 있었습니다. 더 살아보려는 노력도 하지 않은 채 자꾸만 절망으로 나를 스스로 내치고 있었습니다.

오늘도 장시간의 수술을 마치고 중환자실에 누워있습니다. 나를 그토록 살리려 애쓰시는 의사 선생님의 고마움도 모르고 나는 오늘도 나를 살려낸 의사 선생님께 짜증을 내며 외면하고 말았습니다. 그래도 어머님만이 온갖 짜증을 다 받아내며 나를 지켜주셨고 나 몰래 울음을 삼키셨습니다. 시도 때도 없이 고통이 밀려올 때마다 나는 울부짖었고 다시는 찾지 않을 듯하던 어머님을 찾았습니다.

그럴 때마다 어머님은 내 손을 잡아 주셨고 말없이 안아주셨습니다. 나를 위해 해 줄 수 있는 것이 아무것도 없던 어머님께서는 차라리 그 고통이 당신에게 와야 했었다는 참으로 가슴 아픈 말씀까지 하셨습니다.

그 소리를 듣고 나는 깊이 반성했습니다.

아픈 나보다 더욱 아팠을 어머님의 마음을 헤아리지 못한 내가 무척이나 원망스러웠습니다. 어머님과 한참을 부둥켜안고 울었습니다. 의사 선생님께도 진심으로 용서를 구하며 분명 다시 살아난다는 불가능한 약속을 불쑥 해버리고 말았습니다. 의사 선생님께서는 최악의 상황은 넘겼으니 좀 더 힘을 내라고 하는 말에 나는 왈칵 울음이 쏟아졌습니다.

지푸라기라도 잡는 심정으로 의사 선생님께 매달렸습니다. 반드시 살아나가고 싶다고 말입니다. 의사 선생님의 말씀대로 모두 다 할 테니 제발 나을 수 있게만 해달라고 매달렸습니다. 의사 선생님은 말없이 내 야윈 손을 꼬옥 잡아 주시며 고개를 끄덕이셨습니다. 나는 지금도 하루에 몇 번씩 정신을 잃고 맙니다.

희미하게 정신이 들 때마다 어머님의 나를 소리쳐 부르며 깨웁니다.

그때마다 나는 저 세상으로 가지 못하고 어머님의 손을 잡고 나오

곧 합니다.

아직도 나는 살아있습니다.

그러나 나는 오래 눈을 뜨지 못하고 그만 또 정신을 잃고 맙니다.

언제까지 내 삶이 이어질지 나는 모릅니다. 오늘로 생을 마감할지도 모르는 일입니다. 사는 날까지 최선을 다하고 내 삶의 흔적들을 많이 남겨 놓아야 하는데 내 현재의 삶은 전혀 그렇지 못했습니다. 무언가 남겨 놓아야 할 것이 많아야 할 텐데 그렇지 못하니 난감합니다. 아직도 하지 못한 일이 너무나 많은데 나는 해놓은 일이 하나도 없습니다.

부끄럽다는 생각이 내 머리를 스칩니다. 그동안 열심히 살지 못한 자신을 한없이 반성하고 또 반성했습니다.

건강해서 행복했던 순간들이 주마등처럼 스쳐갑니다.

시간을 되돌려 행복했던 시절로 돌아갈 수만 있다면 나의 모두를 여러분에게 드리고 싶습니다. 건강하게 살아있음이 내게 그렇게나 큰 사치였는데 그것을 고마워하지도 않은 나 자신이 너무나 이기적이었습니다.

지금이라도 건강하게 살아 남들과 어울려 같이 살아갈 수 있다면 너무나 좋으련만 나는 지금 그러지 못함에 다시 한 번 눈물을 쏟고 맙니다.

그들과 웃으며 같이 지내던 아주 사소한 일들이 어느새 내 가슴을 찢어 놓고 갑니다. 혼자임이, 나 혼자 버려졌다는 느낌을 새롭게 일깨우며, 어서 과거로 되돌아가고픈 헛된 꿈에 나는 절망하고 또 절망합니다.

아! 나는 살고 싶습니다.

그들 곁에 내가 다시 다가가고 싶습니다. 내가 건강하게 살아있다는 평범한 행복을 온 몸으로 느끼며 그들과 웃고 떠들고 싶습니다.

지금 내게 간절한 소망이 있다면 내 병이 기적적으로 나아 내 발로 병원을 나서는 일입니다. 그렇게만 된다면 나는 더이상의 욕심은 내지 않겠습니다.

그저 아름다운 꽃을 보는 것만으로도 나는 족합니다.

그저 사람들의 모습만 보는 것이면 족합니다.

그저 나를 스치고 지나가는 새털처럼 가벼운 바람을 느끼고 싶습니다.

친구들과 손잡고 끝없이 펼쳐진 나무 숲속 길을 걷는 것만으로도 족합니다. 그저 모든 것을 온몸으로 느끼며, 살아있음에 감사하고 또 감사하겠습니다. 반드시 살아 내가 이 세상에 나온 이유를 모두에게 크게 알리고 기쁘게 놀래주고 싶습니다.

나는 살고 싶습니다. 다시 살아 이전보다 더 열심히 감사하며 살겠습니다.

지금은 나를 보러 오는 친구들도 볼 수 없습니다. 친구들이 너무 보고 싶은데 그동안 어떤 일이 있었는지 너무나 듣고 싶은데 그럴 수 없음에 눈물만 납니다. 친구들에게 좀 더 잘해주지 못한 아쉬움만 남아 있습니다.

내 친구 영진이는 아직도 나를 친구로 생각하고 있는지 많이 걱정되나 내가 나을 때까지는 이런 모습을 추호도 보여주고 싶지 않습니다.

"영진아! 나를 기억이나 하고 있니? 보고 싶어! 영진아! 한 번이라도 나를 보러 와주면 안 되겠니? 안돼! 이런 모습 보이기 싫어. 나중에! 흑흑!"

지금 나에게는 그 누구도 옆에 없습니다.

혼자 중환자실에 홀로 남아있는 나 자신이 죽도록 싫습니다.

나를 그렇게나 예뻐해 주셨던 담임선생님을 뵙고 위로받고 싶은데 그럴 수 없음에 나는 또 눈물이 납니다.

"담임 선생님! 저 창길이에요! 저 죽기 전에 빨리 보고 싶어요. 지금 그럴 수가 없어 눈물만 흘립니다. 저 창길이 목소리 들리시나요. 선생님!"

내 몸이 약해질수록 왜 그렇게 눈물이 나는지 내 눈은 항상 통통 부어 있습니다. 그럴수록 내가 강하게 견뎌내야 하는데 내 의지와는 관계없이 내 몸은 야윈 채 겨우 병상 침대에 무거운 몸을 기대고 있을 뿐입니다.

지금 내가 누워있는 중환자실로 너머로 어머님의 모습이 보입니다.

의식이 왔다 갔다 하는 상황에서 나를 좀 전에 봤음에도 떠나지 못하고 나를 보고 계십니다.

눈을 뜨려하나 어머님의 가여운 모습을 볼까 두려워 눈을 감고 있습니다. 또 눈물이 흘러내립니다. 단지 내가 할 수 있는 일이란 의식이 돌아올 때마다 살아있음에 감사하며 서러움에 눈물만 흘리는 일입니다. 나와 같이 누워있는 다른 환자들의 모습도 보입니다.

그들에게서도 보이지 않는 눈물이 내게 보입니다. 애써 나보다 더한 환자도 있는데 이깟 어려움 잘 견뎌 반드시 나아갈 의지를 강하게 가져봅니다.

그들 모두와 내가 다시 살아 나갈 수만 있다면 너무 좋을 텐데 그럴 가능성이 희박하다는 사실이 나를 더욱 슬프게 합니다. 그렇게 힘든 하루가 흘러가고 또 흘러가고 있습니다.

아! 나는 살고 싶습니다.

오래도록 건강하게 살아 하루라도 의미있는 삶을 살고 싶습니다.

나를 있게 한 많은 분들께 큰 절 올리며 작은 행복을 영원히 나누고 싶습니다. 그동안 하지 못했던 공부를 미친 듯이 하고 싶습니다. 보란 듯이 나를 드러내 나를 필요로 하는 곳이 너무나 많아 행복한 고민을 하는 나를 만들어나가고 싶습니다. 내가 다시 살아나갈 날이 올 수 있을까요.

건강한 몸으로 학교에 나가 공부하게 되는 기쁨의 그날이 올 수 있을까요. 불가능하지만 그래도 놀라운 기적의 희망의 끈을 나는 결코 놓지 않을 것입니다.

아! 다시 물밀 듯이 고통이 밀려옵니다. 눈을 감지 않으려 하나 자꾸 눈이 감깁니다. 순간 나는 눈을 감는 잠시잠깐의 실수가 내 목숨을 영원히 끝나게 해버릴지도 모른다는 두려움에 떨며 눈을 감지 않으려 야윈 내 손을 침대에 의지하여 자꾸만 흔들어 봅니다. 나는 더욱 힘을 내 눈을 뜨려하지만 어디론가 자꾸 들어가고 마는 무서운 꿈에 진저리를 치고 맙니다. 이미 내 의지는 멀리 사라진 지 오래이고 내 의식도 점차 희미해져만 갑니다.

이제는 살고 싶다는 욕망도 이미 끊어져 이대로 사라지고 싶다는 부모님께 천벌 받을 생각이 나를 소스라치게 합니다.

아! 내가 다시 살아 병원을 나가게 될 그날이 과연 내게 올까요.

그날이 온다면 나는 새로운 주어진 삶에 너무 감사하며 하루하루를 정말 뜻 깊게 살 자신이 있는데….

과연 그 날이 내게 다시 올 수 있을까요. 나는 바보같이 터져 나오는 눈물을 참아내며 아직도 내게 먼 기적 같은 일이 반드시 오리라는 믿음을 가져봅니다.

제발! 나에게 세상에 내 힘찬 삶을 자신 있게 보여줄 기회를 다시 한번 주세요. 제발 이 지옥 같은 중환자실에서 나가 친구들과 같이 공부하고 싶습니다.

누구보다 열심히 할 자신이 있다고 말씀드리고 싶습니다.

열심히 살려고 결심한 하느님도 무심하시지 나를 어떻게 이렇게 무참하게 짓밟고 갈 수 있습니까?

하느님이여!

내가 치료를 끝내고 완치되어 다시 살아나갈 수 있는 기적은 다시는 오지 않는 것인가요.

나를 꺼내주세요! 어머님! 아! 제발 지옥 같은 이 곳에서 나를 건강하게 나가게 해주세요.

나를 바라보며 작은 가게 하나 붙잡고 살아오신 불쌍한 우리 부모님의 희망이 되게 해주세요.

내가 그토록 좋아하던 피자 먹고 싶어요! 너무 많이 먹으면 안 된다는 콜라도 마음껏 먹고 싶어요!

어제보다 덜 아프고 싶어요! 이제 더이상 수술은 하고 싶지 않아요!

나는 쉽게 죽기 싫어요!

나는 아직도 할 일이 많은데 그리고 누구보다 잘할 수 있는데 이런 나를 없애버리려 한다는 것은 중대한 반칙입니다.

살려주세요! 나를 이 땅에 나오게 해주신 하느님이시여!

나는 지금 중환자실에 누워있는 아들을 보고 있습니다.

끝이 언제일지 아무도 모릅니다.

눈물로 밤을 지샌 날이 얼마인지 셀 수 없이 많습니다.

혹시나 우리 아들이 영원히 깨지 않을까 두려워 중환자실 부근을 떠나지 못하고 있습니다. 내 몸의 힘듦보다 더 무서운 건 아들의 병세가 악화되는 것입니다.

제발 아무 일이 없어야 하는데, 어제는 아들이 혼수 상태에서 깨어나 곁에 있는 나를 보고 씩 웃고는 "나 쉽게 죽지 않을거야. 엄마가 있는데 내가 죽긴 왜 죽어! 언제나 내 곁에 있어줄 거지?"하는 겁니다.

지쳐 힘들어 이제는 다 포기할 법하건만 걱정하는 나를 비웃기라도 하듯 나를 향해 강하게 이야기하는 겁니다. 순간 눈물이 났지만 모처럼 기력을 찾은 아들이 실망할까 두려워 애써 얼굴을 외면하고 맙니다.

우리 아들이 이런 아들입니다. 결코 쓰러지지 않을 것입니다. 반드시 일어날 것입니다. 기적이 아닌 스스로의 강한 의지로 힘든 시기를 견뎌낼 것입니다.

누가 우리 아들이 죽는다 했습니까.

절대 그럴 일은 없을 것입니다. 절대….

지쳐 잠들어 있다 꿈 속에서 아들 부르는 소리에 이제 끝장이구나 하며 소스라치게 놀란 나는 중환자실에 죽은 것처럼 누워있는 아들을 눈물 속에 바라봅니다. 끝없는 눈물이 내 얼굴을 덮고 있으나 나는 알지 못하고 아들만 마음속으로 소리쳐 부릅니다.

내가 전생에 큰 잘못을 한 것이 분명합니다. 지금이라도 그 잘못을 다 뇌우치고 반성하오니 가엾은 우리 아들 제발 살려주세요.

내가 아들 대신에 누워있겠습니다.

드라마 속 상황처럼 제발 그리될 수 있다면 죽음도 각오하겠습니다.

나는 그동안 많이 살았습니다.

죄 짓는 것 없이 착하게 남에게 베풀지는 않았어도 이웃에게 피해 주지 않고 열심히 살았습니다. 지금의 시련은 건강하지 못한 내가 견디기 어렵습니다. 나는 상상하기 싫지만 아들 없는 세상에서 살 이유가 없습니다.

나는 아직도 의사 선생님의 말을 진리처럼 믿고 있습니다. 임상 단계이고 구하기 어렵지만 치료약이 있다는 사실을! 그 약이 빨리 국제적으로 인정받고 우리나라에 빨리 들어오기만을…. 기도합니다.

위급했던 며칠이 지난 후 의사 선생님께서 급히 나를 찾는다는 연락이 왔습니다! 찾으시면 대개 위급한 경우인데…. 큰일이 났나봅니다.

벌써부터 눈물이 쏟아집니다. 제발 아무일 없기를 바라면서 의사 선생님을 급하게 찾아갑니다. 저를 보자마자 의사 선생님께서 웃으며 말씀하십니다.

"어머님의 기도가 하늘에 통한 모양입니다!

기뻐하세요!

치료할 약이 우리나라에 들어왔습니다!

좋아질 거라고 확신합니다."

나는 너무 기뻐 쓰러질 뻔했습니다.

잘 못 들은 줄 알았습니다. 귀에서 이상한 소리가 계속 납니다.

나는 환청인 줄 알았습니다. 이렇게 고마울 데가 있을까요.

우리 아들이 있는 곳으로 가야겠습니다.

나를 그토록 기다리는 우리 아들이 있는 곳으로 가야겠습니다.

이 기쁜 소식을 아들이 안다면 어떤 반응을 보일까 궁금해하며 나는 서둘러 우리 아들 있는 곳, 중환자실로 달려갑니다.

아들아! 이제 이곳에서 나갈 수가 있게 되었구나.

이런 꿈같은 일이 우리에게도 일어나는구나. 아들아! 내가 목숨처럼 여기는 사랑하는 내 아들아!

지금 단지
내가 바라는 건

　지금 내가 단지 바라는 건

　나를 거쳐 간 수많은 아이들이 자랑스러운 조국인 대한민국 땅에서 힘차게 자기 몫을 하는 것을 보는 것입니다. 그들은 이미 나로부터 멀리 떨어져 나가 까마득히 먼 곳에 있습니다. 내가 닿을 수 없는, 가까이 하기엔 이미 먼 제자였을 당시의 사람이 아닌 전혀 다른 사람이 된 후에도, 내가 그들과 한 교실에서 같이 호흡하며 지낸 많은 날들의 즐거웠던 소중한 경험들이 아주 작은 미세한 먼지의 힘이라도 되어 이 험한 세상 살아가는 데 있어 그들에게 용기가 되고 도움이 되었다면 나는 더이상 바라지 않습니다.

　나는 그러하지 못하였지만 그들만은 자신의 뜻을 펼치고 거침없이 살았으면 하는 간절한 바람만 가슴에 안고 오늘도 미련없이 그들을 떠나보내는 삶에 그저 만족하는 삶을 살며 지금의 아이들과 같이 있는 행복을 누리고 있습니다.

　내가 그들에게 해 준 말보다 몇천 배나 가치 있는 그들 스스로 터득한 그들만의 언어와 생각으로 자신보다 남을 위해 따뜻한 위로를 남겨 줄 수 있기를 나는 간절히 바랍니다.

나를 따르는 것을 기뻐하기보다 나를 뛰어 넘어 새로운 세계를 향해 나아가는 용기를 더욱 자랑스러워할 수 있기를 기도합니다.

지금 이 세상에서 자신이 가치 있는 존재로 태어난 것에 대해 자랑스러움을 느끼며 자신의 작은 힘이나마 행복하게 바꿀 수 있는 세상임을 알게 되기를 진심으로 바랍니다. 현재의 어떠한 상황에도 쉽게 좌절하지 않고 어려움을 슬기롭게 극복하며, 오늘도 변함없이 할 수 있다는 자신감으로 앞으로 나아가길 기대합니다.

그래서 먼 미래에서나마 그들이 세상을 바꾸는 밀알이 되어 지금보다 좀 더 나은 삶을 향해 거침없이 살아가고 있음을, 또한 나보다 더 행복하게 잘 살고 있음을 부러워할 수 있기를 기쁘게 상상할 수 있기를 다시 한 번 기대해 봅니다.

지금 내가 단지 바라는 건

이미 돌아가신 어머님께서 이승에서의 고생보다 더한 행복을 천국에서 찾을 수 있기를 소원하는 것입니다.

나는 아직도 믿고 있습니다.

어디 먼 곳 가시지 않고 지금도 가까운 곳에 계시며, 한없이 부족한 나를 계속 지켜주실 것이며, 아이들을 위한 무명교사의 삶을 끝없이 응원해주실 것임을 나는 아직도 강하게 믿고 있습니다.

아이들의 걱정을 뒤로한 채 단지 내일의 건강을 걱정하며 오늘도 별 탈 없기를 바라는 이 나약한 나를 보기 좋게 꾸짖으며 나를 따라오라 멋지게 호령하시는 어머님의 자랑스러운 모습을 계속해서

꿈속에서도 뵙고 싶습니다. 어머니!

　내가 흔들릴 때마다 강하게 붙들어주셨던 어머님이 내게 주셨던 하늘 같은 사랑을 이 세상에서 다 갚을 때까지 돌아가신 후에도 마치 살아계신 것처럼 지켜봐 주실 것이라는 것을 나는 아직도 강하게 믿고 있습니다.

　살아 계심에 흘러내렸던 기쁨의 눈물을 죽을 때까지 잊지 않을 것이며, 어머니 돌아가시기 전에 만졌던 어머니의 거친 손길의 따스함을 내 무덤까지 갖고 갈 것입니다.

　살아생전 보내드린 돈을 한 푼도 쓰지 않고 그대로 모았다가 내 손에 꼬옥 쥐어주시며 "너의 피 같은 돈을 어찌 쓰느냐!"며 모두 내어 주셨던 어머님의 하늘보다 따뜻한 거친 손을 생각하며 단 한 번만이라도 어머니의 하늘보다 높고 바다보다 깊은 어머님의 품에 한없이 안기고 싶습니다.

　지금 소망이 있다면 그리고 내가 단지 바라는 것이 있다면 꿈에서나마 어머니의 웃는 모습을 보고 싶습니다.

　꿈에도 잊지 못하는 어머님의 거친 손과 주름진 얼굴을 언제까지나 내 심장 속에 간직하며 죽을 때까지 잊지 않을 것입니다.

　어머니!

　사랑하는 어머니! 보고 싶습니다!

　지금 내가 단지 바라는 건

　사랑하는 가족들이 지금처럼 더욱 서로를 사랑해, 서로에게 기쁨이 되고 서로에게 든든한 힘이 되었으면 한다는 것입니다. 어려움은 같이 나누어 해결하고, 기쁜 일에는 자기 일처럼 즐거워하는 웃음이 끊이지 않는 가족이 되었으면 합니다. 고집이 많은 가장으로서 부족한 많은 것들을 사랑하는 가족들이 메워주며, 가장으로서 크게 소리 내지 않고 가족들의 부족함을 채워줌으로써 말하지 않아도 마음으로 하나 되는 든든한 가족이 되었으면 합니다.

자기만을 내세우지 않으며, 가족들을 먼저 생각하고, 이웃과 정겨운 인사를 나누며 행복한 일상을 이웃과 나누는 가족이 되었으면 합니다.

앞으로도 단지 사랑하는 가족들이 크게 아프지 않고 건강을 유지하며, 정갈하게 차려진 맛있는 음식을 같이 먹고, 서로에게 좋은 꿈 꾸기를 바라며 같이 잠자고, 같이 마음 나누며 즐거움을 같이 하는 기쁨을 누렸으면 합니다.

내 사랑하는 아내가 나와 같이 있는 것에 진정 행복함을 느끼며 사랑하는 마음이 죽는 날까지 오래 남아 서로에게 기대며 남은 생을 즐겁게 계획할 수 있었으면 합니다.

나의 사랑하는 두 딸들이 크게 드러나지 않아도, 크게 벌지 못해도, 각자의 영역에서 능력에 맞는 일을 찾아 하는 일에 긍지를 느끼며 떳떳하게 살아갈 수 있었으면 합니다.

두 딸들이 평범하지만 행복한 가정을 꾸리고, 큰 것에 욕심내지 않고 작은 것에도 만족하며 서로를 마주보며 어려움을 슬기롭게 헤쳐 나아간다면 나는 바랄 것이 없습니다.

걱정스런 일이 생겨나지 않는 하루를 꿈꾸며 같이 있는 것을 행복으로 여기는 지극히 평범한 가족을 지금도 바라고 바랍니다.

지금 내가 단지 바라는 건

담임을 맡은 이후로 하루도 빠짐없이 나를 힘들게 하며, 마음 고생의 늪에서 헤어 나오지 못하는 고통을 안겨주고 있는, 오늘도 나오지 않는 우리 반 아이가 내일은 아무렇지 않은 듯 나와 앞으로 열심히 하겠다는 말만이라도 해주었으면 하는 것입니다.

그 아이가 오늘도 내 속을 까맣게 태울지라도 그럴 때마다 내게 맡겨진 교사의 숙명임을 알고 이 녀석 만난 것도 천생의 연분이라 생각하며 기다리고 또 기다릴 것입니다.

한 번 담임은 영원한 담임이며, 한 번 제자는 영원한 제자임을 믿으며 끝없이 속는 한이 있어도 애타는 부모의 심정으로 기다릴 것입니다.

많이 어리석다는 것도 압니다. 그래도 어떡합니까.

아이들 덕에 내가 존재하니 아이들 위해 어떤 일이라도 해야지요.

부모님의 자식이기도 하지만 이미 내 자식인걸요. 그 아이가 나를 버릴 때까지 사랑으로 끌어안고 가야죠. 끝없는 기다림의 연속이지만 망부석만큼이야 하겠습니까.

아! 그런데 언제까지 끌어안아야 할 지 정말 고민입니다.

애타는 나의 마음을 이 녀석은 알기나 하는지….

그래도 내일 나와 주기라도 한다면 다시 한 번 사랑을 가득 담아 받아줄 생각입니다.

아! 바뀌었습니다.

지금 단지 내가 바라는 것이 있다면

내일이라도 나와 주기만 한다면 그 녀석을 갈비뼈가 부러지지 않을 정도로 으스러지도록 안아줌으로써 다시는 내 품속에서 나가지 않게 하는 일입니다. 그 녀석이 과연 내일 나와 줄까요. 아무 일 없던 것처럼 멋쩍은 웃음 날리며 나에게 스스럼없이 다가와 줄까요.

지금 내가 단지 바라는 건
아직도 단지 교사임이 가슴 벅차 오직 아이들만 바라만 보고도 힘을 낼 수 있기를 바라는 마음뿐입니다.

30년 경력이 넘은 지금 아이들 앞에서 자꾸 나약해지는 나 자신을 바라보며 끝까지 초심을 잃지 않으며 앞으로 나아갈 수 있을지를 의심할 때가 한 두 번이 아닙니다.

이전보다 목 쉼이 더할 때마다 이전 강한 목소리로 아이들을 휘어잡으려던 기개는 어디론가 사라진 것을 느끼며, 이제는 아이들 앞에 감히 선다는 것이 두렵기만 할 때마다 이제는 그만두라는 하늘의 준엄한 명령을 받을 까 두려운 적이 한 두 번이 아닙니다.

그러나 나는 기력이 다하여 더이상 학생들 앞에 설 수 없을 때까지 가르침의 소명을 다하고 싶습니다.

교사는 모름지기 오늘도 어제와는 별반 다를 게 없는 힘든 하루를 시작하면서도 지금보다 나은 내일을 생각하며 나보다 더 힘을 내는 아이들을 위해서도 약한 모습 보여서는 안 된다는 것을 잘 알고 있습니다.

가난을 처음부터 안고 사는 아이들, 갑작스러운 사업 부도로 있던 집마저 내놓고도 모자라 빚에 쫓기는 절망밖에 없는 새로운 삶을 살고 있는 아이들, 부모와의 불화로 집에 들어가는 것이 지옥보다 싫은 아이들, 학교 생활에 적응하지 못하면서도 부모의 기대에 의해 오늘도 학교에 내몰리고 있는 수많은 이 땅의 아이들을 보아 오면서 이제는 그들의 삶 속에 들어가지는 못해도 그들의 아픈 상처를 조금이라도 보듬어주고 그들이 새로운 용기와 희망을 가지고 살아갈 수 있도록 하는데 최선을 다해야 함도 너무나 잘 알고 있습니다.

내가 하여야 할 일이 분명해졌습니다. 그들에게 조금이라도 힘이 되기 위해서는 내가 강해야 하고 내가 먼저 그들을 위해 할 수 있는 일을 찾아야 한다는 것입니다.

단순히 가르치는 것에서 만족하는 것이 아니라 가난과 절망 속에 있는 그들을, 슬픔에 휘둘려 삶의 희망마저 놓아버릴 위험이 있는 그들에게 마음의 위로가 되고 끝없이 격려함으로써 그들이 사회에 훌륭히 설 수 있도록 주춧돌이 되어야 한다는 것입니다. 오직 아이들만 바라보고 산다는 일념으로 지금부터라도 잘 먹고 운동도 열심히 하고 잘 자야 한다는 각오를 다져봅니다. 나를 소중히 하는 것이야말로 아이들을 하늘처럼 섬기는 밑거름이 되는 일임을 잘 알기 때문입니다.

나를 소중히 지키는 일이야말로 나를 낮추고 아이들을 높이는 일임을 나는 내 오랜 교직 생활을 통해서 깨닫게 되었기 때문입니다.

부디 그들이 나에게 마음으로 다가오는 작은 기적이 있었으면 하는 바람을 가 져봅니다.

이제는 지금 내가 단지 바라는 건
누구보다 건강한 몸으로 교직을 마치는 날까지 아이들을 사랑으로 대하며 그들과 함께하는 것에 삶의 즐거움을 찾고 마지막 순간까지 가르침을 다할 수 있었으면 하는 것입니다.

과연 나도 웃고 아이들 모두 웃는 그 날이 정말 빨리 올까요.

나는 아이들로부터 쉽게 잊히는 교사이기를 거부합니다. 아이들이 나를 즐겁게 추억하고 삶에 좋은 영향을 준 교사로 기억해준다면 얼마나 좋을까요.

너무 큰 바람인가 봅니다. 천벌 받아 마땅한 일이지요.

그래도 단 한 사람이라도 나를 좋아해 줄 아이들이 있기를 기대하며 참았던 눈물을 애써 닦아냅니다. 이제 그만 둘 때가 되었나 봅니다.

나는 오늘도 아이 같은 마음으로 그런 날이 반드시 오리라는 강한 믿음을 가지고 오늘도 힘차게 교실 문을 향하여 앞으로 앞으로 나아갑니다.

이제는
나를 버려도 좋아
어머니의 마지막 편지

이제는 나를 버려도 좋아.

병이 깊을 대로 깊어 살 날이 얼마 남지 않은….

누구 하나 보살피지 않으면 그저 쓸쓸하게 생을 마감할 수밖에 없는 나를 이제는 떠나도 좋아.

아무도 너를 뭐라 하지 않는다.

너는 할 만큼 했다. 애야! 훌훌 털어 나를 버리고 너의 삶을 살아라.

내가 준 한 움큼의 연민보다 태산같이 큰 사랑으로 너는 이미 갚고도 남았어. 내가 너에게 지은 죄까지 다 갚고도 넘쳐 너의 지극한 사랑의 마음이 하늘을 덮고 있구나.

제발 나를 더이상 부끄럽게 하지 마라.

이제는 이 죽음 냄새나는 병실에서 어서 나가주기를 바란다.

너를 차마 볼 면목이 없다.

이제는 미안함마저 버린 채 너의 큰 사랑을 당연한 듯 받고 있다 생각하니 아직도 살아있는 것이 너무나 비참하구나.

나에게 따뜻한 말 한마디 하려 매일 애를 쓰는 너의 애처로움을 나는 더이상 볼 면목조차 없다.

부끄러움이, 죄스러움이 이렇게 나를 잔인하게 짓밟고 있구나.

아! 아직도 네가 침대 곁에서 피곤한지 자고 있구나.

너에게 손을 내밀고 싶지만….

따뜻한 너의 손을 잡고 싶지만….

나는 그래서는 안 된다는 것을 잘 알고 있다.

네가 먼지보다 그토록 가까운 곳에 있지만 너는 우주보다 먼 곳에 있다고 믿고 너를 애써 외면하고 있다.

늙은 것이 이제 죽을 때가 되니 눈물이 주책없이 많이 흐르고 있구나.

내 젊은 시절 늙은이들만 보면 "저 늙은이 빨리 안 죽나?"라고 했던 말이 지금 내 폐부를 아프게 찌르고 있다.

이제 나는 병이 깊어 얼마 남지 않았다는 것을 알지만 아직도 남은 생이 아까워 이렇게 하루하루를 끈질기게 살아남을 생각만 하고 있다.

구차한 삶을 구걸하다시피 살고 있다.

노망(老妄)이…. 청승(靑蠅)이…. 너를 힘들게 하지 말아야 할텐데.

이제는 빨리 죽고 싶은데 이렇게 목숨은 어찌나 끈질긴지 나를 놓아주지 않고 있다.

정말 미안하구나. 무릎 꿇고 너에게 사죄하고 싶구나.

너를 버리려 짐승의 짓도 서슴지 않았던 나를 아직도 사랑하고 있다니 어찌 이게 말이나 되는 말이냐.

너를 버리려 했던 인간임을 망각한 너의 새엄마를 아직도 버리지 않고 네 품안에 보듬어주려 한다니 어찌 이게 말이나 되는 말이냐.

나는 지금까지 살아오면서 어느 누구도 믿지 않았다.

심지어는 내가 그토록 사랑했던 너의 아버지도 실은 믿지 않았어.

세상 사람 모두를 나처럼 이기적인 그래서 결국 믿을 것은 나밖에 없다는 것을 인생의 무슨 말도 안되는 철칙처럼 여겼었다.

물론 내 피붙이가 아닌 너도 말하면 무엇하겠냐.

나는 결혼하는 순간부터 너는 이미 나의 마음에 들어와 있지 않았어.

그저 사는데 귀찮은…. 어쩌다 이런 것까지 내가 맡게 되어 심히 부담스러운 그런 거추장스러운 그런 존재로 보았다.

심한 말로 너는 내 아이로 볼 수 없었다는 이야기다.

이런 말 하는 내 자신이 이미 사람임을 포기하고 짐승이었음을 지금에야 고백한다. 너는 가족의 일원이라기보다 그저 잠시 있다 떠나는 영원한 손님이었다. 언제나 부담없이 떠나보낼 수 있는 그런 미물같은 존재로 여겼던 거야. 그 당시 내게는 이미 미움을 넘어 증오만이 남았다.

이미 사람임을 포기했다고 하는 것이 맞는 표현일 거야.

지금에야 뼛속 깊이 반성하지만…

네가 내 곁에 있어 정말 잘못했다는 말을 하지 못해 피눈물이 끝없이 흐르지만….

너에게는 감히 미안하다는 말조차 할 수 없구나.

나의 어떤 말이건 이제는 너에게는 아무짝에도 쓸모없는 말이라는 것임을 알기에 나는 이제는 아무 말도 하지 않기로 했다.

정말 미안한데 너를 위해 아무것도 해 줄 수 없어 나의 마음은 찢어지는구나. 가엾은 것… 왜 아직도 나를 버리지 못하니… 애야!

나는 너에게 버림받아도 마땅한 인간이지만.

어미라고 감히 말할 수도 없는 쓰레기 같은 인간이지만.

나 같은 짐승보다 못한 인간을 그래도 어머니라고 여기며 나를 떠나지 않고 있구나.

내가 낳은 자식도 아닌데 너는 아직도 나를 어머니라 부르며 가까이에서 지키고 있구나.

어렵게 직장 생활하면서도 나를 잊지 않고 매일 찾고 있구나.

네 아이들 뒷바라지도 힘이 들텐데 하루도 아니고 매일…. 벌써 3개월이 바람처럼 날아가 버리고 말았구나.

제발 그러지마.

제발 너의 소중한 몸을 함부로 하지 마라.

이제는 나를 버려도 좋아.

다시는 생각하기 싫지만 너를 그렇게 대한 것은 차라리 짐승보다 못한 집착이었다. 너를 어떡하든 떨어냄으로써 내 자식만을 남겨두려는 치사한 집착이었던 셈이다. 나는 너의 아버지와 결혼하면서 너의 존재는 이미 내 마음에도 없었다. 내 피붙이도 아닌데 왜 너의 인생까지 책임져야 하는가라는 이미 어미로서의 본능조차 외면하였다.

어떻게든 너를 버리려 할수록 너는 바보같이 울며 매달렸다.

나를 엄마라고 따르며 갖은 구박과 수모를 견뎌내었지.

가엾은 것, 갈 데가 없는 줄 뻔히 알면서도 나는 너를 밀어내려 끝없이 잔인하게 굴었다.

그런데도 너는 절망적인 상황에서도 나를 놓지 않으며 지옥 같은 삶을 견뎌냈다. 오히려 너는 나를 비웃듯 네 자신의 삶을 개척하였고 내가 부러움에 시샘이 날만큼의 지위에까지 올랐다.

그때에도 너는 바보같이 너의 잘됨이 모두 나의 덕택이라고 하였다.

나는 너의 진심조차 외면한 채 나를 경멸하기 위해 벌이는 수준 높은 거짓말이라고 악담을 퍼부어댔다.

어떻게 그토록 잔인한 일을 내가 했었단 말이냐!

부끄럽구나.

이토록 살아있음이 너무나 부끄럽구나.

모든 사람이 나를 떠나갔다.

심지어 내가 한때 사랑했던 너의 아버지도 나를 찾지 않은 지 벌써 3년째다. 내가 낳은 딸년마저 내가 짐 된다는 이유로 떠나가 버렸다.

내가 낳은 피붙이 자식마저 나를 무참하게 버렸다.

나는 있을 수 없는 일이라고 생각했지만 나는 헌신짝처럼 버려지고 말았다. 자업자득(自業自得)이다.

내가 한 잘못한 업보를 그대로 받아내고 있는 셈이야.

처녀의 몸으로 재혼하며 그저 사랑을 얻으려 노력한 결과가 고작

195

이것이라니… 눈물이 나지만….

그동안 살아오면서 쌓은 정만으로도 그럴 수는 없는데 네 아버지와 딸년은 내가 병들자 나를 바로 버리고 말았다.

내 반드시 건강한 몸으로 살아나가 네 아버지와 내가 낳은 딸이라는 인간을 제대로 응징하고 싶지만 나는 지금 너무 깊은 병이 들어 그러지도 못하고 있다.

그럴 자격조차 없지만…. 괜히 서러움의 눈물이 나서…. 이 망할 것이….

별 이야기를 다하고 있구나.

알아 줄 사람이 아무도 없다는 것을 나는 이미 알고 있단다.

그렇지만 너에게 너무나 부끄러움에 별 생각을 다하는 구나.

나는 지금 너의 잠든 모습을 바라본다.

하루도 아니고 매일 미안하고 죄스럽구나.

지금의 천사같은 너의 모습조차 내게는 과분하다.

어찌 이리 은혜로울 수 있니.

너만 보면 얼마 남지 않은 생을 너를 위해 다 내어 놓고 싶은 마음뿐이구나. 너 보기 부끄러워 이곳을 떠나 어딘가에서 마지막 남은 삶을 내어놓고 싶은 생각이 하루에도 열 두 번씩 나지만 지금 나는 한 발자국도 움직일 수가 없어. 아! 나는 어떡하면 좋으니.

이제 나는 더이상 너의 넘치는 사랑을 받을 자격이 없음에 이제 너를 잊으려 한다. 눈물 나지만 이제 나는 너를 강하게 밀어내고 싶어.

　나는 지금 네게 용서를 해달라는 이야기를 하는 것이 아니다.

　이제는 내가 받은 사랑이 넘쳐 이제는 나를 떠나가도 좋다는 이야기다.

　이제는 나를 버려도 좋아. 나는 너를 결코 원망하지 않는다.

　나는 죽을 때까지 네가 준 사랑이 고마워 눈물 흘리며 너의 행복을 빌어주마. 나 때문에 더이상 네 삶이 힘들어서는 안된다.

　애야!(차마 딸이라고 부르지는 못하겠구나. 아! 그럴수만 있다면 좋으련만…)

　애야! 이제는 나를 버리고 너의 온전한 삶을 유지하도록 해.

　나의 마지막 소원이야.

　애야! 이제는 나를 버려도 좋아.

　이제부터는 나로부터 자유로운 삶을 마음껏 살아.

　제발!

　더이상 나를 부끄럽게 하지 말고 죽음의 문을 두드리고 있는 나를 힘껏 저 밖으로 던져버려!

　제발! 애야!

과일 장수
아주머니의 절규

　나는 위암 말기의 아이들 둘을 가진 아이들 엄마입니다.

　통통한 얼굴이 제법 예뻐 미인이라는 말도 심심치 않게 들었던 나
입니다. 그랬던 나인데 지금은 살이 뼈에 붙어버릴 정도로 말라 버
리고 말았습니다. 흉측한 내 모습을 보기 싫어 거울 보는 일조차 잊
고 산지도 벌써 여러 달이 지났습니다.

　나는 오늘도 밀려오는 고통에 배를 움켜쥐며 제발 이 고통이 빨리
지나가게 해달라고 신께 간청합니다. 죽음보다 더한 고통이 나를 스
쳐지나갈 때마다 생이 얼마 남지 않았음에 나는 절망하며 울부짖고
맙니다.

　나는 어떤 일이 있어도 죽어서는 안 되는 사람입니다. 사랑하는
아이들이 있는데 감히 죽다니요.

　내 아이들을 버려두고 내가 떠나는 생각은 꿈에서도 하지 않았습
니다.

　단 한 번도 내 입으로 되뇌이지 않았습니다. 반드시 살아 아이들
이 행복한 가정을 꾸릴 때까지 악착같이 살 것입니다.

나는 거리에서 과일 장사를 합니다. 올해는 과일 흉년이 되어 값이 올라서인지 과일을 찾는 손님이 많이 줄어 울상입니다. 당장 내야 할 집세가 걱정입니다. 한없이 고마우신 주인아주머니께서 아픈 나를 위해 많이 봐주시고 계시지만 못 낸 지 한참이 지났습니다.

　이 집마저 나가게 된다면 내가 갈 곳 아니 나를 받아줄 곳이 그 어느 곳에도 없습니다. 울며 보채는 막내가 떠올라 눈물이 납니다.

　그렇게 먹고 싶다던 돈까스조차 살 돈이 없습니다. 어제 팔다 남은 과일이라도 줄 수 있으면 좋으련만 이걸 팔아야 우리 식구 연명을 해야 하므로 그럴 수도 없어 그저 울며 달래기만 합니다.

　내 사랑하는 아이들과 아주 가끔이지만 아이들이 먹고 싶어하는 음식을 단 하루라도 돈 걱정하지 않고 마음껏 먹을 수 있다면 정말 좋겠는데…. 그런 일은 꿈도 꾸지 못해서….

　이런 또 눈물이 나 그만 막내를 다시 꼬옥 안아주고 맙니다.

　그럴 리는 없겠지만 나의 딱한 사정을 알고 도와주는 이가 나타나 주기만을 수없이 빌고 빌었습니다.

　이제는 정기적으로 병원에 가는 일조차 두렵습니다. 들어가는 돈이 끝이 없습니다. 아픈 것이 이렇게 남에게 짐이 되고 아이들에게 짐이 되는지 미처 몰랐습니다. 나를 만난 그들에게 정말 미안하다는 생각뿐입니다.

　그나마 남아있던 나의 명랑함과 웃음도 이제는 먼 옛날의 일입니다. 이제는 끊임없는 눈물이 나를 괴롭히며 나를 죽음의 늪으로 인도하고 있습니다.

나는 아이들에게 크나큰 죄를 졌습니다.

아파서는 안되는데…. 이런 일이 내게 일어나서는 안 되는데…. 하늘도 정말 무심합니다. 나는 한참을 허공을 바라보며 눈물이 어서 없어지길 기도하고 기도합니다. 나는 낫기를 기대하기보다 조금이라도 상태가 나아졌으면 그래서 이 고통에서 조금이라도 벗어날 수 있다면 더 소원이 없겠다는 아주 작은 바람을 안고 살아가고 있습니다.

모처럼 찾은 병원에서는 살아남을 가능성이 없다는 말로 나를 끝없이 절망하게 만듭니다. 나는 순간 버럭 화를 내고 말았습니다.

나는 어떤 일이 있어도 살아날 거라고. 의학적 진단을 보기 좋게 비웃으며 나는 반드시 나을 거라고 소리치며 그 자리를 박차고 말았습니다.

아! 나는 또 다른 잘못을 저지르고 말았습니다.

어떡하든 나를 낫게 하기 위해 애쓰는 의사에게 마음에도 없는 말을 하고 말았습니다.

나는 어디로 가야 합니까.

정말 내겐 단 1%의 가능성도 없다는 겁니까.

나는 미친 듯이 집에 달려와 넘어가지 않는 밥을 우걱우걱 넣으며 살기위한 필사의 노력을 합니다. 그러나 끝없는 토악질에 나는 아픈 몸만 더 상하고 맙니다.

나는 반드시 살아야 합니다.

지금 이렇게 버젓이 살아있는데 내가 죽다니요.

어느 새 다가온 우리 큰 애가 울고 있는 나를 달래며 아픈 배와 아픈 몸 이곳 저곳을 정성 들여 주물러 줍니다.

"엄마! 어디 많이 아파. 내가 주물러줄게. 제발 아프지마. 엄마!"

작은 아이도 따라서 "엄마! 내가 해줄게. 언니 저리 비켜! 엄마 금방 나을거야!"

눈에 넣어도 아프지 않을 우리 아이들이 안쓰러워 다시 눈물이 왈칵 쏟아집니다. 울면 안 되는데 우는 나를 보고 아이들이 달려와 품에 안기며 같이 울고 맙니다.

아! 내가 죽어서는 안되는데. 절대 그럴 리 없을 겁니다. 하늘이 두 쪽 나도 나는 반드시 살 것입니다.

아이들은 오늘도 어리광을 부려야 할 나이에 그러지도 못하고 나를 애타게 바라보며 자신이 할 수 있는 효도를 다합니다.

가엾은 것! 나 때문에 밝음이 가득해도 모자랄 얼굴 가득 그늘이 드리워져 있습니다. 나는 우리 큰 애를 부둥켜 안고 서러움에 눈물을 쏟아내고 맙니다.

아! 눈물을 보이고 말았습니다.

다시는 울지 않겠다고 아이들 앞에서는 죽는 한이 있어도 울지 않겠다던 나의 결심도 속절없이 무너지고 맙니다. 이 애가 전생에 무슨 큰 잘못을 저질렀다고 감당하기 힘든 고통을 주시는지 모르겠습니다.

하느님! 제가 어떤 잘못을 지었길래 나를 이 아이들로부터 떼어내려 하십니까. 이제는 따져야겠습니다.

내가 이토록 무섭도록 깊은 병에 빠져 헤어 나올 수 없는 큰 죄라도 지었습니까. 나는 추호도 그런 적이 없습니다.

당신도 잘 알지 않습니까.

그런데 왜 나를…. 왜 하필 나를 선택하셨습니까.

남편을 떠나보내고 아이들만 의지하며 하루하루를 힘겹게 살고 있는 내가 그렇게도 미우셨습니까.

그렇게도 당신 맘에 들지 않았습니까.

지금부터라도 당신 맘에 들도록 어떤 노력도 다 하겠습니다.

제발 나를 거두지 말고 아이들 곁으로 나를 돌려보내 주세요.

아니 아이들 곁으로 살아있는 몸으로 내팽개쳐 주시면 안되겠습니까.

내 주어진 생을 한 순간 한 순간 아껴 쓰며 살겠다고 당신 앞에 무릎 꿇고 맹세합니다. 착한 일만 하며 하느님 뜻대로 살겠습니다.

함부로 하느님 욕하지 않겠다고 맹세하겠습니다.

제발 이 못난 어미의 소원을 들어주세요. 하느님!

아! 그럴수만 있다면….

아! 제발 그리 될 수 있다면…. 어떤 일이라도 하겠습니다.

내 몸을 건강하게 유지하지 못한 죽일 년이라는 것을 나는 잘 알고 있습니다. 지금에 와서 후회해본들 무슨 소용이 있겠습니까.

그럴 리는 없겠지만…. 그럴 수 없어 너무 눈물이 나지만 다시 내가 나을 수 있는 기적 같은 일이 생긴다면….

다시 주어진 생을 아껴가며 아이들을 위해 죽을 힘을 다하여 살겠습니다. 아픈 나로 웃음을 잃은 우리 자식들에게 내가 있음으로 기뻐 너무 즐거운 삶을 되찾아주고 싶습니다.

미친 듯이 돈을 많이 벌어 아이들에게 맛있는 것 사주고 싶습니다.

너무나 오래 입어 다 떨어진 옷 대신 예쁜 옷 사주고 싶습니다.

그렇게 공부하고 싶어하는 아이들을 위해 공부방도 마련해주고 싶습니다. 방 하나인 단칸방에서 벗어나 두 칸짜리 방을 얻어 아이들이 마음껏 쉴 수 있는 공간을 마련해주고 싶습니다. 이건 진짜 말하고 싶지 않았으나 꿈에도 소원인 우리 아이들의 결혼식까지 보고 떠나가고 싶습니다.

내가 원하는 것은 이게 전부입니다. 어느 것 하나 제가 해놓지 못했습니다. 이거라도 다 해 놓고 떠나게 해주세요.

이제 어떡하면 좋습니까.

다시 살 수 없기에 피눈물이 납니다.

그럴 수 없어 절망의 눈물을 뿌리고 맙니다.

내 죽어도 아이들을 두고 갈 수 없습니다.

어떡하든 살 길을 찾아야 하는데 지금 너무 아픈 나는 그럴 수도 없습니다.

아! 어찌해야 하나요.

내가 가면 우리 아이들은 어찌하나요.

지켜줄 내가 없는 우리 아이들은 어찌하나요.

제발 나를 불쌍히 여겨 목숨을 거두지 마시고 나를 다시 살게 해주세요.

다시 말할 수 없는 고통이 밀려옵니다.

나를 죽음으로 인도할 너무 아픈 고통이 밀려옵니다.

아직도 내 곁에는 누구보다 잘 난 우리 아이들이 있는데 나는 얼마 남지 않은 생을 악착같이 놓지 않으려 필사적으로 매달리고 있습니다.

내가 다시 살 수 있다면… 내가 다시 살아 새로운 삶을 살 수 있기를 눈물 흘리며 기도합니다.

사랑하는 아이들아! 지금 내가 너무 아프단다.

사랑하는 너희들을 잊고 싶을 만큼 내가 너무 아프단다.

미안하다! 너희들을 두고 갈 생각을 하니….

그래도… 아! 나는 살아야 합니다.

나는 이렇게 허무하게 죽을 수 없는 목숨입니다.

아이들을 위해서라도 보란 듯이 일어설 것입니다.

나는 죽음보다 강한, 이 세상 누구보다 질긴 생명에 대한 의지를 갖고 있습니다.

아직도 삶을 위해 할 일이 많은 나를 위해서라도 나는 절대 죽을 수 없습니다.

나는 반드시 살아 그동안 빚지며 살아온 나의 삶을 평생 갚으며 살 수 있는 작은 기쁨을 누릴 수 있다면 너무 좋겠습니다.

그런 날이 정말 내게 올까요.

그 기적 같은 내게 정말 올까요.

과일이 잘 팔려 아이들도 살리고 그 기쁨으로 나도 살아 우리 모두가 영원히 함께 하는 정말 그런 날이 내게 올 날이 언제일까요.

제발! 나를 살려주세요.

제발! 나를 죽음으로부터 끄집어 내 주세요. 남들처럼 평범한 삶을 살며 아주 작은 행복을 누릴 수 있도록 살려주세요. 제발…!

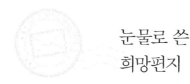

눈물로 쓴
희망편지

나는 지금 네가 방금 떠나간 교실을 혼자 지키고 있단다.

눈물 속에 너를 보내면서도 나는 하늘에 감사의 편지를 전한다.

몸이 성치 않은 가운데에서도 아니 허리를 쓰지 못해 한 발자국도 걷지 못하는데도 끝까지 배움의 투혼을 불살랐던 너의 그 용감함과 누구도 따라올 수 없는 뜨거운 열정에 나는 감히 찬사를 보낸다.

나를 아버지처럼 따랐던 너를 나는 영원히 가슴속에 품은 채 네가 잘 되기만을 소원하며 나는 웃으며 너를 보낸다.

나는 죽는 날까지 추호도 흔들림 없이 끝없이 너를 응원할 거야.

나는 지금 기쁨의 눈물 속에 너를 보낸다. 울지 않으려 했는데 다시 또 눈물이 나는구나.

남자는 함부로 눈물을 흘리는 일이 없어야 하는데, 네가 떠난 모습을 혹시나 내 기억 속에서 잊혀질까 두려워 네가 떠난 그곳을 바라보며 또 울어버리고 만다.

나는 너와의 일을 아직도 선명하게 기억한다.

지난 9월의 어느 날이었다.

아침 일찍 학교로 오기 위해 거리를 걷던 너에게 갑작스럽게 자동차가 들이닥친 건…. 생각조차 할 수 없는 끔찍한 일이었다.

너의 몸은 작은 새처럼 내쳐지고 너는 의식조차 없는 상태로 온몸이 만신창이로 버려지고 말았다.

급히 병원에 실려 온 너는 생사를 오르내리며 죽음에 가까워지고 있었다.

의사 선생님조차 너를 살릴 수 있다는 확신을 하지 못했다.

너로서는 결코 잊을 수 없는 지옥 같은 날들이 아니 한 치 앞도 알 수 없는 암흑 같은 날들이 여름 무더위처럼 이어지고 있었다.

그러나 너는 기적처럼 깨어났고 삶의 희망을 이어갈 수 있었다.

너의 어머니께서는 네가 처음 깨어나던 날을 잊을 수 없다고 내게 말씀하시곤 하였다.

학교 가야 한다고…. 그래서 나를 봐야 한다고…. 그래서 더욱 눈물이 났다고 말씀하시곤 했단다.

아파 누워 있는 것조차 선생님께서 용서하지 않을 거라면서 네가 미친 듯이 일어나려 했다는 사실도 나는 이미 알고 있단다.

네가 그리하였다는 사실에 흐르는 눈물을 멈출 수 없었단다.

그 말을 듣고 나는 한참을 그곳에서 너를 생각하며 있었단다.

나는 그때 너를 이미 가르치는 제자로서가 아닌 마음으로 낳은 내 자식이라는 생각에 가슴 떨려옴을 주체할 수 없었단다.

어머니께는 매우 송구스런 말씀이지만….

정말 그랬다.

너는 내 어렸을 적 모습을 많이 닮아 있었지.

현재의 어려운 삶도 그렇고, 모든 일에 적극적이지만 가끔은 섣부른 행동에 핀잔을 받는 모습까지 너는 나를 많이 닮아 있었다.

한 가지 확연히 다른 것 빼고는…

너의 성적이 나보다 훨씬 우수하다는 것 빼고는 온통 닮아 있었다. 아니 너는 온 몸이 모두 성실이지만 실상 나는 그러지 못한 불량스러운 면도 많았음을 이제야 고백한다.

나는 다른 아이들에게 들키지 않으면서 나를 몹시도 닮은 너를 보살펴 줄 수 있는 방법을 찾느라 머리카락 몇 올이 빠져버렸다.

그렇다고 너를 탓하는 것은 아니다.

아마 다른 이유로 이미 빠질 대로 빠져 이제는 손댈 수 없는 지경까지 갔으니… 한숨만 나온다.

너에 대한 관심과 사랑이 다른 학생에 대한 차별로 이어져서는 모든 것이 수포로 돌아가니까.

그런데 너는 내가 걱정하기도 전에 이미 아이들의 마음을 다 사로잡아 놓았더구나.

너는 한마디로 멋있는 녀석이었다.

단지 가난이 걸림돌이었지만 너는 아주 부끄럽게 행동하지 않았다.

학급 일에 너는 참으로 정성을 많이 들였지.

너의 손이 미치지 않은 곳이 없더구나.

남자 놈들이 원래 그렇게 정리라는 것을 잘하지 못하는데 너는 그 놈들과 달라도 많이 달랐다(아마 전생에 너는 깨끗함을 생활의 신조로 삼고 흐트러짐 없이 생을 살던 선비였거나 새색시였을 가능성이 반반이라고 생각한다).

어느새 우리 반은 몰라보게 깨끗하게 변하고 있었고, 다른 반 학생들의 쉼터(?)가 될 정도로 아늑한 곳이 되었어.

너는 언제나 나를 으쓱하게 만들었다.

너는 이미 우리 반 모두가 닮아야 할 롤모델이 되어 있었고, 나는 우리 반 들어가시는 선생님마다 너의 칭찬을 하루 세끼 밥을 먹는 것보다 많이 들어 매일 매일 하늘을 나는 기쁨을 만끽할 수 있었다.

그동안 담임을 맡았던 이후로 하루하루가 이렇게 기쁘고 자랑스러웠던 적이 없었는데….

그랬는데…. 이게 무슨 마른하늘에 날벼락이란 말이냐.

하루 아침에 너는 모든 것을 잃어버렸다. 네가 그토록 간절히 소망했던 미래에 대한 꿈마저 빼앗기고 말았지.

허리를 크게 다쳐 하늘만 바라보며 살 수밖에 없는 가련한 처지가 되고 말았어.

한 치도 네게 도움이 되지 못하는 나를 원망해라.

그때만 생각하면…. 차마 생각하기도 싫다.

너는 그 치 떨리는 교통사고로 인해 살아있는 동안 몹쓸 휠체어에 기대어 생활할 수밖에 없는 처지가 되고 말았다.

그러고도 그것이 끝이 아니었다.

수술과 재발, 재활로 이어지는 힘겨운 시간들이 너를 기다리고 있었다.

너는 수차례의 10시간이 넘는 수술을 잘도 견뎌내었다.

끝이 없는 재활치료가 이어졌다.

할 수 있는 것은 더이상 나빠지지 않도록 기도하는 일밖에 없었다.

너를 바라보는 어머니의 눈물이 마를 날이 없었으나 언제나 너의 곁을 지키고 계셨지.

그런데도 어느 날인가 너를 문병하러 온 나에게 "우리 아들 반드시 일어나게 할 겁니다. 누구보다 장한 아들인데, 그리고 우리 아들 없으면 의지할 사람도 없는데 어떡합니까. 나는 단 한 칸의 방이라도 아들보다 편한 곳에서 잠을 잘 수 있으니 그것으로 더 바라지 않습니다. 제발 우리 아들이 제대로 걸어 새로운 생활을 시작했으면 좋겠습니다. 나는 반드시 믿고 있습니다. 선생님! 우리 아들 빨리 일어날 수 있도록 힘써주세요. 선생님." 말씀하시며 끝없는 눈물을 흘리시던 순간을 아직도 나는 잊을 수 없다.

어렵게 번 돈 모두를 쏟아 붓고도 모자라 연기되는 수술도 많았음을 나는 기억한다.

그러나 죽어가던 너를 살린 많은 분들의 수많은 보이지 않는 손길을 기억한다.

많은 사람들의 사랑이 이토록 깊음을 나는 늦게서야 깨달았지.

친구들의 사랑은 아직도 살아 너를 지켜주고 있으며, 이웃들의 사랑은 아직도 살아 너를 일으켜 세웠음을 나는 가슴 속에 새겨 넣고 있단다.

나를 볼 때마다 우리 자식 어떡하냐고… 우리 불쌍한 명수 어떡하냐고 나에게 울부짖었던 너의 어머니 모습이 새삼 나를 눈물짓게 한다.

고생으로 난 잔주름이 더욱 깊어졌더구나.

어머니 물건을 팔아주는 손님이 없어 걱정이 이만저만이 아니더구나.

지금도 계속 이어지고 있어 바라보는 나도 걱정이 태산이지만….

마지막 큰 수술을 끝내고 너를 문병하러 온 나에게 너는 불쑥 학교에 나갈 수 있는지를 물어보았다.

너는 바보같이 아직도 네가 공부할 수 있는지를 나에게 묻고 있었다.

나는 아무 말도 할 수 없었다.

빨리 나아야만 한다는 것만을 말하고는 더이상 아무 말도 할 수 없었다.

그 때 너는 그토록 서럽게 울더구나.

차라리 죽고 싶다는 말로 나를 아프게 하였다.

나는 그때 이미 네가 아파 우는 것이 아니라 더이상 공부할 수 없는 최악의 상황이 올까 두려워 우는 것이라는 것을 나는 알고 있었다.

오직 너만을 바라보며 수년 동안 거리의 행상을 해오시던 홀어머니를 생각하고 효도할 수 없는 현실에 가슴 아파 우는 것이라는 것을 나는 알고 있었다.

집안을 일으키기 위해서는 네가 강해져야 하고 실력을 쌓아야 한다는 사실로 나를 흐뭇하게 하였던 너를 생각하면 충분히 그럴 수 있다는 생각이 들었다.

나에게 항상 말해왔던 고생만 하신 어머니를 이제는 기쁘게 해 드릴 일만 남았다는 각오를 했던 너의 말이 새삼 나의 심장을 아프게 하는구나.

가엾은 것! 그렇지만 대견한 너!

너의 상처는 생각보다 너무 깊어 보통 사람으로는 포기했을 상황인데도 너는 그것을 이겨내려 끊임없이 노력했고 결국 다시 공부할 수 있을 정도로 몸도 회복되었다.

오로지 어머니를 생각하는 너의 의지가 일구어낸 기적이라고밖에 생각할 수 없다.

고통을 견디며 네가 살려 했기에 너는 다시 강하게 일어날 수 있었다.

나는 그런 너를 보는 순간마다 행복했고 새로운 희망을 볼 수 있었다.

아픈 몸을 이끌며 너는 학교에 나올 수 있었고, 결국 너는 네가 그토록 소원하던 학업을 마칠 수 있었다.

마음대로 되지 않아 울먹이던 너의 모습이 아직도 선하구나.

그런 너를 안타깝게 보면서도 가까운 듯 먼 곳에서 나는 너를 응원하고 또 응원하였다.

이미 뛰어난 실력을 갖고 있었던 네게 명문 대학 4년 장학생이라는 훈장은 어찌보면 당연한 것이었다.

너와의 이별에 나는 울지 않는다.

네가 분명 집안을 살리고 이 사회를 살리는 훌륭한 젊은이가 된 너를 보는 기쁜 상상이 나를 웃게 하기 때문이다.

나는 지금 자랑스러운 너를 기억할 수 있어 행복하단다.

나는 지금 자랑스러운 너를 사랑할 수 있어 행복하단다.

너라는 큰 보물이 내게 있어 나는 지금 죽을 만큼 행복하단다.

지금 현재의 불편함에 기죽지 말고 자신감으로 사회에 맞서라.

너는 할 수 있어.

부디 가슴 펴고 위를 보며 당당하게 나아가길 바란다.

혼자의 노력으로 사람들의 마음속에 잊혀지지 않는 소중한 사람이 되기 바란다.

정작 중요한 건 네 자신이란다.

좌절은 저 은하수 너머로 보내길 바라.

울음은 너의 마음속에 영원히 가두어두길 바라.

기쁨과 웃음으로 너를 믿고 너의 꿈을 이룰 미래를 생각해.

너니까 할 수 있는 거야. 나는 너를 믿는다.

혼자 할 생각하지 말고 사람들과 함께 한다는 밝은 마음으로 하루를 시작하길 바라.

끝으로 자랑하고 싶은 이야기가 있다.

실은 어머니께서 어제 학교를 다녀가셨다.

네가 알면 안 된다고 하시면서 학교를 깜짝 방문하셨더구나.

받아서도 안 되는 음료수를 손에 쥐어 주시며 고마우신 선생님들과 나누어 먹으라 하셨다.

그리고 나에게 내가 평생 잊지 못할 선물을 주셨다.

어떤 선물을 해주셨는지 네가 알면 아마 깜짝 놀랄 거다.

직접 털실로 짠 목도리를 선물해주셨다.

행상하시면서 틈틈이 계속 짜오셨다는구나.

정성이 내게 전해지는 것 같아 한참을 들고 서 있다가 늦게서야 목도리를 해보았다.

사랑이 느껴지더구나.

아니 어머니의 정성을 통해 네가 얼마나 소중한 사람인지 나는 다시 깨닫게 되었다.

갑자기 네 생각이 나 많은 눈물을 쏟아 내었다.

아직도 바보같이 눈물이 많이 나지만 나는 이제 울지 않으련다.

이 기쁜 날… 자랑스러운 네가 있는데…

자식이지만 나보다 몇 배 나은 네가 있는데…

이미 너의 눈물로 나에게 너의 희망을 마음껏 보여주었으니 나는 그것으로 더 바랄 것이 없다.

오늘 바람이 너무 차구나.

지금쯤 어디를 가고 있는지 모르나 분명 그 길은 희망의 길임을 알기에 나는 눈물 속에 편지를 마치고자 한다.

분명한 건 내가 너를 살린 것이 아니라 네가 나를 살렸다는 사실이다.

보고 있니. 지금.

웃으며 나를 떠나갔던 너의 뒤에 기쁘게 울고 있는 나를 지금 보고 있니. 얘야! 죽어서도 못 잊을 사랑스런 내 아들아!

사랑한다! 죽어서도 너를 사랑한다. 얘야!

당신이라는 사람을
좋아해도 될까요?

저기 당신이 모습이 보여요.

가까이 다가가 내 마음을 전하고 싶지만 행여 나를 싫어해 영원히 멀리 가버릴까 두려워 멀리서만 조심스럽게 당신을 바라봅니다.

어찌도 그리 아름다운지… 어찌 그리도 사랑스러운지…

숨조차 쉴 수 없어요.

어찌 이리 떨리는지 난생처음 여러 사람 앞에 나가 노래를 부를 때보다 더한 떨림이 내 심장을 강하게 흔들어대고 있어요.

아! 진정이 안 돼요. 어찌할까요.

새침한 그대 모습이 어찌 이리 아름다울 수 있단 말인가요.

아니 새침이란 말은 당신에겐 너무 어울리지 않아요.

당신의 미소가, 당신의 눈길이, 당신의 얼굴 모두가 내게 그냥 좋을 뿐이에요.

당신 곁에서 당신과 늘 함께 하는 누군가가 너무 부러울 뿐이에요.

상상만으로도 나는 행복하답니다. 당신에게 말도 못하고 발만 동동거리지만 지금으로도 나는 충분히 웃음 바이러스가 가득하답니다.

터무니없고, 어떤 경우에도 일어날 수 없는 엄청난 욕심인 거 알지만 당신의 옆자리를 지키며 그대와 끝없는 사랑의 대화를 나누었으면 좋겠다는, 그러면 죽어도 여한이 없겠다는 말도 안 되는 상상을 하며 강하게 고개를 흔들어 봅니다.

아! 그래도 정말 다행인 건….

당신이 어찌 생각할지 모르겠지만 그래도 당신이라는 사람을 가까이에서 볼 수 있어서 나는 정말 행복하답니다.

어느 누구에게도 마음을 모두 빼앗긴 적이 없는 내게

어쩌다 마주친 눈이 부시게 아름다운 여성들에게도 관심조차 없었던 내게

이런 당장이라도 숨 넘어갈 것 같은 기쁜 가슴 떨림이 올 줄

아니 사랑의 마음이 이렇게 갑자기 그리고 이렇게 크게 다가올 줄

또한 당신 앞에서는 한없이 작아지는 존재가 되어도 좋을 줄

누가 상상이나 했겠습니까.

아니 이런 말조차 되지 않는 일이 내게 이토록 큰 파문을 불러올지 누가 상상이나 했겠습니까.

당신의 모습 하나하나가

당신의 작은 몸짓 하나하나가

아니 당신의 아름다운 미소 하나하나가

어찌 그리도 내 마음을 사로잡는지….

당신은 이 세상 누구보다 멋진 분이라고 말씀 드리고 싶습니다.

너무나 아름다워서 내 눈을 멀게 할 만큼 이 세상 하나뿐인 사랑스러운 사람이라고 말씀드리고 싶습니다.

그대 앞에 서면 한없이 작아질 것을 알고 있음에도 그대와 같이 있는 기적 같은 순간만을 생각하며 나는 그대에게 할 말을 준비하고 있답니다.

정작 그대에게 아무 말도 할 수 없음을 알면서도 끊임없이 그대 생각하며 당신을 위한 대단한 말을 끊임없이 준비하고 있답니다.

이제는 가엾음을 넘어 무모함의 수준까지 이르렀습니다.

당신이 없으면 아무것도 할 수 없는 나를 당신이 책임져주면 좋으련만…. 차마 그럴 수 없어서….

그대가 내게 다가와 감히 그대에게 하고 싶은 말을 다 할 수 있는 숨 막히는 순간이 오는 날만을 기다리며 바보같은 기다림을 계속할 것입니다.

아! 당신이라는 사람을 좋아해도 될까요.

나는 당신에게 무엇보다 소중한 존재가 되고 싶습니다.

내 사람으로 만들기 위해 어떤 일이라도 할 것이라고 하루에도 몇천 번이고 다짐을 해보지만 당신의 그림자조차 되지 못한다는 사실에 나는 그만 크게 절망하고 맙니다.

그럼에도 나는 당신을 당장 아무것도 해 줄 수 없지만

당신을 위해 아무것도 준비한 것은 없지만

당신의 그 따뜻한 눈길을 받는 순간

내가 뜻하는 대로 될 수 있다고

나는 할 수 있다고

당신과 하나 되는 나의 죽을만큼 소중한 소원이 반드시 이루어지는 날이 올 것이라는 어리석은 믿음을 나는 아직도 철석같이 믿고 있답니다.

그날이 언제일지 나는 알 수 없지만

당신이라는 사람이 내게 환한 미소로 다가와 줄 날만

나라는 사람이 좋다고 아니 사랑한다고 다가와 줄 순간만을 끝없이 기다리고 있답니다.

나는 당신의 하찮은 존재라도 상관없어요.

내가 들어갈 자리는 없어 보이지만 당신의 몸 어느 한 부분일 수만 있다면 나는 더이상 아무것도 바라지 않는답니다.

당신에게 다가갈 수 없어도 당신을 그저 바라만 볼 수 있다면

내 몸이 불타 없어지는 순간이 올지라도 나는 웃으며 이 세상을 떠나갈 수 있답니다.

아! 당신이라는 사람을 좋아해도 될까요.

나는 지금 이 순간이 영원하기를 간절히 기도합니다.

당신이 나를 돌아보지도 않은 채 영원히 나를 떠나가 다시는 사랑하는 그대를 볼 수 없는 끔찍한, 상상하기도 싫은 순간이 오지 않기를 기도합니다.

부디 내 마음이 그대에게 그대로 전해져 그대가 나를 돌아보아 주기를 간절히 기도합니다.

당신이라는 사람을 감히 좋아해도 될까요.

내가 다가갈 수 없을 만큼 고귀한 당신이라는 사람을 감히 사랑해도 될까요.

영원히 당신이라는 사람은 내 사람으로 만들 수는 없는 걸까요.

그저 꿈으로 만족해야 하는 걸까요.

당신의 소중한 현실이고 싶습니다.

당신을 잊지 못해 눈물 흘리는 슬픈 삶을 이제는 더이상 살고 싶지 않습니다.

그러나 내가 그대에게 강하게 다가갈수록 그대는…

나로 입게 될 마음의 상처가 클 것임을 알기에 나는 이러지도 못하고 끝없는 가슴앓이만 합니다.

지금도 당신이 너무 좋은데….

모든 나의 일상이 온통 그대 뿐인데….

그대가 나를 놓지 않고 이렇게 힘들게 하고 있는데….

아직도 나는 당신의 아름다움을 붙잡고 그대를 놓지 않으려 애쓰고 있습니다.

아! 이렇게 나는 당신을 못 잊어 애가 타는데….

그녀는 오늘도 나를 모르는지 다른 곳을 향하고 있습니다.

언제 당신 곁에 내가 갈 수 있는지 알 수 있는 날이 온다면….

달려가 소중한 그대를 안아볼 수 있는 그런 꿈같은 날이 온다면….

아마 나는… 기쁨의 눈물 흘리며… 그대에게 내 사랑 가득 담은 천만 송이 장미를 안겨드릴 수 있을 텐데.

그러지도 못해서… 멀리서 그대 모습을 몰래 훔쳐보며 바보 같은 눈물만 쏟아내고 있습니다.

아! 저기 당신의 모습이 보여요.

어느 곳을 향하고 있는지도 모르는 당신의 시선이 내게 오기만을 바라보고 있지만 아직도 당신은 모르는 것이 분명해요.

제발 내게 당신의 눈길을 돌려주세요.

당신의 미소를

당신의 아름다운 눈을

아니 당신의 아름다운 모습 전부를

가까운 곳에서 볼 수 있는 기회를

당신밖에 모르는 이 세상 누구보다 당신을 제일이라 여기는 바보 같은 내게 어서 보여주세요.

아! 당신이라는 사람을 좋아해도 될까요.

아! 그래도 내게 위안이 되는 건…

나는 오늘뿐 아니라 내일도 사무치도록 아름다운, 당신의 미치도록 아름다운 모습을 볼 수 있다는 것입니다.

아직도 그대라는 사람의 마음속에 누군가 들어가 있지 않다면 이제는 나를 위해 그대의 빈 마음의 자리를 저에게 내어주세요.

제발 나는 그대의 빈자리를 가득 채워주는 그런 눈물 같은 존재가 되게 해주세요.

이 세상 다하는 날이 오기 전에 제발…. 나를 그대의 자리에 영원히 같이 있게 해주세요.

지금 내 눈물같은 비가 온 대지를 덮고 있네요.

나는 지금 거리를 나가 그대가 내 마음 알 때까지 끝없이 이 길을 걸어가는 상상을 해요.

떨어지는 빗줄기와 하나 되어 그대 있는 곳으로 가는 이루어질 수 없는 바보 같은 상상을 해요.

왜 그렇게 눈물이 나는지 나는 알 수 없지만….

그래도 어때요. 누군가를 생각할 수 있다는 행복이 있는 한 나는 눈물 뿌리며 언제까지나 이 길을 걸어갈까 해요.

그대가 갑자기 너무 보고 싶어요.

빗물이 가득하여 아무것도 볼 수조차 없는 암흑 같은 순간이 오더라도 당신을 향한 내 발걸음은 영원까지 계속 될거예요.

당신이 알아줄 때까지…. 아니 설령 당신이 영원히 나의 마음을 알지 못하는 끔찍한 불행한 순간이 오더라도….

당신을 위한 내 마음 놓지 않을 거예요.

아! 당신이라는 사람을 좋아해도 될까요.

당신이 못 견디게 좋은, 살아오면서 지금까지 아무 사랑도 하지 못한 못난 사내가 꽃처럼 어여쁜, 이 세상 하나뿐인 그대라는 사람을 좋아해도 될까요.

나는 지금 가진 것이 많지 않아 걱정입니다.

자리 잡은 직장 사람들 모두 좋은 사람들로 넘쳐나지만 크지 않아 미래를 확신할 수 없는 상황입니다.

아직도 아픈 몸으로 나만을 매일매일 기다리시는 어머님이 계신 것이 마음에 걸립니다. 그러나 내가 사랑하는 당신을 누구보다 좋아해 주실 것이고 당신을 자식처럼 생각하시고 받아주실 것이라고 확신해요.

비록 멋진 남자는 못되지만 내가 그대 위해 내 모든 것을 다 바치겠습니다.

당신이 걱정할 문제가 많은 남자라는 것을 부정하지 않습니다.

그래도 나라는 사람이 싫지 않다면 나를 바라보아 주세요.

제발 나의 마음을 그대여 어서 받아주세요.

못 견디게 사무치도록 그리운 그대여.

제발 나를 버리지 마!
애들아!

왜 이렇게 눈물이 나는지 모르겠어.

지금까지 내가 흘린 눈물은 아마 큰 바다를 덮고도 남았을 거야.

알 수 없는 설움이 또 다시 북받쳐 오는 걸….

아! 어떻게 나 좀 말려줘.

나를 괴롭히는 아이들이 오기 전에 얼른 그쳐야 하는데 이게 잘 되지 않아.

제발 누가 나를 좀 도와줘! 부탁이야! 제발!

벌써 수업 시간이 끝나버렸어.

어느 사이 잔인한 미소를 흘리며 내게 온 몇몇 너석들이 나를 둘러싸고 나를 괴롭히기 시작했어.

한 녀석이 샤프로 내 손을 내리 찍었어.

오늘따라 많이 흐르는 피를 나는 닦지도 못하고 나를 짓이기는 그들의 발길질을 겨우 겨우 막아내고 있지.

이제는 아프다는 표정도 짓지 못해.

그냥 참을 뿐이야.

나는 힘이 없는 걸…. 그들과 맞서기에는 내가 너무 약하기 때문이지.

아니 혼자이기 때문이야.

어서 수업이 시작되기만을 바랄 뿐이야.

차라리 죽어버릴까.

아! 나는 그런 용기도 없어.

우리 아들 최고라고 매일 격려해주시는 어머님이 계신데 절대 그런 생각조차 하면 안돼!

월세를 내가며 어렵게 살고 있지만 누구보다 나를 사랑해주시는 어머님이 계신데 나 먼저 가는 불효를 보여드리면 절대 안돼.

저 세상 가서도 나는 불지옥에 떨어질거야.

몸의 아픔보다 더 두려운 건 언제 일어날지 모르는 무서운 그들이 몰려와 나를 때릴 것이라는 막연한 공포야.

나는 울고 싶은데 이제는 울음조차 나오지 않아.

아! 어머님! 어찌해야 하나요.

내가 단지 할 수 있는 건 그들을 피해 달아나는 일뿐인데 언제나 그들은 나보다 한발 앞서 항상 내 옆에 와 있어.

어렵게 잠들고 난 후 깨어난 아침이 나는 그 어느 때보다 두려워.

영원히 깨지 않았으면 해.

나 죽어도 누가 알아주기나 할까.

어제는 지금까지 내가 태어난 후 어떤 잘못을 했는지 곰곰 생각하면서 잘못한 일들이 너무나 많은 것에 놀라며 밤새 울었어.

지금 천벌을 받는 거라고 생각했어.

그래도 나는 하루 지옥 같은 일을 몰래 쓰고 있어.

어머님이 아시면 얼마나 속상해하실까.

매일 맞는 일이 이제는 일상처럼 되어 버렸지!

어제는 맞은 곳이 너무 아파 밤새 끙끙 앓기도 했지.

어머니가 아실 까봐 소리도 내지 못하고 피울음을 쏟아냈지.

공사장에서 일하시다 허리를 다쳐 지금 집에 누워 계셔.

병원에서 수술 받아야 하는데 그런 돈조차 없어 집에 계실 수밖에 없어.

끙끙 앓고 계시면서도 내 앞에서는 내색하지 않으시려고 하니 보는 내 마음이 너무 아파.

내가 아무런 도움도 되지 못하는 사실이 너무 죄송한 마음이야.

나라도 열심히 공부하고 우리 집안을 일으켜야 하는데 나는 지금 당장 내 앞의 두려움에 떨며 어찌할 바를 모르고 있어.

이 세상 태어난 나를 그렇게 저주해본 적이 없어.

어제는 어느 날보다 정말 끔찍한 하루였어.

밤새 그들에게 맞아 결국 죽음으로 최후를 맞는 악몽에 소스라치며 깨어나기도 했지.

벌써 학교 갈 일이 걱정이야.

어머님께는 어떠한 일이 있어도 알려져서는 안 돼.

어머님을 아프게 하는 일은 나로서는 참기 힘든 일이니까.

어머님을 위해 나는 어느 때보다 즐거운 표정으로 집을 나섰어.

어제 졸린 눈을 참아가며 마지막 힘을 다하여 쓴 일기가 마음에 걸리지만 어머님이 보는 일은 없을 것임을 알기에….

　오늘 역시 그들로부터 어떤 잔인한 일을 당할지 나는 이미 알고 있어.

　어제보다 덜 맞는 날이 됐으면 더 바랄 것이 없겠어.

　다시 한 번 담임선생님께 문제 해결을 요청하고 싶지만 이제는 하지 않을래.

　담임선생님이 그 사실을 안 후 나는 일러 바쳤다는 이유로 더 혹독한 치도곤을 당했지.

　그 날 이후부터 따돌림은 더욱 심해지고 신체적 위협을 가하는 일이 더욱 잦아졌지.

　다시는 누구에게도 알리지 않을래.

　죽는 한이 있어도 나 혼자 이겨낼 거야.

　나 죽기 싫어! 나 결코 쓰러지지 않아! 지금은 지는 것이 바로 이기는 것임을 나는 너무도 잘 알고 있어.

　울지 않으려 애쓰는데도 자꾸 눈물이 나는 건 지금 내 곁에 아무도 없다는 슬픈 현실 때문이기도 해.

　흘러내리는 눈물을 닦으려 해도 이미 온몸을 적셔버리고 말았어.

　이런 바보같이 말이야!

　아무리 힘들어도 반드시 견뎌내고 살아서 너희들을 반드시 혼내줄 거야.

　보란 듯이 일어서 이웃에 희망이 되고 사회의 자랑스러운 일꾼이 되어 나를 괴롭혔던 너희들을 부끄럽게 할 거야.

그때까지 살아서 나를 기다려줘.

내 반드시 살아 너희들의 잘못을 일깨우며 남과 같이 더불어 희망을 나누며 사는 삶을 가르쳐 줄 거야.

지금 내가 할 수 있는 아무것도 없어 바보같지만 지금의 상황에서 내가 할 수 있는 최선의 길이야.

그것이 어머님을 위하는 길이기도 하고….

그런데도 이제는 버틸 힘이 얼마 남지 않았음을 예감해…. 슬픈 일이지.

혼자만의 아픔으로 끝까지 내가 죽는 날까지 가져갈 거야.

어렵게 나를 낳으신 후 나만 바라보며 나에 대한 희망을 조금도 의심치 않으시는 어머님께 슬픔을 가져다주는 일은 생각만 하기도 싫어.

아버지께서는 갑작스러운 교통사고로 돌아가시고 건강하시던 어머니마저 심한 당뇨와 얼마 전 공사장에서 얻은 병으로 병상에 누워 계시는 상황이야.

어머님을 결코 실망시켜 드리는 것은 내겐 크나큰 죄악이야.

아이들이 나를 그토록 미워하고 싫어하는 이유를 자세히는 몰라.

확실하지 않지만 다만 가진 것이 없고 힘이 없다는 이유로 언제부터인가 아이들이 몰려와 나를 괴롭히기 시작했어.

벌써 2년째 이어져 오고 있어.

학교 오는 일이 죽기보다 싫지만 그래도 내가 있어야 할 곳은 학교이고 잘하지는 못하지만 열심히 공부하는 일이 나를 살리고 나만을 바라보고 계시는 어머님을 살리는 일이라고 아직도 철썩같이 믿고 있어.

그 일이 사실이 아니더라도 최소한 사회에 나가 생활할 수 있는 큰 재산이라는 믿음은 아직도 변치 않고 있지.

그런데 왜 이렇게 눈물이 나는지….

나는 아이들하고 어울릴 수 없는 건지….

언제까지 그들을 두려워하고 살아야하는지 걱정만 앞설 뿐이야.

꿈속에서조차 자유롭지 않아…. 그들의 무자비한 구타로 죽는 악몽에 시달리곤 했지.

역겨운 그들의 모습을 보지 않으려 해도 여전히 너희들은 내 곁을 맴돌며 나를 잔인하게 짓밟고 있어.

그때마다 내가 떠돌이 개처럼 버려진 처참한 기분을 느낄 때가 한 두 번이 아니야.

누구에게 하소연할 수도 없어…. 아! 어쩌면 좋아!

제발 나를 지켜줘! 나는 살고 싶어! 마음껏 숨 쉬고 싶어!

차라리 죽어 버릴까! 아! 그러면 안 돼! 어머님께 너무 죄스럽고 송구스러운 일이야!

나를 지켜줄 수 있는 친구가 있으면 너무 좋겠는데 그들의 잔인함을 알기에 나와 가까웠던 친구들마저 멀리서 나를 안타깝게 바라만 보고 있어.

그들의 마음을 충분히 이해해.

다른 아이에게 내 아픔을 그대로 전가하고 싶은 마음은 추호도 없어.

졸업할 때까지 죽음을 각오하고 참아낼 거야.

나도 한때 부모님을 원망한 적이 있었어.

가난한 자식으로 태어난 것에 대해 부모님께 악담을 퍼부어댔지.

부모님께 마음의 대못을 박는 일은 해서는 안되는데….

나는 자식으로서 해서는 안 되는 말을 해버렸어.

그 일이 있고 난 후 부모님의 얼굴을 제대로….

그래서는 안 되는 데 가난이 나를 무척이나 힘들게 했어.

남들처럼 내 뜻대로 할 수 없는 일들이 많아지다 보니 나도 모르게 그만 그렇게 했던 나 자신의 나쁜 일들을 지금 그대로 돌려받고 있다고 생각하고 있어.

정말 나쁜 부모님의 자식이지.

어머님만 생각하면 눈물이 앞을 가려.

해드린 것도 없는데 어머님은 나를 위해 모든 것을 버리셨어.

어머님보다 잘 나지 못한 자식를 위해 굶는 것도 마다하셨지.

그런 은혜도 모르고 열심히 공부하지도 않고 세상에 대한 원망만 늘어놓았지.

쌤통이라고 생각해.

지금의 고통은 그런 부모님의 고생에 비하면 아무것도 아니라고 생각해.

그렇지만 지금이 고통이 내가 이겨나가기에는 너무나 성처가 커.

이러다 지금 아파 누워 홀로 계신 어머님마저 잃게 되면 어떡해.

아! 생각하기도 싫어!

반드시 학교생활을 마치고 사회에 나가 어머님을 기쁘게 해드릴
거야.

제발 내게 어머니의 은혜를 갚을 수 있는 기회를 줘!

나는 너희들이 정말 무섭고 두려워.

더이상 나를 괴롭히지 말고 제발 나를 좀 내버려 둬.

나 공부하고 싶단 말이야.

나 아이들하고 친하게 지내고 싶단 말이야.

내가 가진 것 없어도 너희들에게 다른 것으로 잘 할게.

내가 바라는 것은 단지 그 뿐이야.

너희들을 용서하고 또 용서할게.

나를 힘들게 하지 말고 다시 일어날 수 있도록 도와줘 제발!

제발 나를 버리지 마! 얘들아!

나를 이전처럼 잘 대해달라는 말도 되지 않는 억지도 부리지 않
을게.

너희들의 괴롭힘을 온 몸을 받아낼 각오도 되어 있어.

그렇지만 이제 나는 더이상 혼자가 되기 싫어.

다른 아이들과 제발 떼어 놓지 마.

그들과 아주 작은 이야기라도 할 수 있었으면 해.

괴롭힘보다 더한 고통이 어둠의 끝인 고독임을 지금 나는 뼈저리
게 느끼고 있어.

제발 나를 괴롭히더라도 다른 아이들과 놀 수 있도록 해줘.

제발!

얘들아!

나는 학교에 다니고 싶어!

나는 더이상 울지 않고 싶어!

이제는 웃으며 세상을 살고 싶어!

얘들아!

나를 버리지 마!

제발!

언제까지나 같은 교실에서 아이들과 함께 공부하는 작은 기쁨을 누리고 싶어!

제발! 나의 친구가 되어 줘!

삶을 지탱하는 내 작은 힘마저 사라져버리기 전에! 어서!

아픈 몸이지만 따뜻한 밥 차려주는 일은 한 번도 거르지 않았습니다.

비록 진수성찬은 아니지만 단 하나의 반찬이라도 정성을 다하여 학교로 보내야 안심이 됩니다.

대단한 재주가 없다보니 공사 현장에 나가는 일이 많습니다.

그것도 일이 없으면 놀 때가 많았는데 얼마 전 허리를 다친 이후로는 집 밖을 나서지 못할 정도로 병세가 나빠졌습니다.

병원에 갈 엄두조차 내지 못합니다. 그래도 죽을 정도는 아니니 참아보기로 합니다.

혼자 힘으로 자식을 키워내는 것이 이렇게 힘든 일인줄 미처 알지 못했습니다.

그래도 아들은 나에게 원망의 말을 한 번도 하지 않았습니다.

효자도 이런 효자가 없습니다.

우리 아들이 오늘도 나에게 웃으며 인사하고 나간 후 홀로 남아 있던 나는 모처럼 보석 같은 아들 방을 청소합니다.

이미 아들 올 시간이라 방 청소를 서두릅니다.

정말 아들 방을 오랜만에 청소해봅니다. 방이라고 해야 방 한 칸을 둘로 나누어 쓰는 상황이긴 합니다.

항상 정리정돈이 잘 되어 있어 내가 할 일이 얼마 없습니다.

그런데 정리하다 옷장 깊숙이 들어가 있는 일기장을 발견합니다.

오래전부터 써 온 것임을 알 수 있습니다.

봐서는 안 되는 일이지만 나에 대한 원망을 해도 상관없는 상황이므로 몰래 일기장을 훔쳐봅니다.

나는 순간 얼어붙고 맙니다.

우리 아들이 이런 상황에 내 몰리고 있었다니 나는 그런 것도 모르고 오늘도 아무 일 없이 학교를 잘 다니고 있는 줄만 알았습니다.

아! 아들이 어떤 고통 속에 살고 있었는지가 고스란히 나타나 있었습니다.

엄마라는 사람이 이런 상황도 몰랐다니 너무 미안했습니다.

불쌍한 아들 생각에 눈물이 왈칵 쏟아졌습니다.

미안해! 내 아들! 아들에게 어떤 도움도 되지 못한 잘못만 떠올랐습니다.

나를 저주했지만 이미 소용없는 일이었습니다.

가만 생각해보니 다른 때보다 많이 얼굴이 상해있던 것이 생각났습니다. 물어보니 아이들과 축구하다 다쳤다고 했는데 전혀 아니었습니다.

아! 얼마나 고통으로 몸부림을 쳤을까.

아! 지옥 같은 하루를 어떻게 건뎠냈을까.

아! 그런데 일기의 마지막 부분이 눈에 들어왔습니다.

"나는 오늘이 마지막일지 모른다. 아무도 찾을 수 없는 곳으로 나는 떠날 거야. 어머니! 죄송합니다! 이 불효자식을 용서하지 말아주세요."라는 일기의 마지막 부분을 보고 말았습니다.

나는 이미 이성을 잃고 말았습니다.

아들을 만나야 했습니다. 그러나 이미 아들은 학교로 간 후라 연락할 길이 막막했습니다. 유일하게 아들 전화번호만 알아 전화를 했더니 받지 않았습니다. 계속 통화 불가의 신호음만 들렸습니다.

아들 있는 곳으로 가려 하나 허리가 아파 한 발짝도 나가기 어려운 상황입니다.

"미안해, 내가 잘못했어. 이 엄마가 해결해줄게. 내가 너를 힘들게 하는 나쁜 아이들을 찾아가 싹싹 빌게. 차라리 너 대신 나를 때리라고 말할게. 아들! 어디 있는 거야. 아들, 제발, 돌아와"

나는 그만 그 자리에서 혼절하고 말았습니다.

얼마나 시간이 흘렀는지 모릅니다. 이미 날은 어두워 밤 10시가 훌쩍 넘었습니다. 아직도 우리 아들의 모습은 보이지 않습니다.

나는 다시 혼절하고 맙니다.

얼마나 시간이 흘렀을까요.

갑자기 인기척이 들리더니 누군가가 나를 흔들어 깨웁니다.

아! 아들입니다. 죽을지도 모른다는 불안함에 어찌할 바를 몰랐는데 아들이 살아 돌아온 것입니다.

"미안해, 아들. 내가 정말 미안해. 너를 지켜주지 못해서 정말 미안해. 내가 다 해결할게. 미안해!"

"아니에요. 엄마. 내가 잘못했어요. 어머님께 말씀드리지 못해 정말 미안해요. 순간적으로 나쁜 생각했던 것도 잘못했어요. 다시는 그러지 않을게요. 왜 어머님이 잘못했어요? 모든 잘못은 제게 있어요. 제가 어떡하든 해결할게요."

두 모자는 서로를 부둥켜 안고 떨어질 줄 모릅니다.

그들이 흘린 눈물이 그들의 주위를 흠뻑 적시고도 남습니다. 그들 앞에 놓인 엄청난 시련이 그들을 흔들지라도 반드시 그들은 일어나 그들의 앞 길을 새롭게 헤쳐 나갈 것이라고 생각하며 나도 그만 참았던 눈물을 흘리고 맙니다.

아내에게 부치지 못한
편지

아마 이 글을 당신이 읽을 때면 나는 이미 이 세상 사람이 아닐 거요.

고통이 잠시나마 나를 비켜갈 때마다 틈틈이 시간을 내어 쓴 것이요.

글씨가 엉망인 것을 용서하시오.

그렇지만 정성을 들여 썼다는 것은 알아주기 바라오.

이리될 줄 누가 상상이나 하였겠소.

어렸을 적 제대로 된 글씨를 쓰기 위한 노력조차 하지 않았음을 이제 솔직히 고백하오. 어제는 염라대왕이 나타나 형편없는 글씨체를 다시 배워오라 하시며 초등학교의 불구덩이로 던져지는 꿈을 꾸었소.

당신이 웃지 않으리라는 것을 나는 너무나 잘 알고 있소. 농담이었소.

이제는 쓰는 것조차 힘드니 아무 힘이 없는 손이 원망스럽기조차 하오.

235

떠밀리듯 결혼한 이후 나는 결혼 생활에 흥미를 전혀 느끼지 못하고 밖으로만 돌았지.

세상에서 가장 아름다운 당신이 있는데도 말이오.

나 하나만을 의지하고 자신을 희생하며 살아온 내게 너무나도 과분한 당신이 있는데도 말이오.

당신이 흘렸을 눈물이 흘러 산과 강을 덮고도 남았음을 나는 어리석게도 지금에야 알게 되었지.

나는 결혼하지 않았어야 했소.

내가 제일이라는 고집불통의 남자는 평생 혼자 살아야 마땅했소.

당신을 떠나보내지 못한 내가 한없이 미울 뿐이요.

나를 만나지 않았더라면 당신은 누구보다 축복받은 삶을 살았을 텐데 내가 당신의 삶을 망치고 말았소.

정말 미안하오. 지금이라도 사과를 할 수만 있다면 얼마나 좋을까.

당신의 사랑을 귀찮아하던 내게 죽음의 손님이 찾아온 것은 극히 최근의 일이지.

조그만 가게였지만 찾아오는 손님들로 연일 북적였다는 것을 당신은 알거요.

그러나 그것도 잠깐이었소.

IMF가 터지며 내 가게도 직격탄을 만나며 나의 그 잘났던 인생이 끝이 나고 말았지. 아아! 그때만 생각하면 피가 거꾸로 솟고 끓어오르는 분노를 참을 수가 없소. 당신에게 말은 하지 않았지만 마침 가게를 확장하기 위해 빌린 돈이 내 발목을 잡을 줄이야 누가 알았겠소.

빌린 돈이 나를 다시는 일어날 수 없게 만드는 삶의 족쇄가 되고 말았소.

그때부터 나는 되는 일이 없었소.

다시 일어나기 위해 내 할 수 있는 노력을 다했지만 오히려 상황은 나빠지고 말았지.

빚이 눈덩이처럼 늘어나는 것을 보며 나는 차라리 죽고 싶었소.

당신에게 화가 미칠까 두려워 나는 이혼으로 당신과의 인연을 끊고 그 길로 나는 집을 나가고 말았지.

내 한 몸 살자고 도망쳤다는 표현이 맞을 거요.

아무것도 해준 것이 없이 고생만 시켰던 당신에게 내가 남겨준 시련은 실로 가혹했다는 것을 나는 잘 알고 있소.

내가 뿌린 잘못 모두를 고스란히 받았다는 것도 알고 있소.

가진 모든 것을 빼앗기고 거리로 내쫓길 때 나는 바보같이 당신을 지켜주지 못했소.

그런데도 당신은 바보같이 나를 생각하고 있었고 걱정하고 있었소.

세상에 발가벗겨 질대로 발가벗겨진 이 못난 나를 말이요.

불쌍한 당신!

나로 인해 고통 받고 있는 아내를 곁에서 지켜주며 역경을 헤쳐나가려 더욱 노력했어야 했는데 그러지 못했소.

어찌 이런 이기적인 인간이 다 있을까. 죽어 마땅하지.

집을 나간 그 날 이후 나는 술에 빠져 결국은 다시는 돌아올 수 없는 길로 들어서고 말았소.

이미 몸은 망가질 대로 망가져 생이 얼마 남지 않은 이제는 아무 짝에도 쓸 수 없는 병자로 돌아왔소.

자업자득(自業自得)인 셈이지.

후회한들 무엇하겠소.

나는 고통에 몸부림칠 때마다 빨리 죽여 달라 의사 선생에게 떼를 쓰곤 했지.

깨어있음이 내게는 고통이었소.

죽기도 쉬운 일이 아니라는 것을 이제야 실감하오.

당신이 있었다면 양심 없는 이야기이지만 많은 힘이 되었을텐데…. 그렇다고 결과가 달라지는 것은 아니겠지만 말이오.

사랑하는 당신을 볼 때마다 끝없는 죄책감에 시달렸소.

내가 죽음으로써 당신의 고생을 조금이나마 덜어주고 싶었소.

그러나 그게 말처럼 쉽게 이루어지지 않았소.

나는 아직도 살아있었으며 연락이 닿아 당신에게 새로운 부담을 안겨준다는 것을 생각하며 나는 피눈물을 흘렸소.

다시는 생각해서는 안 되는 말도 되지 않는 소리라는 것을 나도 잘 알고 있소. 그런데도 고통이 새롭게 밀려올 때면 당신의 웃는 얼굴이 자꾸 떠오르는 거요. 그래도 잠시 잠깐이었지만 내 당신을 만나 행복했던 날들이 자꾸 떠오르며 병든 나를 견디게 하는 큰 힘이 되고 있소.

내가 당신을 행복하게 한 날이 극히 작아 기억조차 나지 않지만.

고귀한 당신을 떠올리는 일조차 내게는 크나큰 죄악이지만 그때마다 눈물이 쏟아집니다.

당신은 나를 잊고 싶겠지만 지금에서야 나는 당신을 생각하며 용서를 빌고 있소.

나는 지금도 나와 결혼할 당시 그래도 자꾸만 엇나가는 남편을 남편이라 인정해주고 받아준 당신의 고마운 마음을 지금에야 깨닫고 슬퍼하오.

이제야 알게 되었소.

당신이 얼마나 나를 사랑하고 있는지를 이제야 알게 되었소.

다시 살아 걸어 나갈 수만 있다면 당신에게 그동안 해주지 못한 많은 것들을 당신에게 해주고 싶어요. 제발 내 남아있는 삶을 당신에게 바칠 수 있는 기회를 하늘로부터 다시 받았으면 좋겠소.

어제보다 상태가 더욱 안좋아졌다는 것을 나는 온 몸으로 느끼고 있소.

말할 수 없는 고통 속에 혼절한 후 다시 깨어나는 일이 전보다 자주 반복되고 있소.

간호사가 나보고 깨어나기 전 혼잣말하며 누군가를 열심히 찾는다고 말하더이다.

아마! 당신이었을 거요. 이 세상에서 가장 사랑스러운 당신이었을 거요.

어여쁜 불쌍한 당신!

살면서 당신에게 사랑한다는 말을 하지 못했는데 당신이 잠에서 깨어나면 한번 아니 내가 말할 수 없는 순간이 올 때까지 사랑한다 말하고 싶소.

벌써부터 많이 떨리는구려.

사랑한다는 말이 그렇게나 힘들었던 것은 말하기가 쑥스러웠던 것이 아니고 같이 사는 데 새삼 무슨 사랑 타령이라는 어리석은 나의 생각 때문이었소. 사랑 표현조차 인색하기 짝이 없는 나는 지금 천벌을 받은 게요.

이젠 고치리다. 살아있는 날까지 당신을 사랑한다는 말을 매일 수천 번 아니 수만 번하리라 다짐하오.

내가 그렇게 오지 말라 했는데도 그래도 남편이라고 내 곁을 지켜준 당신을 보고 미안함에 내가 얼마나 울었는지 아오.

이제는 버려도 되는데…. 그냥 내쳐도 되는데 당신은 아직도 나에게 나을 거라고 말하며 나를 사랑한다고 말하며 내 곁을 떠나지 않았지.

지금 세상에서 가장 아름다운 모습으로 잠들어 있는 당신을 나는 보고 있소.

사람이 이렇게도 예쁘고 사랑스러울 수 있다는 것을 나는 지금 새삼 느끼고 있소.

벌써 세 달이 되어 가는 데도 당신은 내 곁을 떠나지 않고 밤낮으로 간호하고 있구려. 병원비를 대기 위해 돈이 되는 일이면 닥치는 대로 일을 하고 있는 당신에게 정말 면목이 없구려.

경제적으로 어떤 도움도 주지 못한 나는 당신에게 아무 쓸모없는 인간이라는 것을 지금 더욱 실감하오.

이러다 당신도 쓰러지는 건 아닐지 매일 매일 걱정만 하오.

가엾은 당신!

당신만 생각하면 눈물이 나서….

지금 당신에게 해 줄 수 있는 것이 아무것도 없구려.

건강하게 살아 걸어 나갈 수만 있다면 좋으련만…. 그럴 수도 없어서….

이제 나는 생을 마감하려 하오.

나를 웃으며 보내주길 바라오.

더이상 나를 위해 울지 말아요.

당신이 우는 한 나는 이승에서 편히 당신을 기다릴 수 없소.

당신이 올 때까지 당신을 기다리겠소.

지금 세상에서 해주지 못한 것을 이승에서 다 해주겠소.

나를 외면하지 않았으면 하오. 외면해도 할 수 없지만….

당신은 내게 평생을 갚아도 갚을 수 없는 엄청난 사랑을 주었소.

저 세상에서 만난다면 나는 내 몸이 닳아 없어질 때까지 당신에게 주지 못했던 사랑을 그대에게 주고 싶소.

또 다시 고통이 시작되려 하오.

언제나 이 고통이 끝나려나.

나는 지금 마지막 남아 있는 힘을 다하여 글을 쓰고 있소.

자꾸 눈이 감기는 것을 느끼오.

내가 잠들기 전에 이 글을 전해주어야 하나 자꾸만 당신이 멀어져 가고 있구려.

당신 손을 잡고 싶은데 자꾸 정신이 흐려져 가오.

아! 당신을 미치도록 사랑하오.

당신의 이름과 당신의 사랑과 당신의 고마움을 영원히 기억하며 먼저 가 당신을 기다릴 것이요.

먼저 가서 미안하오.

나 죽더라도 나를 웃으며 보내주기 바라오.

지금 죽는 것이 마지막이 아니라, 내가 저세상 사람이 되어도 영원히 당신 곁을 지킬 수 있는 새로운 시작이라고 말하고 싶어요.

당신을 영원히 보지 못한 채 흔적도 사라진다는 공포가 나를 슬프게 하지만 내 어떡하든 당신 놓지 않도록 혼신의 노력을 다 할거요.

나를 잃은 슬픔에 흔들리지 말고 나 아닌 자식을 위해 더욱 열심히 살아주었으면 해요.

마지막 부탁이오.

지금 고등학교 3학년인 자식 놈이 제일 걱정이오.

어제는 당신 몰래 나를 보러 병원에 왔었소.

펑펑 울음만 쏟아내더이다.

이제는 나를 용서한다고 말하더이다.

용서는 바라지도 않았는데….

너무나 고마워서…. 나는 그만 눈물을 쏟고 말았소.

242

나는 진심으로 미안하다는 말만 되뇌이며 피울음을 쏟고야 말
았소.

잘 자라 주기만을 저 세상 가서도 기도할 것이오. 감히 그럴 자격
은 없지만 우리 집안의 자랑인 자식 놈을 부탁하오.

앞만 보고 정진하여 이 사회의 자랑스러운 인물이 되어 집안을 살
리고 못된 남편 만나 고생만 한 당신의 아픔을 깨끗이 걷어내 주었
으면 좋겠소.

이제는 쓸 힘조차 남아 있지 않나 보오.

하고 싶은 말은 많은데….

당신 손을 잡고 싶은데…. 잠자는 당신 아름다운 얼굴을 언제까
지나 보고 싶은데….

이미 나에게는 그럴 힘조차 없소.

아! 당신을 미치도록 사랑하오. 당신의 사랑을 몰랐다는 사실에
눈물만 나오.

아! 이제 정말 마지막인가 보오.

이제…. 저세상에서나 봅시다….

아! 그때가 언제이려나. 생이 끝난 후에도 여전히 언제나 어여쁜
당신을 만나볼 수 있으려나.

나는 무명교사를 예찬하는
노래를 부르노라

나는 무명교사를 찬양하는 노래를 부르노라.

오늘도 온통 어떻게 가르칠지를 고민하며, 어떻게 아이들을 대할지를 걱정하는 세상 물정에 어두운 것이 하나 부끄럽지 않은 무명교사를 찬양하는 노래를 부르노라.

사랑스러운 아이들에게 학식의 높음보다 자신을 낮추는 마음의 높음과 친구를 누구보다 위하는 따뜻한 사랑의 마음이 깃들기를 소원하는 무명교사를 찬양하는 노래를 부르노라.

아이들을 대함에 흔들림이 없이 공정하며, 어제보다 나은 몸가짐과 태도로 아이들을 대하기 위해 자신을 끊임없이 꾸짖고 자신의 흐트러진 마음을 채찍질하는 그런 진정 교사다운 무명교사를 찬양하는 노래를 부르노라.

아이들의 잘됨에 다만 내 일처럼 기뻐하고 아이들의 슬픔에 다만 내 일처럼 가슴 아파할 뿐이노라.

오늘도 가족들에, 친구들에, 아니 거친 삶에 힘들어할 아이들을 지키지 못한 일에 심장을 도려내는 아픔의 눈물로 반성하며, 모든 아이에게 관심과 사랑을 주지 못한 자신을 무참히 꾸짖고 책망할 뿐이노라.

학교를 떠나가는 아이들을 보며 다시는 보지 못할 것 같은 두려움에 떨면서도 다시 새 얼굴로 학교에 들어서는 아이들을 보며 새로운 가르침의 의지를 불태우고 다시는 놓아주지 않을 것이라는 어리석은 결심을 하는, 단지 아이들이 없으면 이 세상을 등지고 말 것 같은 그런 진정 아이들밖에 모르는 무명교사를 찬양하는 노래를 부르노라.

세상 사람들은 지금의 교육은 죽었다고, 진정 이 시대에 참된 가르침을 주는 스승은 없노라고 감히 말하는 사람들이 많아지고 있음을 나는 이미 알고 있노라.

그 책임이 바로 우리 교사들에게 있음을 피눈물 나게 반성하고 또 반성하노라. 그러나 나는 아직도 그들, 무명교사의 가르침은 죽지 않았으며, 수많은 무명교사의 아이들을 진정 사람되게 하는 가르침의 삶은 계속되고 있음을 나는 한 번도 의심해본 적이 없노라.

이 시대를 일깨우는 진정한 스승이 없다고 한탄하는 사람들에게 나는 아직도 진정한 스승은 살아 있으며, 그들은 단지 드러나지 않을 뿐 지금도 환한 빛을 내며 오직 한 길을 걸어가고 있다고 말하고 싶노라.

그들은 당신들의 무책임한 비난에도 결코 눈물 흘리지 않으며 오늘도 아픔으로 울고 있는 아이들을 보듬으려 교실로 달려가고 있다고 말하고 싶노라.

벌써 실망하지 않기를 바라노라.

아직도 수많은 무명교사들이 그대들의 바람과 진정 이루고자 하는 간절한 소원을 이루려 피 눈물 나는 노력을 웃으며 하고 있음을 기억해야 하노라.

그들은 좁은 위로 올라가려는 승진이라는 이름의 허상만 차지하려는 어리석음을 일찍부터 버리고 한없이 넓은 아래로 눈을 돌려 오직 아이들과의 눈을 맞추려 더 낮은 데로 나아가고 있음도 명심해야 하노라.

그들은 아이들을 함부로 대하지 않으며, 오직 온 마음을 다하여 대화하며, 내 생각을 넣어주기보다 아이들의 지혜로운 생각이 한없이 솟도록 노력하고 또 노력하고 있음을 기억해주기 바라노라.

아직도 우리의 미래는 끝나지 않았으며, 무명교사들에 의해 가르침을 받는 아이들로 인해 밝게 채워짐을 믿어야 하노라.

무명교사, 그가 가진 것은 단지 백묵과 누구도 범접할 수 없는 교육적 신념과 가슴 가득한 뜨거운 열정으로 가득 찬 눈빛이다.

오직 아이들만 보고 아이들만 생각할 뿐이다.

아이들의 잘못됨도, 아이들이 배워 나가는 기쁨을 알지 못한 채 남보다 앞서려는 수단으로 삼는 어리석음도 모두 자기 잘못임을 인정하며, 아이들에 대한 믿음과 희망을 버리지 않은 채 오늘도 자신의 못다한 책임에 대해 끝없이 자책하고 또 자책할 뿐이노라.

그는 가지지 못한 것을 서운해하지 않으며, 오직 아이들을 가르칠 수 있다는 감격만으로도 이미 부자가 되었다고 생각하노라.

그가 말하는 대부분의 말은 아이들로부터 시작되며, 아이들의 이야기로 끝을 맺음으로 뭇 사람에게서 교사임을 이내 들키고도 전혀 부끄러워하지 않으며, 아직도 아이들을 위해 하고 싶은 사랑의 말이 아직도 많이 남아 있음을 자랑스러워함을 나는 이미 알고 있노라.

그는 아직도 교실에서 풍겨나오는 아이들의 살아있는 말소리와 그들의 무명교사를 바라보는 초롱초롱한 눈빛이 이 세상 무엇보다도 향기로움을 그는 이미 알고 있노라.

아이들의 사소한 관심과 눈총에도 그는 행복해하며 또한 아이들 속에서 한없이 작아지는 기쁨을 기꺼이 감수하노라.

어느덧 그는 교실을 스쳐가는 작은 바람에도 자연의 경이로움을 이야기하고, 교실 가득 비추이는 햇빛 속에서 자연의 기적을 발견하게 됨을 나는 이미 알고 있노라.

이미 무명교사인 그와 그를 둘러싸고 있는 아름다운 모습이 이미 한 편의 명화(名畵)가 되어 우리 모두를 감동케 함도 나는 이미 알고 있노라.

그는 아직도 아이들을 위해서 흘릴 눈물이 온 몸 깊은 곳에 많이 남아있음을 한 번도 부끄러워 하지 않으며, 오히려 그가 흘린 눈물이 아이들을 바른 길로 인도하여 한 치 앞도 볼 수 없는 칠흑 같은 세상에서 구원 같은 등불이 될 것임을 나는 확신하노라.

세월의 흐름 앞에 그는 자꾸 약해져가도, 나이 먹는 아쉬움에 그는 자꾸 초라해져도, 그가 강해질 수 있는 것은 아직도 그가 가르쳐야 할 아이들이 있기 때문에 그는 다시 일어날 수 있다고 나는 믿고 있노라.

아직도 나는 강하게 믿고 있노라.

아이들을 바라보는 것만으로도 그는 가슴 벅차오르며, 아이들이 웃으며 언제라도 가까이 다가와 인사하는 것만으로도 그는 아직도 이 세상을 다 가졌다 생각할 것이며, 아이들의 기쁨이 바로 그의 기쁨이며, 아이들의 슬픔이 그의 슬픔임을 명심하고 그들을 위해 자신을 즐겁게 희생할 수 있다고 자신있게 말할 수 있노라.

위로 향한 희망도 버린 채 그는 단지 한 교실에서 함께 공부하는 학생들과 같이 있는 것만으로도 모든 것을 다 가졌다고 웃으며 외칠 것이라고 나는 아직도 믿고 있노라.

나는 감히 그대들에게 말하고 싶노라!

이 보잘것없는 무명교사를 보러 아이들이 달려와 주기를 나는 다만 소원하노라.

단지 이 보잘것없고 가진 것 없는 초라한 무명교사의 가르침을 받기 위해 웃으며 달려오는 아이들의 티 없이 밝고 깨끗한 모습을 보기를 나는 소원하노라.

나는 단지 소원하노라.

무명교사인 그는 비록 낮으나 아이들이 있음으로 그는 지극히 높으며, 누구도 범접할 수 없는 아이들이라는 사랑을 나누어줘도 전혀 아깝지 않을 살아있는 보물들이 있어 그는 더이상 바랄 것이 없다는 것을 알아주기 바라노라.

그가 숨이 다하는 순간까지 아이들과 함께 호흡하며 아이들의 밝고 깨끗한 웃음과 미소를 같이 할 수 있기를 나는 소원하노라.

그래서 지금의 그보다 앞서 힘차게 앞으로 나아가 지금보다 나은 세상을 만드는 제자들을 볼 수 있기를 소원하노라.

만일 그리 된다면 아무리 힘든 시련이 닥쳐와도 아이들이 있어 그는 이를 멋지게 이겨낼 수 있음을 만천하에 알리고 싶노라.

그대들이여!

정말 그리 해 준다면 무명교사인 그들이 마땅히 받아야 할 고맙고 감사하다는 말 한마디 없어도 진정 행복하다고…. 진정 기뻐서 눈물이 난다고 말할 수 있노라.

오늘도 무명교사인 그들은 매년 아이들을 떠나보내는 가슴 찢어지는 고통이 와도 새로 만나게 될 아이들을 생각하고 애써 슬픔을 참아내며 천년 같은 하루를 건더내고 있다는 사실을 기억해주기 바라노라.

오직 아이들 속에만 자신이 진정 빛이 나는 존재임을 알고 감사하는 그런 마음 여린 영혼들이라는 것을 알아주기 바라노라.

그대들이여!

정말 나에게 가르칠 수 있는 힘과 용기를 줘서 감사한 그대들이여!

나는 지금 무명교사를 찬양하는 노래를 부르노라.

내 비록 음치일지 모르나, 마음껏 즐겁게 내 목소리로 자신있게 무명교사를 찬양하는 노래를 부르노라.

제발! 그대들이여! 아름다운 내 노래를 들을지어다. 당장! 어서! 빨리! 이 세상 누구보다 빛나는 무명교사의 숨이 다하기 전에….